逢君正當時 3

目次

壹之章

挑釁

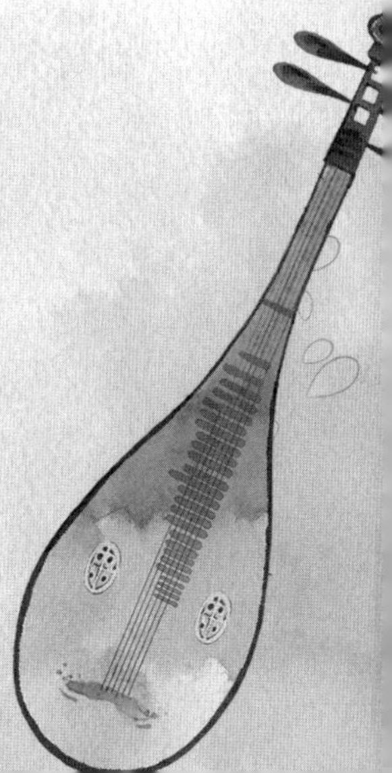

太守姚昆接到來自茂郡的急報時，已是大年初二。

他看完內容，驚得目瞪口呆，趕忙讓人速去城外總兵營請龍大將軍返城。

驛差差點跑斷了馬腿，奔了個來回，喘著氣回來報，龍大將軍初一那日接到緊急軍報，去了四夏江軍營，未在總兵營。

姚昆心一沉，緊急軍報？就這般巧，全趕在一塊兒了？

四夏江軍營帳中，龍騰盯著桌上那個木桶。

木桶裡赫然擺著三個人頭：一男、一女、一孩子。

左將軍朱崇海正在一旁，仔細稟報了收到木桶的經過。

另外兩面旗子也擺在桌上，既扎眼又刺心。

「也不知這三人是何身分。」朱崇海道：「但南秦挑釁宣戰的意圖相當明顯了。把桶子拋入江後，他們在對岸用火頭箭射燒江中的福燈。」

南秦不會不知道福燈在大蕭代表著什麼，燒掉大蕭人的新年祈願，又在大過年的送來一家三口的人頭，這滅門之舉，委實狠毒。

龍騰靜默地看著那三個人頭，好半晌沉聲道：「是我們潛伏在南秦的探子。」

朱崇海吃驚。

龍騰沒多說話，他最後看了一眼苗康的頭顱，伸手把木桶的蓋子蓋上。

二十年前，南秦曾與大蕭開戰，那時候龍騰的祖父龍軼掛帥應戰。他親自挑選了三名少年潛入敵境刺探情報，只一人活了下來，那個探子就是苗康。

苗康當年領命入南秦時才十五歲，是真正的少年英雄，為大蕭探回不少情報。後兩國和談，龍軼命苗康在南秦潛伏下來，探知南秦的狀況及意圖。此後苗康便在南秦待了下去，為大蕭提供南秦的情報，是大蕭在南秦扎根最深，最有用的探子。

龍騰只見過苗康四次，第一次是跟著父親一起見的。

那時龍騰年紀小，但還記得苗康聽得龍軼戰死的消息時淚如泉湧的悲痛表情。當時父親龍勝對苗康道，他的身分鮮有人知道，但龍軼記得他的功勞，他龍勝記得，龍家軍上下全都記得，皇上也是知曉的，若他想回來，他可以安排。

苗康反問，你們有比我潛在南秦更合適更可靠的人選嗎？

自然沒有。

苗康再反問，你們知道南秦野心仍在，皇權爭奪不斷，日後會有隱患嗎？

自然沒人比苗康更知道。

於是，苗康道：「龍將軍信我用我，我定不能辜負龍將軍所託。他是生是死，軍令猶在。我生是大蕭人，死是大蕭鬼。若魂有歸處，必隨龍家軍征戰南北。」

龍騰閉了閉眼，想起去年最後一次見到苗康，他說南秦皇室似有動作，大蕭務必小心戒備時，也說了同樣的話。

若魂有歸處……

他跟隨了三代龍家大將。

這次與南秦邊境對峙，龍騰派到南秦的探子，有不少也全靠苗康接應照顧，許多情報也是靠苗康探聽傳遞。而當年龍勝聽得苗康願繼續潛伏，便也說過：「龍家軍也定不會負你。」

所以，苗康的名字無人知曉，從不記錄在冊。在大蕭國內，知道在南秦有這麼一個埋藏至深的密探，知道要如何聯絡的，絕對不會超過五人。

現在，苗康及他妻小的頭顱擺在了龍騰的面前。

南秦知道了苗康的身分。

依頭顱的狀況看，他剛被殺就被送了過來。

南秦是故意選在除夕夜，選在與大蕭一江之隔的地方，在福燈漂流燭光滿江之時，殺了苗康一家人。

「這是宣戰啊，將軍！」朱崇海道。

現在全軍已然應戰狀態，只要龍騰一聲令下，軍船便可向南秦攻過去。

龍騰沉默了一會兒，道：「若南秦攻來，便將他們打回去。」

「將軍……」朱崇海皺眉。只防守嗎？南秦已然欺到他們頭上，這要人如何忍？

「守好邊防，我要回中蘭城一趟。」龍騰道。於他看來，重要的不是南秦竟然敢如此挑釁，而是苗康是怎麼暴露的？苗康之死，意味著他們在南秦的偵察布局已經被瓦解。

「將軍！」朱崇海仍不服氣，「我們不是也抓住了他們在中蘭城的探子嗎？就算不打，也該回敬他們幾顆人頭。」

「那些是大蕭人。」龍騰淡淡地道，然後不願多談，轉身走了。

朱崇海愣了愣，反應過來，恨得咬牙。

細作之戰上，他們大蕭輸了，真是不解氣，真想痛快打一場！

龍騰於大年初四那日回到中蘭城。

狼煙未起，表示前線並無開戰。

一回到紫雲樓，龍騰便召謝剛來見。

謝剛聽得事由，目瞪口呆。

「我未與任何人提過『書僮』此人，派去的探子只知書僮留下的安全住處，到了那兒再找屋裡留下的聯絡暗號。每一個人拿到的皆不相同，書僮非常謹慎。」

事實上，謝剛自己都不知道書僮究竟是什麼身分，只知是龍家軍當年安排在南秦的探子。他見過書僮一次，是個三四十歲模樣的男子，他在南秦潛伏已久，對南秦各項事務瞭若指掌。

謝剛從書僮的談吐和情報內容猜測過書僮該是混入了南秦官場，但他究竟是做什麼的，謝剛並不知道。他派到南秦的探子，也不知道書僮究竟是誰，安全住處留有食物、錢銀和情報線索，有緊急聯絡方式，但是書僮不會直接與這些探子見面。

書僮居然暴露了！

謝剛的心沉入谷底。

那他派在南秦的兩個探子恐怕也凶多吉少。

難怪最近都未收到情報，原來竟是出了如此的大事。

「不可能是紫雲樓這頭洩露的消息，我未與任何人提過書僮。」謝剛再次強調。

「可還有什麼別的事？」龍騰問。

謝剛搖頭，中蘭城裡風平浪靜，未有任何細作的動靜。要說有事，只除了一件。

「初二那日，姚大人派人來請，說是有急事要將軍過去商議。將軍不在，我過去詢問，太守道必須等將軍回來。」

龍騰點頭，轉身便走。

他動作粗魯地扯開謝剛的房門，謝剛跟了出去，剛跟出門就被龍騰攔住。

龍騰轉回頭厲聲喝道：「你不必跟著，自己好好琢磨，待我從太守那兒回來再處置你。」

探子任務出了差錯，謝剛責無旁貸，他單膝跪下，沉聲道：「屬下知罪。」

不遠處的衛兵見此情景，驚得張大了嘴，這是出了什麼事？

龍騰轉回自己屋裡，翻了翻自己走後桌上新攢下的卷宗，發現並無什麼特別緊急之事。於是他召了隊衛兵，準備啟程去太守府。

安若晨偷偷摸摸站在牆邊等著，她聽到將軍回來又要出門的消息，趕緊飛奔過來。將軍這麼匆忙，必有緊急事務，不能耽誤將軍辦正事，當然也不耽誤她看看他。

一別數日，她真的很想念他。

龍騰走著走著，看到路邊一人兒半掩牆後，娉婷而立。

龍騰腳步不停，逕自斜拐了個彎就朝著那個方向走了過去。身後那隊衛兵沒反應過來，跟著將軍也斜拐。將軍要帶著他們撞牆，他們也會毫不猶豫往上撞。

安若晨看著一整隊人呼啦啦很有氣勢地朝著她過來，驚得差點轉身就跑。

不就是想多看你幾眼嗎？

將軍，你這樣嚇人合適嗎？

龍騰看到安若晨的表情才想起身後還有一串尾巴，他舉起右手擺了個手勢，身後的衛兵隊伍立刻停了下來。

然後安若晨更驚了，因為龍騰就這麼當著那隊衛兵的面，走過來將她抱進了懷裡。

這時候想跑也來不及了。

安若晨在心裡嘆息一聲：將軍啊，你還不如不讓他們停下呢！現在這情形，像是特意領他們過來看似的！

「我去太守府。」龍騰在安若晨耳邊道。

聽到他的聲音，安若晨什麼埋怨都沒了。將軍似乎有些疲累，反正她埋頭在龍騰懷裡，也看不到衛兵們的表情，所以偷偷回抱一下應該是可以的。

安若晨伸手抱住了龍騰的腰，感覺到龍騰摸了摸她的腦袋。

安若晨的心咚咚咚地跳，忍不住傻笑起來。

龍騰鬆開了她，她趕緊飛速也放開龍騰，然後轉身就跑，眼角都不敢瞄衛兵隊一眼，跑得像在逃命，那速度也能稱得上如風。

沒看到沒看到，他們沒看到！

安若晨跑出好一段距離，看了看四下無人，這才捂了臉，傻乎乎偷笑著深呼吸幾口氣，想讓臉上的熱度降下去，卻忽然想起龍騰說過的話。

『我有不好的預感，所以，得抓緊時間與妳多親近些。』

龍騰的預感成真了。

姚昆那頭的消息非常糟糕。

之前那個說在茂郡做客，過完年就赴京城覲見大蕭皇帝的東凌使節團，在除夕的前一日遇襲，七死九傷。七死名單中，就有那兩名南秦使節。襲擊他們的殺手約莫十人左右，蒙面黑衣，說話是大蕭口音。兩人被殺，其餘逃走。

東凌使團震驚震怒，已於第二日抬著屍體退回東凌。

茂郡太守史平清當日追查凶手，並無結果。

姚昆一臉凝重，嚴肅道：「此事非同小可。將軍不在，我已派人趕赴茂郡通城，詳細了解事情的原委後續，並已寫了奏摺遞上京城，也下令全郡不可鬆懈，嚴防細作作亂。」

龍騰不語。

姚昆皺了眉，問道：「將軍，前線是否有異常動靜？」

龍騰點頭，「確實如此。我們於南秦安插的探子被殺了，南秦將他一家三口的人頭隨江送予我看。」

姚昆大吃一驚，「也是這兩日的事？」

「除夕夜。」

姚昆猛地站了起來，不安地來回走動，道：「襲擊東凌使團殺害兩國使節的凶手，也不知是何人，但這事太湊巧。我們在南秦的探子被抓了，於是南秦派來覲見我大蕭皇帝的使節被殺了，他們完全可以栽贓說是我們在報復。若是開戰，他們師出有名。我們不但派了細作，還殺了他們的使節……」

姚昆揮著手，忽地停下，「師出有名？對，這會不會是南秦的陰謀？他們勾結東凌，犧牲幾個使節，然後取得出戰的藉口。且東凌使節團遇襲，東凌也死傷不少人，南秦可趁機與東凌聯手。」

龍騰思索著，沒說話。

姚昆越琢磨越生氣，「他們抓到我們在南秦的細作，而我們只抓到我們大蕭自己被南秦收買的奸細。這說出去，也是比不得。他們空口白牙，可以說是我們捏造案情，汙衊他們，因為南秦與東凌使節的確是死在我大蕭境內。那史平清也不知是幹什麼吃的，既是要接待使節，倒是把安全守衛做好啊，如今出了差錯，只得任人拿捏。啊，會不會其實是東凌的陰謀？若是我們兩國交戰，他東凌便能坐收漁人之利，畢竟南秦於我們這處求來訪覲見被拒，才被東凌鑽了空子。若是當初我們准了那南秦使節的要求，說不定……」

「姚大人！」龍騰打斷了姚昆的自言自語。

姚昆停下來，看向龍騰。

龍騰神情平靜，從容鎮定。

姚昆舒了一口氣，也冷靜了些，他坐下來，等著龍騰繼續說。

「大人，使節被殺一事，我不敢確定是南秦、東凌，抑或其他哪方，但有一事是肯定的，我們於南秦佈署的偵察已被對方擊潰。我們抓到細作，與對方交涉，而對方抓到細作，話不多說，先殺了給我們看。若說南秦於此事裡無辜，那是斷不可能。」

姚昆忙道：「所以其實還是南秦？他們想戰，想逼我們大蕭讓步，討得好處，但又懼自己戰力不足，便拉上了東凌。東凌是牆頭草，南秦便殺了使節下狠手，好讓東凌下定決心？」

龍騰並未附和這推測，他道：「大人，無論如何，有一隻手在把我們往戰場上推。這仗怕是無法避免，大人做好準備吧。」

姚昆長嘆一聲，好半晌才道：「二十年前，我便在這裡看著兩國交戰，兵戈搶攘，百姓受苦，足足三年戰事才平息。」他看向龍騰，「龍將軍……」

龍騰道：「枕戈坐甲，是為安寧。浴血斷頭，在所不辭。」

姚昆看著龍騰，許久站起身，施了一禮。

姚昆與龍騰很快商議好諸事安排，姚昆召來各官員囑咐下令，龍騰回了紫雲樓。

進得紫雲樓，去了衙堂，召來謝剛。

紫雲樓亦府亦衙，龍騰有事常在自己的院裡或是書房處理，鮮少開衙堂。用軍衙處置事務，這事態顯然極嚴重。

很快，這事傳遍紫雲樓，所有人都驚慮。

謝剛很快到了，其他於樓中的軍中重職官將也趕了過來。

龍騰端坐堂上，將這幾日發生的事簡單說了。

眾人聞訊皆大驚，龍騰盯著謝剛，道：「謝剛，你是四品校尉，官階比堂上眾人都高，責任也該最大。你掌管探兵偵隊，前鋒偵察，可是中蘭城內的細作頭目逃脫，軍中出現奸細，軍情一直洩露，如今就連潛伏於南秦的偵查布局都一敗塗地，你自己說，你還有何臉面享朝廷俸祿？有何資格掌軍中要職？」

龍騰說到怒處，一拍堂案，眾人皆垂目正色，屏聲靜氣。

謝剛抿緊雙唇，一臉慚愧，撲通一聲跪了下來。

「將軍，屬下知罪！屬下願將功補過，求將軍再給我一次機會！」

「再給你機會，我怕是等於再給南秦機會！」龍騰怒喝：「現在他們就差跑到我軍帳前撒尿恥笑了！」

謝剛伏地叩首，「將軍，屬下必定會查出消息洩露的真相，抓出南秦的奸細，探出他們的要害……」

「不必了。」龍騰喝阻他的話，說道：「讓你再辦此事，我如何放心？於南秦潛伏的探子，何等隱祕，費了多大心力，你連這些都守不住，我們未戰先敗，顏面盡失，軍威何在？你罪當問斬！」

「將軍！」眾人大驚失色，齊齊喊道。

謝剛一聲不吭，伏首不動。

龍騰瞪著他，喘了口氣，道：「念你從前有功，先只罰你二十軍杖。如今正是開戰危急之時，我沒時間細細處置你。你給我滾到滄南兵庫待命，待與南秦戰事完結，我再上稟皇上，發落於你。」

「將軍三思啊！」眾人又齊聲喊。

二十軍杖就算了，滄南兵庫待命？那兵庫是在邊陲荒涼之地，處罰罪犯收容流民，讓他們耕種囤糧打鐵製兵器，若是戰時兵力不足便由他們補上的地方。將謝剛發配到那兒，名義上沒什麼，但實際就是直接判了他削職流放的重罪了。

周群道：「將軍，謝大人從前功勳斐然，且一向忠心耿耿，縱有不是，也是低估了南秦謀略，被鑽了空子。將軍，如今正是要用人的時候，如此重罰謝大人，軍中如被砍一指，損失太大。不如讓謝大人戴罪立功，待戰後再論過評罪，細細判罰。」

李長史去世後，周群頂了他的職務，在紫雲樓裡處置各軍務文書案錄等事。他是謝剛親自挑選出來的，在李長史出了那樣的事後，周群感激謝剛對他信任，他自己也兢兢業業，努力勤奮，生怕出半點差錯。如今謝剛被罰，他為謝剛不平。

「如此大的差錯，若無重罰，將官們威嚴何在？兵士心中如何想？軍威不存，軍心渙散，猶如四肢皆廢，豈是被砍一指能比？」

龍騰這話一出，大家皆不能語。

這道理清清楚楚，無法反駁。重罰威懾，確實是在軍中極有效的手段。

謝剛一聲不吭，抬起頭來，眼眶已紅。

「拖下去。」龍騰看著謝剛，一臉沉痛不捨。這三個字說得沉聲沙啞，好半晌無人動。

龍騰猛地站了起來，怒喝：「拖下去！」他一拍堂案，桌子四腳應聲斷裂，案桌劈里啪啦碎了一地。幾個衛兵嚇得趕緊上前拖起謝剛。

謝剛站了起來，甩開他們的手，一言不發，轉身出去了。

堂上靜寂無聲，好半晌龍騰踢開壞掉的案桌走下來，站在眾人面前開始安排軍務。如此這般如此這般，分好工派好事，眾人各自領命，這才散了。

龍騰離開衙堂後回了屋子，囑咐衛兵自己要靜思，誰也不見。

當天，謝剛在眾將的庇護下，受了潦草的二十記軍杖後，帶好行囊，騎上駿馬，準備被幾個兵士「押送」到滄南兵庫。蔣松送他，要他忍耐，說待過得一段時間，龍騰氣消了，他們會找機會勸龍騰讓謝剛回來。在回京前弄幾個功勞，這些事就過去了。

謝剛一直神情陰鬱，也不怎麼說話，悶悶地應了聲。

安若晨也趕到，準備了些好吃的讓謝剛帶著。事實上，她比任何人都震驚。謝剛於她而言，是恩師般的人物，且這處罰果斷嚴酷，可比她從前見識過的都來得殘酷意外。

「謝大人……」安若晨完全不知該說什麼好。

謝剛從她手裡接過包袱，輕聲說了一句：「莫鬆懈。事情剛剛開始，南秦暫時占了上風而已。妳比任何人都清楚中蘭城裡的細作形勢，妳不可鬆懈。」

安若晨愣了愣，看著謝剛的眼睛。

謝剛對她點了點頭，然後若無其事轉身走了。

這一晚，龍大將軍不見任何人。安若晨聽說將軍心情不好，也聽說或許這樣是防止別人為謝剛求情。安若晨不打擾龍騰，只將精心準備的菜飯交予衛兵。她自己在紫雲樓裡走著，消化著這一日收到的這許多紛雜沉重的消息。

他們大蕭的細作之戰敗了。

安若晨抬頭看看月亮，想著謝剛對她說的：莫鬆懈。

肯定是要打仗了。他們都說這事情板上釘釘，只是看再等多久而已。

安若晨看著滿天星光，想起龍騰對她說：一旦開戰，血流成河，皆是以生命作為代價。

「為什麼要抓細作？」龍騰那時問她。

安若晨眨眨眼睛，挺直背脊，沿著龍騰領她走過的路，回屋去了。

第二天一早，安若晨聽說龍騰天未亮便出發去城外的總兵營了。安若晨沒在意，並不介意龍騰臨走都不與她招呼，她自己也有許多正事要做。她處理了些樓裡的瑣事，趁清點今日廚房的菜貨時，悄悄與陸大娘約了到招福酒樓見面。

如今齊徵在酒樓做事，陸大娘常在那裡進出，約在那邊不會引人側目。

在去招福酒樓之前，安若晨去了太守府找方元。

原本是計畫過完年與將軍告個假到外郡幫妹妹相看親事，現在出了這事，安若晨自然走不得，但之前拜託了方元，她怎麼也得與人交代一聲。

方元也早已聽說了事情始末，安若晨一提他便明白。

他想了想，客氣地問安若晨：「敢問姑娘，這事有多重要？」

安若晨也想了想，該如何說呢？若說重要，也是極重要。若說不重要，還真是也可以擺在其他所有事後頭。她苦笑了一下，搖搖頭，「這個還真是不好說。」

方元也不介意這模稜兩可的答案，他道：「既是如此，那我為姑娘想著這事，姑娘忙更緊要的事去吧。若有消息，我再與姑娘說。」

安若晨趕忙謝過。

出了太守府，安若晨往招福酒樓行去，一路走一路琢磨事。

路上人多，她走得慢，卻是有人著急忙慌走路，安若晨也沒留意是怎麼回事，忽地被撞了一下，她差點摔到地上，穩住身形後一愣，發現手裡多了一張字條。

打開一看，安若晨全身汗毛都豎了起來。

「安若芳活著。」

五個字，卻如晴天響雷，在安若晨頭頂炸開。

安若晨猛地回身看，滿街路人，或蹦跳或慢行或吵鬧，但看不出誰是撞她的那一位。

安若晨瞪大了眼睛，瞪著街上每個人的面孔，盯著路上每個人的背影。

沒有人理會她，沒有人有異常，沒有人表現出心虛。

不知道是誰，完全看不出來。

但是有件事安若晨是知道的，她看出來了，這五個字的筆跡，與將軍給她看過的「中蘭城中有細作」的字跡是一樣的。有些娟秀，一筆一劃卻是很有力道。

安若晨心跳得極快，那字條緊緊捏在手裡，她完全無法控制自己，就這麼呆呆站在街中，瞪著路上的每個人。

不一會兒，田慶出現在她身邊，他發現了不對勁，「姑娘，出了何事？」

安若晨下意識將字條揉進掌心，問他：「你可看到方才有人撞我？」

「未曾。」田慶皺起眉頭，街上人多，他的視線偶爾會被路人擋著，「有人撞妳到了？妳可有受傷？」

安若晨微微搖頭，她的眼睛仍盯著街上，眼珠快速轉著，掃視著街上的每一人。

「發生了何事？」安若晨的反常讓田慶也緊張起來，盧正這時候從另一邊跑了過來。

安若晨道：「方才有人撞我，似乎說了一句我四妹活著的話，聽不真切，你們幫我看看，也許是解先生。」

「瘦高個兒，二三十歲左右，五官端正，斯文有禮的模樣？」田慶快速念叨了一遍通緝貼榜上的相貌描述。盧正與他對視一眼，兩人分兩個方向奔開搜索找人。

安若晨往牆邊靠，儘量找一個僻靜不引人注意的角落站著。

好了，現在她的護衛都走開了。既是留了字條，該是後頭還有話要說吧？

她身邊沒人了，來吧來吧，來找她吧！

安若晨甚至故意把後背留出來，製造條件給對手接近她。

她將手放入袖中，把字條藏起來，慢慢恢復了冷靜。

「細作為什麼不殺我？」她當初問過龍騰。她心裡有答案，因為她有價值。將軍愛上了她，他當著衛兵的面擁抱了她。

然後這字條就來了。

前線就要開戰了。

然後這字條就來了。

安若晨越來越冷靜。她期待著，無論是誰，無論要對她說什麼做什麼，出手吧。是要用四妹的生死來威脅她做些事嗎？來吧，來威脅她！

安若晨等待著。

細作之戰我們輸了——每個人都這麼說。

莫鬆懈——謝剛這麼說。

安若晨低下頭，把從前方接近她的機會也留了出來。

她不鬆懈，有狀況就有轉機，總比什麼都沒發生的強。她記得謝剛的教導，就算找到你認為無用的東西，也比你什麼都沒找到強。

安若晨的心跳得快，但她很冷靜。

然而，許久之後，她失望了。

田慶與盧正回來了，而那個神祕人卻沒有出現，田慶與盧正當然也沒發現什麼線索。安若晨沒說什麼，只道她想去招福酒樓坐坐。

招福酒樓雅間，安若晨自己一個人坐著。她進大門時是齊徵招呼她，齊徵眨了好一會兒眼睛，安若晨明白他的意思，陸大娘已經到了。她只需要找個雅間，等沒人注意時陸大娘進來。

不一會兒，陸大娘快速閃了進來，重又掩上門。她與安若晨對視一眼，安若晨直截了當地道：「前線快打仗了，過兩日坊間恐怕會傳些消息。」她簡略地將事情說了說。

陸大娘問：「需要我做什麼？」

「我四妹可能還活著，也許我是細作的下一個目標。」

陸大娘吃了一驚。

安若晨還在回憶著街上的那些人與背影，在腦子裡過濾著——轎夫、樵夫、貨郎、尼姑、書生、小姐、婆子、孩子……

字體端正，是個習字人。撞她時輕巧，身上並未帶著貨品。孩子會吵鬧，也不會帶著孩子。女子寫字求秀美，也不會是那幾位相伴閒逛的小姐。用同伴來掩飾雖是個方法，但她們穿得太鮮豔了。

對，衣裳太鮮豔了！

安若晨的手指在桌上輕輕無聲地劃敲，思索著。被撞的那一瞬間，她看到了什麼？

陸大娘靜立一旁，未打擾她。

這時，安若晨抬頭道：「大娘，妳可知中蘭城內城外鄰縣等等，都有哪些尼姑庵堂？」

「姑娘想換平安符了嗎？」她指的是她們用來聯絡的那些。

安若晨搖頭，「我想去走走，找找線索。」

她看到了灰撲撲的顏色，不是出家人的衣裳，便是轎夫的布衣。轎夫當時在抬轎，其他穿灰衣的路人她沒法找，但尼姑卻是可以的，除非是假姑子。

陸大娘將她知道的廟庵都說了，安若晨記在心裡。

「只這些了，其他的我再去打聽。」

安若晨謝過，又道：「閔公子定是出逃了。南秦既是敢發難，那城內組織定還在，也許有人接替了他。也許是最近新來的外城人，也許是如劉則這般原本就潛伏的，但最近舉動會與往常不一般。他對城裡的事比對前線的事更好奇，其貌不揚，穩重有禮，不與人衝突，不生事，不招惹官府，只結交不惹人注意的朋友。」

換言之，就是另一個閔公子，不一樣的相貌，一樣的做派。

陸大娘點頭，表示會讓人留意。

「如若我是目標，他一定會想辦法接近我。我會常出來走動，給他機會。大娘讓姑娘們也盯緊我，盯緊接近我的人。」

招福酒樓大門處，有個男子抬頭看看酒樓招牌，又看看對面街道，然後轉頭進了酒樓。

齊徵上前招呼：「客官裡邊請。」

那男子微笑點頭，朝著安若晨所在的雅室方向走去。

他中等個頭，細長眼，圓臉。

齊徵見這人走那邊，忙道：「客官要不要坐那頭？臨窗看得到街景呢！」

那人微笑道：「我喜靜，想坐雅間，壽如松可還空著？」

「那間有客人了。」那間正是安若晨坐的。

「無妨，那就福如海吧。」

說話間已經到了福如海。門開著，裡面無人，齊徵也不好攔他。那客人走進去坐下，點了兩個菜一壺酒。齊徵退出來時要幫他把門帶上，那人卻說：「不必關了，透著氣舒服些。」

齊徵只得把門打開，大聲應：「好的，客官，那門給您開著。」

齊徵去廚房報菜名，看到田慶靠著廚房門喝酒，他嘻嘻笑，「田大哥，你又偷酒喝。」

「光明正大地喝。」田慶伸手揉一把這孩子的頭，問他：「安姑娘幹麼呢？」

「不曉得。」齊徵聳聳肩，「自己在雅間吃茶用點心吧，也沒叫菜。田大哥要吃什麼，我去廚房給拿你。」

田慶搖搖頭，從懷裡掏出把匕首來，遞給他，「給你，防身用。」

齊徵愣了愣，接過去。這是把舊匕首，刀柄上還刻著個田字。

「我初學武藝時用的，現在不用匕首了，也沒什麼稱手的兵器好給你，你先學著用這個。妻志雖被捕了，但他勢力大，保不齊萬一有些尋仇找事的。日後若是打仗了，這城裡也會亂。你孤身一人，好好照顧自己。」

齊徵有些感動，田慶自從知道他為了要幫楊老爹申冤報仇留在賭坊潛伏打探後，又問了他的身世，之後就一直很照顧他的。田慶說，他自己也是孤兒，後來入伍從軍，日子才算是過得踏實了。他與齊徵投緣，沒事會過來看看他，當然也會順路弄些酒喝。

「謝謝田大哥。」齊徵又看看匕首，很高興。

田慶笑了笑，「待有空了，我教你兩招。你有什麼事，就跟我說。」

「好。」齊徵一口答應。聽廚房招呼上菜，齊徵忙把匕首揣懷裡，一溜煙跑去幹活了。

福如海雅間的門一直開著，那男子面對著門口坐著，慢條斯理喝著茶等菜。第一道菜還沒上來，壽如松的門就打開了。安若晨從那裡出來，與那男子打了個照面。

安若晨看他一眼，轉身走了。那男子盯著對面的雅間看，裡面沒有別人。

不一會兒，齊徵來上菜，一邊倒酒給他一邊問他：「客官看著面生啊，從哪裡來的？」

那男子笑道：「我也覺得你面生，新來的跑堂吧？這酒樓生意不如從前了。」

齊徵嘻嘻笑，「換了東家了，菜也是一樣的好，客官一嘗便知道了。」

「好，若有什麼再叫你。」

齊徵退了出去，忙乎一會兒後，跑到廚房後街，陸大娘正等在那兒。

「大娘，我問了，別的跑堂也覺得他面生，沒見過，但我與那人搭話，聽他的口氣，似乎是熟客。他進店時，對雅間的名字和方位挺熟的，口音倒是沒有中蘭口音。」

「好。」陸大娘道：「莫告訴別人，也別問他太多，省得他生疑。下回若是再見到他，再搭搭話，問到什麼便告訴我。」

解先生這頓飯吃了很久，他走出招福酒樓時特意留心了一下周圍，心裡暗忖，看來這裡還是少來為好。安若晨比他想得還要有戒心，並沒有看到她與誰接頭。

只是來這裡吃吃飯？解先生不信。

日子一晃近半個月過去，城裡多了許多傳言。

許多人都說南秦要與大蕭打仗了。有人說已經有人目睹四夏江上兩軍已派出戰船交鋒，又有人說，石靈崖前佈了許多拒馬槍，已擺好開戰的架勢。

安若晨每日出門，到處走各處逛，酒樓茶肆各類鋪子，哪裡熱鬧去哪裡，可是與很多人擦肩而過，與不少人坐於一堂，甚至時常撇開盧正和田慶，可再沒有一個人接近她，與她交涉四妹之事。

她還去了尼姑庵，以新年祈福的由頭拜完一家又一家，藉故與尼姑搭訕問話，求籤解惑，尋看墨寶，始終沒有找到寫出那個筆跡的人。

安若晨有些沮喪，也許她沒矇中，根本不是尼姑。

如果是這樣，那又如大海撈針，難有結果。她真是不甘心，事情就這般膠著住了？為什麼細作們沒了動靜，寫字條的人似乎真的就只是告訴她一個消息，再沒有下一步。這不對，安若晨告誡自己要有耐心，只是想到當初龍騰收到字條後，也是再無寫字之人的音訊，安若晨又產生疑慮。

而且，不止細作沒動靜，前線也沒什麼動靜。

安若晨日日關切，聽說前線並未開戰。姚昆那邊的消息是，東凌國那頭要求大蕭交出凶手，史平清交不出來。這案子至今沒什麼進展，兩邊也在拉扯中。

東凌在等南秦的意思，而史平清在等皇上的命令。

安若晨很想就最近這些事與龍騰商量，她小心收藏那張字條，想當面交給龍騰。謝剛不在了，接替謝剛職務的古文達副尉原是謝剛的屬下，安若晨不是很信任他。

倒不是說這人可疑，只是交談之中，古副尉流露出對事態的沒把握，對案情的焦慮，讓安若晨完全沒有與他商議的信心。

安若晨打算等龍騰回來再說，但快半個月了，龍騰完全沒回來過，連封給她的信都沒有。反而是周群那邊每日把城中公函交予驛兵，捎過去給龍騰。後來安若晨忍不住，也捎了封信給龍騰，可龍騰沒有回覆，這讓安若晨有些生疑。她去問了周群，周群道，前線尚未開戰，烽煙未起，公函往來也是正常。只是時局緊張，也許將軍於總兵營坐鎮更放心。合情合理，安若晨也不好意思再多說什麼。

將軍雖與她表白情意，但他們倆似乎並未換過終生之諾，未到山盟海誓那一步，又恰逢戰時，用龍騰的話說，並非合適的時機．她若是嘰嘰歪歪，豈不成了討人厭的怨婦？

安若晨欲再等等看看情勢，卻等來了安若希。

說到安若希，這段時日她過得並不順心。過年時親戚友人往來走動，對她都不那般熱絡了。倒是從前不招眼的三妹安若蘭得到大家誇獎，拿的禮都比她的多比她的好。

這讓安若希非常不舒服。

想到從前，她在安家女兒裡可是最受寵的，如今呢，丟了顏面，壞了名聲，反被三妹壓了一頭。這還不算什麼，她能忍，但有一次她走過花園，聽得三妹與兩位大戶小姐友人閒聊扯是非，竟似編排她的壞話了。她聽得什麼大姊的奶娘，又說什麼二姊餵她吃了什麼後她便去了。安若希頓時火冒三丈，她心裡本就積了怨，且那事她也與三妹解釋過了，如今她竟敢用這個與別人碎嘴。

安若希幾步衝上前，揚手甩了她一個耳光，喝罵道：「妳這個賤人竟敢扯謊誣陷我！」

安若蘭被打得尖叫，那兩位友人驚得目瞪口呆。

安若希猶不解恨，上前要再打。安若蘭抱頭便跑，哭喊姊姊殺人了，有本事妳將我也殺了云云。安若希氣昏了頭，直追過去，姊妹兩個衝撞了安之甫與商賈大戶友人的宴。

事後，姊妹兩個都被罰了。安若希是因為打罵妹妹，安若蘭是因為碎嘴往外說家中嚴禁談論的家事。可安若希不服氣，重點是碎嘴嗎？重點是汙衊了她！把她說成了殺人犯，說成了惡毒心腸！

安若希頂了嘴，當著安之甫的面又要去打安若蘭，結果被安之甫打了幾巴掌，要不是有譚氏護著，安之甫都要叫人去拿家法了。

這是一樁事，但另一樁事讓安若希更憤怒害怕。

那就是錢裴。

那日，錢裴又來安家做客。安若希躲著他走，可家宴還是要赴。家宴上，錢裴沒再老調重談什麼二姑娘的親事，什麼大姑娘如何，只是與安之甫吃喝談笑。安之甫趁機打聽前線戰情，錢裴道無事莫慌，他找太守問了，沒開戰。大家照舊玩樂吃喝便好，打也打不到中蘭城來。

安之甫放下心，安若希也鬆了口氣。隨便你們聊什麼，只要不再扯上她便好，她吃了一會兒宴便告退回房。安之甫最近看她不順眼，也想打發她走。安若希領著丫鬟回院子，半路時想著宴上沒吃上什麼，便讓丫鬟去廚房拿點心。結果她獨自一人沒走多遠，卻被人從背後捂著嘴拖到牆根暗處。

安若希哪曾想過在自己家裡會遭此一劫，嚇得魂飛魄散。

待一定神，卻見一人走到面前，正是錢裴。

錢裴微笑著道：「許久不見，二姑娘越發貌美了。」

安若希驚得瞪大眼睛，冷汗涔涔。

錢裴似乎很享受她驚恐的模樣，笑看了她好一會兒，這才道：「這般與妳說話是想讓妳知道，若我想對付妳時，可不是只會透過妳爹爹對妳罵幾句打幾下，我是會直接動手的。」

安若希打著顫，身上起了雞皮疙瘩。

「妳若明白了，就點點頭。」

安若希顧不得背後還有人鉗制著她，慌忙點頭。

錢裴揮了揮手，抓著安若希的那人將安若希放開了。安若希還未來得及鬆一口氣，卻見錢裴陡然變臉，竟一把掐住她的頸脖，將她按在了牆上。

安若希大驚失色，叫也叫不出，氣也喘不上，本能地掙扎，可錢裴一用力，她又不敢動了，只睜大眼睛，驚恐地看著他。

錢裴鬆了鬆手上的勁道，安若希大口喘氣，也不敢叫。

錢裴滿意了，笑著對她道：「妳姊姊很有意思，我讓妳去說有兩個丫頭進了我府中，她竟去跟姚大人和我兒子告狀，還搬出了姚夫人。」

安若希恐慌地搖頭，「不是我讓她這麼做的。」

錢裴笑道：「自然不是妳。妳怎會想到如此作為？我原以為她會託妳再查探或是想辦法找我談判探個底，總之是要與我交交手才好，結果她沒有。」

安若希冷汗直冒，聽不懂錢裴的意思。

「妳說，妳姊姊是不是個得趣的人兒？不聽話又倔強，想讓她做什麼她偏不做，還想法讓妳拿她沒辦法。」

安若希喘著氣道：「我定不會如此的，錢老爺的吩咐，我定會照辦的。」

錢裴點點頭，手上又用了勁。安若希喘不過氣來，痛苦地握住了他的手腕。

錢裴看著她痛苦的表情，很是興奮，他又鬆了點手勁，安若希忙大口吸氣。

錢裴笑道：「妳當然聽話，妳不是她，我也不怕妳不聽話。我這次便是來告訴妳，莫以為能左右逢源，跟我耍小聰明是絕對討不著好的。妳記住，我讓妳做什麼妳便做什麼，若違背半點我的意思……」一把匕首貼著安若希的臉扎在牆上。

安若希嚇得簌簌發抖。

「若違背半點我的意思，我便劃花了妳的臉，割了妳的耳朵，把妳賣到南秦破破爛爛的窮村裡當窯姐，妳可聽清楚了？」

安若希抖得眼淚都落了下來，卻不敢哭，用力點頭。

錢裴放開了她，安若希捂著喉嚨彎腰用力咳。

待她咳完了，錢裴笑著掏出一袋銀子給她，「拿去，買些衣裳胭脂什麼的，常去妳姊姊那兒坐坐。我聽到傳言，也不知真假，聽說妳四妹活著。與妳姊姊打聽打聽，若她有妳四妹的下落，便是我用得著妳的時候了。」

「然、然後呢？」安若希不敢不接。

「然後我有吩咐時，自然會來找妳。」錢裴道。

安若希拿著銀子，驚恐地站那裡，只會點頭。

安若希忍到錢裴走後兩日，穩定心神了才趕緊去找安若晨，將事情與安若晨說了。

安若晨沉吟許久，問：「錢裴說，他聽到傳言說四妹還活著？」

安若希猛點頭，慌張地握住安若晨放在桌上的手，「姊，妳想想辦法！」

「他從哪裡聽說的？」

「我不知道。」

「他的消息來源很重要。」

「難道我不重要？」安若希急得用力捏安若晨的手，「他說要殺我，還說要劃花我的臉，割我的耳朵，要把我……」安若希想起那時的情景，打了個寒顫，「妳若是有什麼消息，什麼都好，妳告訴我，他再找我時，我有話可說，才能將他穩住。」

「我沒有任何消息，未曾聽說四妹活著，反倒是這錢裴，他從哪裡聽說的？」

安若希甩開安若晨的手，站起來，下意識往後躲了兩步，「難不成妳想讓我反過來刺探錢老爺？讓我去問他哪裡得的消息？我瘋了嗎？我又不是活膩味了！」

安若晨沒說話。她確實很想這麼做，但她並不覺得安若希能從錢裴那裡問出什麼來。事實上，安若希今天表現出來的對錢裴的恐懼，超出以往任何時候，甚至連她自己都沒想到錢裴會做出這種事。

這種威脅真的很恐怖，更恐怖的是，她與妹妹一樣，竟然覺得錢裴真的做得出來。

安若晨的沉默讓安若希跳腳，「妳倒是說話呀，我該怎麼辦？他再來問我，我怎麼回答他？我若是從妳這邊套不到半點消息，他不會放過我的。」

「我這邊沒什麼消息給妳。」安若晨道。

安若希瞪著她。

「我保護不了妳。」安若晨再道。

安若希冷靜下來了。她僵直地站著，看著端坐在她面前的安若晨。

「外郡的親事，我確實找人去問了，但眼下形勢不好，我不能離開中蘭城。我先前與妳說的，過完年就去外郡幫妳相看人選，現在暫時做不到，我也沒有辦法給妳任何有用的消息。事實上，如果我知道四妹在哪裡，我也不會告訴妳，何況我並不知道。」

安若希不說話。

安若晨繼續道：「我不會也不能告訴妳任何消息，我今日是知道了，我從妳這兒也拿不到什麼有用的線索。錢裴瘋魔狠毒，他再嚇一嚇妳，妳會把所有的東西都告訴他。我甚至不敢肯定妳與我說的話裡有多少是自己真心實意，有多少是錢裴教妳的。」

安若希瞪她半晌，忽然冷笑起來，「所以呢？我該去告訴錢裴，我把事情搞砸了。我與我姊姊說了大實話，卻起了反效果。她不敢相信我了，她不會再理我，無論錢老爺你想做什麼，從我這兒下手是對付不了姊姊和四妹的，是嗎？」安若希眼眶紅了，「我就該這麼與他說大實話，然後看他的心情，是放過我，還是記恨我對我下手，是嗎？」

安若晨不知該說什麼好，她靜默許久，道：「我上回已經與太守夫人說了錢裴的惡行，她找了姚大人和錢大人……」

「所以錢裴才惱羞成怒，把這帳算到了我頭上！妳沒見著他那副模樣，像惡鬼一般！」安若希尖叫，「妳若要對付他，便把他往死裡整！找人斥責幾句，妳是安穩的，我呢？」

安若晨握緊拳頭，「我沒法子把他往死裡整，我沒有他的把柄，我也不能給將軍惹麻煩……」她的眼眶也紅了，「我當初保護不了四妹，如今也保護不了妳。」

安若希看著姊姊的模樣，看著看著，像是忽然被抽空了力氣，雙腿一軟，跌坐回椅子上。她想哭，眼淚卻流不出來。她坐了半晌，猛地起身，一言不發，悶頭就走了。

安若晨倏地吐出一口氣，靠在了椅背上，捂住了雙眼。

她誰也保護不了，她也不敢相信二妹。這也許是錢裴的計策，挑在這種邊關危急，將軍不在，她沒有依靠的時候。

安若希回到家裡，將自己關在房裡悶坐了許久，然後她找了譚氏，告訴譚氏兩天前錢裴到家裡做客之時，恐嚇了她，又把錢裴說的話做的事詳細說了一遍。

譚氏一驚，問她：「四姑娘還活著？真的假的？」

安若希聽得這話，心裡頓時涼了半截。

「娘，他說要殺我，還要將我……」她實在不想重複了，安若希閉了嘴。

「傻孩子，那不過是嚇唬嚇唬妳的。」

「就算嚇唬我，這般出格，難道便由著他一直嚇唬嗎？」

譚氏皺了眉頭。

安若希又道：「我夜裡做惡夢，害怕得不敢睡。」

譚氏將她摟進懷裡，「那妳到娘這兒來睡吧。這事我與妳爹爹說，但妳也知道妳爹，他定是不敢與錢老爺說什麼。倒是妳四妹活著這事，究竟真的假的？」

安若希的心徹底涼透，「夜裡就不來打擾娘了，我只是把事情與娘說說，若我真是死了殘了失蹤了，娘記得我說過的這些，就是錢老爺幹的。若是爹爹到時不敢對錢老爺如何，不敢為女兒做主，好歹爹娘也知道女兒是怎麼死的，凶手是誰。我想說的，就是這些了。」

譚氏「嘖」了一聲，「說的什麼胡話……」

但安若希已不想聽，她起身朝譚氏施了個禮，走了。

安若希出了譚氏的院子，一時也不知該往哪裡去。這是她的家，而她不想回屋，不想見母親，誰也不想見。她低頭信步走，走著走著，發現自己走到了四房的院子外頭。她從後頭拐進那個廢棄的小雜院，踏入半枯黃的草堆裡，走到牆邊。

沒費多大的勁兒，她找到了安若晨說的那個狗洞。

四妹是從這個狗洞鑽出去的，大姊是從這個狗洞鑽出去的……

要求得一條活路，竟然得像狗一般的逃嗎？

『我保護不了妳。』

安若希想起大姊的話，深吸了一口氣。她真的很想哭，眼淚卻流不出來。誰也保護不了她，誰也不願意保護她。她不壞啊，她真覺得自己不壞。她沒有殺老奶娘，真的沒有。她討厭被人冤枉，她討厭被人擺布。

安若希在狗洞前蹲下，抱著膝埋著臉，無聲痛哭。

而安若晨這一夜輾轉反側，不得好眠。

第二日一早，她跑去找周群，問：「我有重要軍情，去總兵營見將軍，可妥當？」

「自然是不妥當。」周群瞪目，「有何軍情如此重要？可用密函報予將軍。驛兵很可靠，不會出差錯的。」

安若晨可不管驛兵，又問：「如此將軍算違律嗎？」

周群好半天擠出一句：「倒是未有律規說安管事不能去，再者，安管事去了，也不是將軍違律，問題在安管事妳自己身上，你是女子啊！」

是女子，女子！哪有女子入兵營的，安管事，妳懂嗎？

安若晨點點頭，「那我就去了。」說完，她轉身回屋準備去。

周群傻眼，張了張嘴，想叫安若晨回來再商量，又不知該說什麼好。他想了想，趕緊去封信給將軍稟報此事。若安若晨沒去，就當是自己勸住的。若安若晨去了，這也表示自己勸過了，只是沒攔住而已。總之，他及時上稟，不算有錯。

周群的報函比安若晨早到一日，龍騰瞪著上頭的字，皺皺眉頭，卻發現自己嘴角彎了。他端正臉色，把報函丟到一邊，發現自己嘴角又在上揚，於是揉了揉臉。

龍騰站起來在帳中走了兩圈，察覺自己在練習板著臉。

板著臉這種事，居然需要練習嗎？

第二日，龍騰見安若晨從馬車上下來時，便有些後悔昨日沒認真練習。他一聲不吭，背著手轉頭就走，安若晨還未來得及行禮就只能看到將軍的背影了。她趕緊屁顛屁顛地跟上，一邊走一邊忍不住四下張望。

哇，這就是兵營啊，果然很多軍爺，比紫雲樓多太多了！個個精神抖擻，英姿勃勃，列隊奔過的那些，整齊有序，朝氣蓬勃！長槍威風八面，大刀霸氣十足……

「咚」的一下，安若晨的腦袋撞到一面堅硬的牆上。

抬頭一看，是龍大將軍的胸膛。

他正瞪著她，嚴肅冷峻的表情與長槍大刀一樣威武。

「安管事。」

「是，將軍。」

「妳來此是檢閱我的兵將來了？」

安若晨摸摸鼻子，「將軍，我有重要軍情稟報。」

龍騰瞪她半晌，這才點頭，轉身繼續領路。

安若晨不敢再到處張望，跟在龍騰後面快步走，走到他的帳子裡。

進帳後又好奇了。這裡看看，那裡摸摸。
「我聽說總兵營是有屋子的。」
「兵將住什麼，我便住什麼。」龍騰答。
安若晨聽得聲音才發現龍騰跟在自己身後轉，她轉身，差點又撞到龍騰。
龍騰退了一步。
安若晨看看屋裡，沒有別人，她便上前一步。
龍騰沒再後退。
安若晨仰頭看著龍騰，他的頭再低些，他們便鼻尖碰鼻尖了。
「安管事，妳是來擾亂軍心的嗎？」龍騰極嚴肅地問。
安若晨很有衝動想踮腳撲上去親將軍一口，不知道他的表情會如何，可她不敢。她看著龍騰的眼睛，掙扎了片刻，放棄了。
「我確實是有重要軍情稟報的。」安若晨拿出一張字條遞給龍騰。
龍騰一看，頓時反應過來，「是何人給妳的？」
安若晨將事情經過說了一遍，又說了自己正在查找的方向，不過還未有進展，而後又說了錢裴威脅安若希的事。
「他聽說四妹還活著，只是不知這消息從何而來？我原想會不會是他設的計，故意引我上勾，但字條上的字跡與將軍從前收到的一般，錢裴可不會留字給將軍，再者說，他的筆跡也不是如此。」
龍騰皺起眉頭，認真思索起來，「錢裴認得留字的人，或者認得與留字人相關的人？」

「他會不會是與細作一夥的？」

「若是如此，他還與妳妹妹透露他知道只有細作才知道的消息，還讓她告訴妳，那也太蠢了些。」

安若晨沮喪，「我有託了些人打聽四妹的下落，不知道是不是這般把消息洩露了，又或者留字人那邊洩露了。」

「這個留字人，我一直覺得很可疑。」龍騰再看一次那張字條，「城中有細作，與妳妹妹活著，這兩件事本來都是大家知道極有可能的事。這人要報信，卻不報具體可查證的。誰是細作，妳妹妹在哪兒，這些都不說。城中有細作，說了這句之後，後頭再沒有消息。既是不給後續，先頭又為何報信？」

「他告訴我我妹妹活著，後頭也沒了下文。」

「所以這人報信的目的是什麼？」龍騰一直沒想通。

「將軍，我想將這人引出來。」

龍騰皺眉頭，「如何引？」他心裡隱隱猜到幾分。

「將軍與我親近之事，其實已然走漏了風聲。」那個馬夫見過他們擁抱，那隊衛兵也見到將軍將她拉入懷裡，「然後就有人遞了四妹的消息給我。若無下文，也許是他們還在等待時機，也許覺得火候還不到，還不能確定，因此需要用事情將我向你推一把。我向你哭訴，惹你憐惜，這般便能更親近了。」

「他們定是不知道向人哭訴惹人憐惜這種事壓根兒與妳不沾邊。」

「自然是沾邊。」安若晨撇眉頭，頗有龍騰的表情神韻，可惜眉毛不太靈活，「只要有效管用，哭訴裝可憐這種事我幹得出來的。」
「嗯，這倒是實話，妳連闖兵營會將軍這種事都幹出來了。」
「將軍！」安若晨再撇眉，「將軍莫要調侃，我正在說正經事！」
「我也是正經答話的。」
「將軍太正經時，總惹人猜疑。」
「是嗎？」龍騰眉毛挑得老高，「那定是妳疑心太重。」
安若晨按捺住摸摸他眉毛的衝動，將手背到身後道：「總之，我需要做些事，讓他們確定肯定我便是將軍的軟肋，那般若他們有什麼計畫，欲拿四妹威脅我，便該有所行動。他們有動靜，我們才有線索可查探。還有，我二妹那頭，錢裴一直對我耿耿於懷，若是我與將軍關係親密之事傳到他那兒，我自己會會他，且不再見我二妹，他便不該對我二妹如何了。」
龍騰一嘆，說道：「向你哭訴，惹你憐惜，成為你的軟肋，然後再用來威脅你。這些妳設想會用在我身上的手段，不正是安家和錢裴讓妳二妹用在妳身上的嗎？」
安若晨一愣。
「現在無論妳見不見妳二妹，若錢裴對她下手，威脅妳，妳真能無動於衷？」
安若晨語塞。
「就如同利用妳四妹一般。」
安若晨說不出話來。
龍騰欲伸手，伸出一半又背過手去，對她道：「妳的心太軟了。」
安若晨靜默一會兒，問：「將軍呢？將軍的心腸夠硬嗎？若有人用我來威脅將軍，讓將軍做出有悖軍魂，背叛大蕭之事，將軍可會為難，可會屈服聽命？」

「自然不會。」

安若晨點點頭，「那我就放心了。」

龍騰有被噎住的感覺，一般姑娘聽到自己不那麼重要，竟不被心上人珍視，不是該傷心難過嗎？嗯，對了，他不該忘了，他的安管事可不是一般姑娘。

「將軍，我保護不了四妹，保護不了二妹，我連保護自己都沒把握，但是我覺得，凡事總該拚盡全力。我能將劉則那些勢力剷除，也定能引來其他的細作。找出線索後，便能將他們抓捕。細作之戰，我們雖輸了一城，但也絕不會讓南秦輕鬆逍遙。」

「聽起來口氣不小。」

「是將軍教導得好。」這馬屁說來就來，拍得自然流暢，技巧嫻熟。

「所以妳打算即刻與我成親？成了將軍夫人，那妳的價值就真的大了去。細作將妳一綁，我鐵石心腸不搭不理，妳死於陣前，我贏得美譽，待回到京城，再受皇上嘉獎，結門更好的親。」

安若晨臉垮下來，擺出不高興的表情給龍騰看了。

「我說的不對？」龍騰又挑眉頭。

「若真有那日，將軍且記得千萬要不搭不理才好。還有，再怎麼說，將軍夫人也算是為國捐軀，追封個詔命夫人什麼的也是應當的吧？莫要管安家，只要把我娘的墳與我的遷回我娘老家德昌縣，與我祖父葬在一塊兒便好。這般我也算給他們長了臉，沒白活。還有，龍將軍都有兩本傳書了，龍將軍夫人也該有本傳奇才好。將軍到時記得找個好的說書先生為我寫個好話本，將我事蹟流傳下去。」

龍騰沒好氣地瞪她。

安若晨抬頭挺胸，「好了，我的遺言說完了。」

「故意氣我是吧？」

「有嗎？」安若晨也努力挑眉毛，可惜只撇動了一點點，「那定是將軍小心眼了。」

龍騰沒忍住，一指頭戳在她的眉心上，「就會搞怪！說好的哭訴求憐惜呢？」

「將軍吃那套嗎？那我可來了啊！」安若晨不由分說，先撲上去將龍騰的腰抱住。抱上後心中嘆息，真是好想他啊！

龍騰也未忍住，伸手將她環抱住了，嘆口氣道：「我一直在想，妳爹那德行，妳家那狀況，是如何養出妳這種毫無章法的姑娘？」

安若晨抬頭，「怎地形容姑娘還能用毫無章法這詞啊？」

「那妳自己說，妳是個怎樣的姑娘？」

「謙虛是美德，我還是不要說了。」安若晨皺皺鼻子，一副「自己很了不起還是不要說出來嚇著你了」的模樣。

龍騰忍不住笑起來，她真是可愛，正經說事的時候很可愛，頂嘴的時候很可愛，搞怪的時候也很可愛。他嘆息，不再抗拒，低頭吻住她。

安若晨臉紅了。

上回那吻，只是輕輕一啄，她還睡著，有些迷糊，這回卻是清醒著的。

龍大將軍顯然也不是什麼花叢老手，他的吻有些笨拙又有些野蠻，安若晨分不出好壞，只覺得滿心歡喜，似踩在了雲端上。

好一會兒，龍騰抬起頭來，微皺眉頭，似不滿意，「磕到妳的牙了。」

復又低頭，再吻一次。

所以是打算練到不磕牙為止嗎？

這回他溫柔許多，還真是沒磕上了。

安若晨抱著將軍的脖頸，迎了上去。輕輕的一聲響，牙磕上了。

龍騰撇眉頭，「安若晨姑娘。」

「是，將軍。」

「妳故意的。」

安若晨一臉無辜，「故意什麼了？」

故意讓他再吻一次！

龍騰雙掌交扣，讓她坐在他的臂彎裡，抱高了，細細再吻了一回。

這事就如習武一般，練多了自然就好。

龍騰對這回的吻很滿意，看著安若晨滿臉紅暈眼波如水的模樣，就更是滿意。

「現在時機不對。」趁她迷離之時，他得趕緊把事情說明白。

「將軍說過，反正什麼時候時機都不對。」安若晨嬌羞伏在龍騰懷裡，腦子卻很清醒。

龍騰懊惱，心上人太精明也是讓人頭疼啊！

「待我先弄明白眼下究竟是何狀況再議。」

「將軍忙將軍的，我又未曾要成親。將軍隨便給我一紙婚書，我拿去顯擺顯擺就行。回頭若真出什麼意外，將軍還能說未曾正式下聘，那也做不得準。總之，進可攻退可守，挺方便的。」

龍騰瞪她，「誰方便了？妳誘拐細作方便，還是細作綁了妳方便？還什麼作不得準？安若晨姑娘，妳的閨譽還要不要了？」

「我的名聲早八百年前就沒了。最緊要的是，究竟是誰給了字條，意欲何為，錢裴又是從哪兒得到的消息。他若與我直接交手，我二妹那頭便也不必再擔驚受怕。」

龍騰將安若晨放地上，摸摸她的頭，「妳先回去，我再想想這事如何辦。」

「將軍已經想了半個月了，還未曾想好嗎？」

龍騰戳她腦袋，「見著妳，才知道這些事，怎麼會是想了半個月了？」

「將軍上回離開時，也是天未曾亮，那時偷偷進了我屋裡與我話別。這回將軍走時，完全不打招呼。我與將軍寫信，將軍也未曾好好回覆，只透過周長史傳話。我這回過來，將軍雖未派人於半路阻攔，但見了我也是冷淡。方才說話之時，將軍明明想伸手接近我，又縮了回去。」

安若晨這番控訴說得溜，還半點未停頓。

她觀察細微卻不動聲色，抓住時候直接戳穿，聽得龍騰一愣一愣。

「將軍是否上回當著衛兵隊的面與我親近，然後到了姚大人那兒又得了那般糟糕的消息，覺得不止細作名單洩露，對方整個謀局更是凶險。謝大人不在了，無人照應我，所以將軍欲避開我些，免得我被細作盯上？細作不殺我，將軍也早猜測其用意，若我當真是將軍意中之人，情投意合，那我的凶險自然是大些，對不對？」

「安管事。」龍騰嚴肅臉。

「是，將軍。」

「我記得我曾讓謝剛教過妳，聰明勁兒得藏著點。」

「我藏著呢，我還未使出全力。」安若晨也正經臉。

龍騰的臉色快繃不住了。

得，這位姑娘，妳越來越難管教了是吧？說一句妳頂一句，都能反駁回來對吧？

「將軍。」安若晨握著龍騰的手，語氣誠懇：「我大蕭密探被殺，南秦與東凌使節被殺，這兩國也許很快會結盟一起進犯。姚大人說了，如今茂郡那頭也在調兵布防，做應對之道。我們這兒，既是細作一案仍有線索，便該及時追查，切莫錯過良機。我二妹說的對，我若要對付錢裴，便得往死裡對付，不然不止二妹，就算我四妹活著，也難逃他的魔掌。細作也罷，錢裴也罷，我都要找出把柄來，全都不能放過。」

「自然是這個理。」龍騰道：「待我仔細想想。還有，妳莫光盯著錢裴和細作，先不說妳四妹，那畢竟還沒蹤影的事，妳自己心裡明白，而妳二妹被人捏在手裡，她對妳而言是隱患，心慈手軟便不能成事，會害了她也害了妳自己。」

「我曉得的。」所以她才會狠心說那些話，她知道那些話定是會傷了二妹，那她只能這樣做，那些也確是實話。

「曉得就好，還有，妳一個姑娘家，不便留宿軍營。妳先回去，待我有了主意，便會給妳指示。」

「那不如將軍先抄份婚書。我帶了現成的，將軍照著抄便成。上面是將軍的筆跡，回頭我也好與人說事。待日後將軍指示下來了，我也不必再跑一趟讓將軍抄了。將軍看如何？」

「不如何，妳自己莫輕舉妄動。總之，等我消息，我也得安排查探一番，不能聽妳說一說便動手。」

「沒動手啊，也沒處動手去，我只是想先要個身分。你久久不歸，我前來探望，真情流露，坐實傳聞，挺自然的。」

「安若晨姑娘，妳的矜持呢？」

「家國興亡，哪裡還顧得上矜持？」

龍騰簡直想寫「服氣」兩個大字給她。安姑娘，妳可以的，越發厲害了。他不得不再把臉板起來。是，她說得真是有道理。他是將軍，前來守衛邊關，這時候弄些什麼兒女情長，還真是就與國之安危息息相關，撇不清關係。早知道他就該矜持些，若他能把握克制，不與她透露心意，如今她也不會想拿這事做籌碼。

「妳先回去。」

安若晨仔細看了看他的臉色，問道：「將軍，你先前與我所說的心意，不是哄著我玩的，是吧？」

龍騰頓時不高興了，這回是真不高興，想說「難道還有假的」又覺不舒坦，想說「自然千真萬確情比金堅」又覺彆扭，一時間僵在那兒。

「好了好了，我知道了。」安若晨用哄他的語氣。

可是，將軍那張臭臉哄不好。

「那我先走了。」識時務者為俊傑，安若晨自然不會在這時候再囉嗦討人嫌，「將軍想到了主意對策，就告訴我。」說完當真飛快走了，也不用龍騰送。

龍騰瞪著她的背影，真該給她改名「若風」，想來便來，想走便走，還這般迅速。

他想著安若晨最後的問話，越想心裡越不舒服。他是冷落她了，先前他說讓她定婚期，如今她來要個婚書他又不樂意了，那她心有疑惑也是正常。可他也想問她呢，她對他的心意又是如何。說不公開的是她，如今想拿他們之間的情意誘敵恨不得張榜公告的也是她。

龍騰在帳子裡來回轉悠，過了許久，想起來了，召了衛兵問，安管事走時有沒有備些吃食淨水給她，馬蹄馬掌可檢查了，車架車輪可修整了。

衛兵一臉尷尬，小小聲道：「將軍，那位安管事還未走。」

龍騰一愣。

「她說將軍也許還有要事要吩咐，她在馬車那兒等等。」

龍騰大踏步出了去，行到兵營營門處，看到安若晨的馬車果然還在。

車門開著，安若晨正坐在車上似發呆。

龍騰愣了愣，一時也不知自己是何心情。

原來她沒走！

安若晨似察覺龍騰的目光，抬起頭來，與龍騰四目相對。

龍騰走近，還未開口問她為何不走，安若晨卻搶先開了口：「將軍，我對將軍的仰慕之心，天地可鑒。將軍一表人才，英俊威武，於我又有救命之恩，又教導我許多事。我不再是無見識只懂家宅之鬥的商賈女兒，我心有國家，胸懷大志。」

龍騰：「……」安若晨姑娘，妳果然拍馬屁加自誇麻溜利索，矜持這東西確是沒有的。

「我不在乎門第之別，不介意高攀之言。將軍若不鍾情於我，我幫將軍管事一輩子也無怨言。將軍說對我有情意，我必全心回報。就算將軍要我上戰場，我也絕不推辭猶豫。只要能伴在將軍左右，我便歡喜。為將軍辦事，小至縫衣，大到殺敵，我都願意。這便是我對將軍的情意。」

她在對他耍計謀，龍騰知道，可是這些奉承話，也許可算是情話，他聽著就是受用啊，如飲甘泉，舒心暢快。

龍騰清清喉嚨，道：「安姑娘，不介意門第高低，這話當由我說才合適。」

「我也未曾介意啊！」安若晨非常理直氣壯，「將軍說願意娶我，我便覺得我當得起將軍的夫人。」

龍騰心裡被一股溫暖漲得滿滿的。是，是，妳當得起！安姑娘，妳當真是厲害的！

「將軍，我可能真的是有些心軟的毛病，可我這人有一點，無論如何，是不服輸的。」

龍騰起了戒心。

「將軍，若在兵營裡被兵將們知道你有中意的姑娘，你可算擾亂軍紀，要被罰嗎？」

龍騰更防備了，「未曾有過先例，未有此條律規。」

姑娘，妳的膽子又肥了是吧？妳想幹什麼？

安若晨與龍騰四目相對，兩人皆未說話。

然後安若晨對龍騰討好地笑了笑，笑容諂媚，龍騰挑高了眉梢。緊接著就看到安若晨在馬車裡站了起來。她走到車邊，二話不說就往龍騰的方向撲跳過來。

那姿勢絕對稱不上優雅，不但不優雅，且絲毫沒有安全落地的準備。若是沒人接住她，她絕對會摔撲到地上啃一嘴泥。

接住她？讓她摔？

龍騰根本沒來得及想這問題就已經出手了。他邁前一步，一探手便將她抱住。

真是又好氣又好笑。

「安管事……」龍大將軍的語氣充滿無奈。

「將軍若覺此事不妥當便可放手讓我摔了。」安若晨振振有詞，「就說是見不得我失足摔落而扶我一把，但始終男女授受不親，還是保持些距離好。」

龍騰嘆氣，將她抱穩了，道：「那我可摔了。」

「好，我絕不喊疼。」安若晨乖巧答應，接著又補上一句：「不過現在再摔有些晚，咱倆都來回說了好幾句話。你應該一伸手就放開，那般會更自然些，可現在抱得久了。當然，只要將軍一口咬定，旁人也說不得什麼，反正我拿不到婚書，有大家目擊我曾與將軍親近也是可以的。進可攻退可守，將軍覺得如何？」

「不如何。」龍騰板著臉將她放下來，「妳跟我來。」

「哦，哦。」安若晨跟在他身後，想著難道將軍給她留面子，要找個無人的地方再訓她？總之她不敢看周圍人的表情，她也是有臉皮的姑娘。正胡思亂想，卻見龍騰的右手晃啊晃還動手腕，安若晨沒明白怎麼回事，盯著那手正琢磨，龍騰卻突然轉身瞪她了。

這一瞪是何含意？安若晨感覺自己很無辜。

結果，龍騰道：「沒半點眼力，就這樣還想逼婚？」

「哦，哦。」安若晨懂了，趕緊把自己的手塞進龍騰掌心。

龍騰握著了，這才繼續往前走。

安若晨辯解道：「將軍，我未曾逼婚。」

「哼！」龍騰回她個鼻音。

安若晨傻傻地笑，另一隻手也伸過來，兩隻手一起握住龍騰的手掌，「未曾逼婚，時機不對，來紙婚書表明情意我去辦正事就行。你看，進可攻退可守，對不對？」

「不對。」龍騰很跩地甩她個酷臉，「在我這兒只可攻不可退，妳退一個試試？」

安若晨認真思索。

「最後一句忘了吧，不用試。」龍騰看她表情覺得不放心了，這姑娘萬一想不開真試試，他還真不知用什麼招收拾她，總不能罷她的職打她軍棍。

進了龍騰的帳中，龍騰坐下，安若晨還沒來得及說話，就被龍騰一把拉過按在腿上揍了兩下屁股。安若晨大驚失色，幸而這兩下不疼，然後龍騰也沒下一步，安若晨趕緊爬起來。她動作麻利地把婚書掏了出來，「將軍，就照著這婚書抄就行。」

將軍出了氣，該願意了吧？

龍騰沒好氣地接過看了看，「磨墨。」

安若晨趕緊四下找墨條，文房四寶全翻出來，擺得整整齊齊，再順手倒杯茶給將軍。

「妳下回再在我身上耍小聰明……」龍騰擺出凶巴巴的臉。

「是，是，將軍教訓的是！」教訓什麼了也沒教訓清楚，反正將軍說什麼都是對的。

龍騰仔細再將婚書看了一遍。其實這東西沒什麼約束效力，並非三書六禮等正式禮數，只是尋常人家兩邊相看中意後，託媒婆上門說親時寫的，以示雙方意願，再拿著這個請定主婚人，定各文書採辦各禮數等。因不算正式下聘，還真是「進可攻退可守」。

龍騰看了婚書一眼，又看了安若晨一眼，道：「拿這個回去就正經操辦，只許攻不許退，記住了嗎？」

「是，是！」安若晨一口答應。

「妳在中蘭城沒什麼親人。」

當安家死了似的，安若晨聽得一笑。

「妳找太守夫人幫妳操辦，總得有個長輩出面。我會去信給太守託付這事，也會去信給我二弟，京城我家那頭也交代清楚做準備。」

安若晨抿了抿嘴，怎麼突然這麼正式？這樣挺有壓力的呀！

龍騰橫她一眼，再重複一次：「只許攻不許退。」

「是，是。」安若晨琢磨著，究竟是她拐了將軍，還是將軍拐了她啊？

龍騰開始認真寫婚書，有些詞句抄那範本，有些話他自己寫。偶爾停筆沉思，正經嚴肅，一字一句怕寫錯，微皺著眉頭極認真。

安若晨看著他的側臉，高挺的鼻樑，長長的睫毛，將軍真是好看。武將長成這樣不合適吧？難怪將軍總要板著臉，不然嚇唬不了別人，上陣殺敵不夠有氣勢。

安若晨沒把持，迅速探頭過去飛快啄一下龍騰的臉蛋，接著退回去繼續保持正經狀。

龍騰愣了愣，呆了呆，非常緩慢地轉過頭來看她。

「將軍繼續寫，不要耽誤。」安若晨揮揮手。

不要耽誤？不要耽誤誰呀？

龍騰板起臉，「安管事，方才是何用意？」

「就是想看看將軍突遇變故時，表情是否有變化。」安若晨自以為理直，「將軍挺鎮定的，不愧是將軍。」

將軍一點都不鎮定，將軍把搗亂的安若晨姑娘拖過去啃了好幾口，然後按在膝上又揍了兩下屁股。

被揍過的安姑娘得寸進尺，掏出另一張紙遞過去，「將軍，還有這個也幫我寫一個吧。我既是身分不同了，就需要一位二管事幫忙打理雜事才好。」

龍騰接過一看，照著寫了，一邊寫一邊嘮叨：「妳知道，妳不可能保護所有人。」

「我知道。將軍勇猛機智，位高權重，但也不可能百戰百勝，事事如意，何況我一弱女子？但將軍教導過，不戰而降，乃懦夫所為。我雖是婦道人家，但我不是懦夫。凡事盡我全力，拚到最後一刻。」

龍騰聽得有些動容，心裡仍有遺憾，面前這位智勇雙全可惜不是男子，不然真會是位好謀士好戰將，卻又覺得是女子再好不過，不然他這輩子怕是找不到這般中意的娘子了。

龍騰把安若晨要的都寫好，讓她去馬車上等著，他有事交代田慶和盧正。

安若晨等了好一會兒，田慶、盧正回來了，沒想到龍騰也來了。

安若晨忙道：「將軍，我這回真走了，不會再賴著的。」

龍騰瞪她，牽過她的手握著，「我交代的事，妳記清楚了？」

「嗯。」乖乖點頭。

「回去後換個院子，搬到我院子旁，那裡衛兵巡值，更安全些。田慶、盧正搬到妳的隔壁院去，有什麼事好招呼。不可一人出門，有事就寫信給我。」

「那你回信嗎？」安若晨搶著問。

「回。」龍騰捏她的手以示懲戒。還未過門呢，這怨婦口氣哪裡學來的？

安若晨皺著臉裝痛楚，惹得龍騰又捏她一下。

從前怎麼不知道她這般活潑，活潑得不想讓她走了！

「妳還有什麼想與我說的？」

「嗯。」安若晨猶豫了一下，「要不，下回見面時再告訴將軍。」

龍騰揚起眉毛，這是故意吊他胃口？

「現在說。」他擺出了大將軍下軍令的口吻。

安若晨左看右看，眾人早就有多遠站多遠，很識時務地不看將軍與姑娘手牽手。

安若晨想了想，湊到龍騰耳邊輕聲道：「我忽然想到一些問題，不知將軍是否嫌棄，但將軍說親事是要正經操辦的，又說只可攻不可退，我想還是跟將軍先說清楚好。」

「什麼？」

「我、我從來沒被人揍過屁股。我是說，我爹爹打我，一向是甩巴掌用腳踢上家法用鞭子的，我身上，我是說，我身上不好看。」那些疤痕，消不掉了。她這段日子活得太自在，都將這事拋在腦後。方才龍騰打她，明明莽夫武將可一掌碎石，卻未讓她覺得疼，反而滿是親近甜蜜，對比從前挨的那些拳腳棍棒，令她想起了身上的疤。

龍騰盯著她看，看得她臉紅起來。

龍騰道：「我也從未揍過姑娘屁股。」

安若晨忍不住想給他白眼，重點是這個嗎？她失言了，他也跟著說失禮的話。

「我身上也有許多疤痕，待成親後，我們可比比看。」

安若晨的臉轟地一下燒起來。臉紅的模樣太可愛，龍騰笑了起來。

「那、那還有，我不喜歡三妻四妾的。若今後有什麼，我是說，將軍若對別的姑娘有意，那我就走了。」

龍騰斂了笑，嚴肅起來，「怎會有這想法，妳哪會輕易走？」

安若晨張嘴欲反駁，卻聽得龍騰繼續道：「妳若不把那幾房妾教導著將我整得人仰馬翻地報復回來，看我灰頭土臉悔不當初，妳怎會走？」

安若晨：「……」她還真是有可能會這麼幹！

「我帶兵打仗已經很累了，可不想回到家裡還要跟娘子鬥智鬥勇。一個就夠受用了，妳說對不對？」

安若晨抿嘴笑，「日後會如何可不好說，如今我把話說了，你把話應了，這便成了。」

「所以妳還有什麼囑咐？」

「沒了，待我想到新的再告訴你。」

「好。」

「那我走了。」

「好。」

「將軍可以放手了。」光應好，手握著不放怎麼走？

這回龍騰沒說話，只是看著她。看著看著，不知想到什麼，笑了起來。他一笑，安若晨又覺暖風拂面，四面花開。然後他放開了她的手，替她把馬車門關上了。

安若晨將手握著，上面似還有將軍大掌的溫度，這時她才發現原來自己的心跳得飛快。奔來軍營時一路緊張，如今計畫得逞了卻又更緊張。

只可攻不可退！

將軍這樣說。

我也從未揍過姑娘屁股。

將軍這樣說。

安若晨紅著臉傻笑。

好的，將軍，我必拚盡全力，只攻不退！

貳之章 ◆ 舊事

安若晨回到紫雲樓後，不顧疲憊，將龍騰寫的公函先交給周長史，然後喚衛兵去請陸大娘。陸大娘來後，安若晨把龍騰寫的令函拿給她看，「若大娘願意，我想請大娘到紫雲樓裡任二管事。」

陸大娘非常驚訝，「姑娘這是為何？」

「錢裴比我以為的更瘋魔，他既是知曉大娘與我有交情，保不齊日後會做什麼。」安若晨將錢裴對安若希的恐嚇說了，陸大娘大吃一驚。

「來紫雲樓吧。從前我拖累大娘，我該負起責任的。外頭的事如今都還妥當，不耽誤。」

安若晨安置好陸大娘，又拿了婚書，直奔太守府。

兩日後，太守夫人蒙佳月帶著安若晨去了趟安府。

安之甫早接了帖子，全家都恭恭敬敬在等著太守夫人的到訪。見得安若晨居然也來了，安家上下俱是呆愣。

蒙佳月溫婉客氣，先是問了幾句家常，接著恭喜安之甫和安家，說是安若晨雖從安家去了籍，但血緣是改不了，她怎麼算都是安家的大姑娘，如今她與龍大將軍情投意合，龍大將軍親自寫了婚書，又來信給太守，囑咐要辦親事，這是件大好事，也是安家的大喜事。

安之甫聽得簡直不敢相信自己的耳朵，又驚又喜，差點沒暈過去。

龍騰護國大將軍，居然要成為他的女婿了嗎？

安之甫看向安若晨，好手段，怎會有如此手段，當初可是小瞧了她。

錢裴算什麼，那可是龍騰大將軍，十個錢裴都比不得啊！

「這、這……」安之甫搓著手，不知怎麼接話，正待說這也是託夫人的福云云，卻又聽蒙佳月道：「這雖也算安家的喜事，但畢竟安大姑娘不在安家籍簿裡，嚴格說起來，她也沒個長輩為她做主。」

安之甫愣愣，他沒死啊，他不是她父親長輩又是什麼？

蒙佳月繼續道：「我受將軍所託，便代為操辦這事了。只是怕日後行事時，安老爺弄不清關係，所以我來知會一聲。安大姑娘的親事，我來辦，安家這頭莫要插手。」

安之甫有些不服，這等好事，居然要將他們安家撇開嗎？他們才是安若晨的血親，他可是安若晨的生身父親！

安之甫正待開口，安若晨卻是冷冷地道：「雖不需安家操心親事諸禮，可我如今身分不一般，希望安老爺還與安家上下講清楚說明白，日後行事須循規蹈矩，謹言慎行，畢竟關係著龍大將軍的顏面。若是惹了什麼禍，犯了什麼錯，將軍得以身做則，嚴懲不怠，恐怕庇佑不得你們。」

譚氏倒吸一口冷氣，這下是明白了。這是上門教訓他們，給他們難看來了。

可安若晨接下去又道：「但太守夫人說的對，無論如何，血緣之親無法改。我是安家的女兒，若是有人欺壓到你們頭上，那也是欺壓到了將軍頭上。若有難處，便來與我說。我做不得主的，還有將軍。」

譚氏吸的那口氣噎在胸口。

這是什麼意思？這是咒他們還是如何？安若晨這賤人會幫安家，打死她也不信！

安若希盯著姊姊看，眼眶紅了。

「我保護不了妳。」她甚至還記得大姊說這話時每一個字的語調語氣，可是如今她上得門來，雖正眼也未看她，卻在拐著彎表達一個意思——她在試圖保護她。

安若晨又道：「我與錢老爺曾有婚約，雖後來解了，但錢老爺心裡忿恨，我明白。這事將軍也知道，如今我與將軍議親之事，我會親自與錢老爺招呼，免得錢老爺還有什麼妄想和誤會。另外，錢老爺這人名聲不好，將軍可不想與他有什麼拐著彎的沾邊關係，安家的女兒，誰家都好議親，錢家就算了。這事安老爺記清楚了，不然惹得將軍煩心，我也是安撫不了的。」

安若希低下頭，掩飾自己歡喜的表情。

大姊要自己去與錢裴交手了嗎？不再隔著她把她當盾使了？

『我保護不了妳。』

安若希眨眨眼，將淚意眨回去。也許她們的姊妹情意，並不似她以為的那般糟。

安之甫憋著一口氣，吐不出去，嚥不回來。

父母之命，媒妁之言，從古至今，理該如此。如今大女兒脫籍，自己攀了門高親，竟找了太守夫人撐腰辦親事，將他這親爹踢至一邊，居然還敢告誡他不得與誰結親。更氣人的是，他居然反駁不得，亦不敢存異議。太守夫人說著客套話，他難不成還能擺臉給她難看？

段氏這時候竟然開口圓場，說道：「大姑娘有這好福氣，自然也是我們安家的福氣。我們安家沾了福，日後定會過得好。大姑娘嫁了，甭管誰主婚的，安家始終是娘家，大姑娘也常回來看看，才不負我們與大姑娘之間的情誼。」

「就是這道理。」薛氏也笑吟吟地附和，「大姑娘心裡還有安家，我們大夥兒也是惦記著大姑娘的。再怎麼說，都是一家人，日後常來常往便好。有什麼事，也有娘家照應著。」

譚氏皺眉給了薛氏一個白眼，真是牆頭草，見段氏說了好聽話就跟上去了，不要臉。

安若晨與安若希同時看向了段氏。

段氏看起來精神不錯，打扮得體，衣著光鮮，妝容精緻，似已恢復從前那般模樣。只是這樣的聰明話一向是譚氏說的，由段氏說出來還真是叫人驚訝。

安之甫也不管這裡頭有什麼亂七八糟的心思，總之趕緊抓著臺階下，揪著「娘家」這詞，對太守夫人說了好一番客套話，表示若需要安家準備些什麼儘管說，嫁妝總是要的。當初安若晨與錢裴訂親之時，嫁妝都是準備好的。

譚氏暗地裡用腳碰了碰安之甫，安之甫回過神來，話鋒一轉，又道當然那些不合適，全換新的，全部換新的。

「好呀！」

安之甫一愣，還以為太守夫人和安若晨會推拒，尤其是安若晨，肯定會藉這個當面給他不好看。誰知道太守夫人沒說話，安若晨卻是搶先爽快答應。

「既是安老爺有心，我再推拒便不合適了。」安若晨轉向蒙佳月道：「回頭我列個單子給夫人，夫人看看妥不妥當，若沒問題，便讓安老爺準備吧。別的不說，我娘在世時，也是極掛心我的親事。如今既是我要婚嫁，也要讓我娘知道的。」

安之甫這才發現自己打錯了算盤，原想著反正太守夫人說了她來辦，那他湊合出點嫁妝算是擠進這親事裡，坐穩護國大將軍岳丈大人的名頭，怎料到安若晨竟擺出一副要狠狠宰他一頓的架勢來。

列單子？意思是她想要啥就要啥？且到時還是讓太守夫人來幫著要，他不給行不行？安之甫臉都要綠了。

安若晨心情愉悅面帶微笑地告辭，段氏殷勤地相送，嘴裡說著好聽話，又幫著安之甫將場面圓了回來。譚氏差點氣歪鼻子，安若希則是著急想對大姊使眼色，四姨娘確實從前打了壞主意的，現在也千萬要小心。

但安若晨看也未看她，安若希的眼色遞不過去。譚氏瞪了安若希一眼，讓她回房去。給太守夫人送客的風頭被段氏和薛氏搶了，她一肚子氣，一點都不想沾這事的邊。

安若希被瞪得低頭，只得回屋去了，但她心情不錯，盤算著若是大姊的親事真辦成了，那龍大將軍就是她的姊夫，日後真有什麼事，大姊願意幫她，龍大將軍願意替她說話，那爹爹和錢裴也不敢如何。大姊說她會與錢裴談，也不知能談什麼，錢裴不會再來威脅她了吧？

正思慮著，一進屋赫然發現裡面站著個男子。安若希還未尖叫，便被那人捂住了嘴。

那人道：「我叫盧正，是安管事的護衛，我來送信給妳，妳若不嚷嚷，我放開妳。」

安若希看他模樣，確實在安若晨身邊見過，遂點了頭。

盧正將她放開，安若希忙問：「大姊可是有什麼話要告訴我？」

盧正搖搖頭，道：「不是安管事有話說，是龍將軍。」

安若希一驚，龍將軍？還未回過神來，突然被盧正捏住下顎，塞了一顆藥丸到她嘴裡，再一拍，安若希未反應過來便將那藥丸吞下了。

安若希大驚失色，「你餵我吃了什麼？」

「毒藥。」盧正冷靜地道：「將軍說了，妳的事他知曉了，妳想嫁個好人家躲開麻煩，他會想辦法，但他擔心婚嫁的好處還不足夠，二姑娘分不清好歹，被錢裴嚇唬嚇唬便站到他那一邊。將軍不希望安管事被自己的親姊妹算計，所以便用這法子讓二姑娘時時記得。這毒須每個月服一次解藥，只要每個月一服，對身體並無大礙。若漏了一個月，怕就不太好了，性命之憂這結果，二姑娘心裡要有數。此毒只將軍能解，只要二姑娘安安分分，待戰事危機解除，將軍自會將解藥奉上。」

安若希整個人僵住。什麼意思？錢裴嚇唬她，而龍大將軍就乾脆直接給她下毒嗎？

安若希驚得胃抽搐，捂著喉嚨乾嘔起來，可那藥丸已經吞下去，吐是吐不出來了。

盧正又道：「這事姑娘不要聲張，也不可大吵大鬧，將軍與我皆會否認。姑娘找大夫把脈也看不出什麼病症，旁人只道姑娘瘋魔了。且事情鬧開，我反而不好送藥給姑娘了。我話已說完，姑娘保重。歡迎姑娘到紫雲樓做客，告辭。」

安若希腦子嗡嗡作響，只知道自己被下了毒，進屋前還滿心歡喜，進屋後如墜地獄。須得每月服解藥？萬一他們漏了呢？萬一解藥丟了呢？

安若希拚命想吐卻吐不出來，想痛罵盧正，盧正已悄然離開。安若希愣了半天，千百種念頭在腦子裡閃過，最後卻只撲在床上嚎啕大哭。

盧正神色如常地趕到安府正門，回到安若晨他們正離開的大隊伍裡。

田慶見了他，悄聲問：「事情辦好了？」

「自然。你不願做這惡人，便由我去了。」

田慶嘿嘿笑著，「我最見不得姑娘家哭哭啼啼了，大吵大鬧也很可怕。」

盧正白他一眼，「那安姑娘問起來，你來解釋，這差事你總得選一樣。」

「安姑娘也許不會問呢……」田慶道。

結果安姑娘問了。

因為安若希哭完回過神來，第二天就跑到紫雲樓來興師問罪。

安若希到達時，安若晨正探訪一家尼姑庵回來，在府門處看到在等她的安若希。

「他們說妳不在，不讓我進門。」安若希的語氣相當蠻橫。

這態度讓安若晨不高興，「妳看到了，我確實是不在。」

她領著安若希進去，將手上雜物交給來迎她的丫鬟，囑咐備茶，在偏廳裡接待安若希。

安若希隨她一路走，低著頭不吭聲，身後跟著盧正和田慶。安若希先前對上盧正的目光，忙避開了。盧正若無其事，彷彿什麼事都沒發生過一般。

到偏廳的路不算太長，安若希卻走得頗艱難。身後盧正的目光讓她如芒在背，但她咬了牙，覺得非得當面戳穿安若晨不可。依她看來，安若晨此舉，可比錢裴噁心百倍。

安若晨領著安若希進偏廳，盧正留在不遠處值守，田慶離開了。在紫雲樓裡，其實這二人不必跟著安若晨，畢竟衛兵巡值，安全還是有保障。只是安若晨見客，又是安若希，盧正主動留下來，萬一安若晨追究事情，他總要回話。田慶溜得快，被盧正白了好幾眼。

安若希與盧正隔了一道牆，沒那麼彆扭不自在了。她低頭看著自己的手指，久久未說話，過了一會兒，丫頭上了茶，安若晨這才問：「找我有何事？」

安若晨還未去錢裴那處，總不好拉著太守夫人連著跑許多地方。不會才一日功夫，那惡人又找安若希麻煩了吧？

安若希深吸了一口氣，道：「我有難處，想請教姊姊如何辦。」

安若晨皺皺眉，難道錢裴真這麼快反應？

「妳說。」看來她還真得厚著臉皮再拉一拉太守夫人才好。

安若希仰起下巴，被安若晨事不關己的冷淡語氣激得又憤怒起來，她道：「姊姊了不起，從前只當妳攀上高枝做了管事，原來妳的目標可不是管事，卻是將軍夫人。」

安若晨一愣，也抬起下巴，不自覺學了將軍挑眉。這二妹毛病又犯了是吧？

「所以呢？」安若晨的語氣也冷了，「我做將軍夫人又招妳不痛快了？若我從前對妳的態度讓妳有誤解，覺得隨時可來我這兒對我大呼小叫冷嘲熱諷的，那還真是對不住了。我重新與妳說清楚，有話直說，好好說，別拿在安家的臭脾氣來我這兒撒。」

「直說便直說。」安若希跳了起來，「妳了不起，人前一套人後一套，難怪能把龍將軍迷得團團轉！妳虛偽狡詐狠毒，比錢裴還不如！」

安若晨完全不懂安若希在鬧什麼，她皺眉頭瞪著安若希。

「妳的那個護衛……」安若希指著外頭，隔著窗戶一段距離，那外頭站著的是盧正，「妳將他帶到家裡，趁著太守夫人與爹爹說那親事時，闖到我房裡，強逼我服了毒藥，說這毒每個月須服解藥。我若對妳有半點不利，便教我毒發而亡。」

安若晨驚訝，但她很快收了表情，依舊穩穩坐著。

安若希盯著她看，冷笑道：「妳要告訴我妳不知情？龍將軍真是好手段，為了妳什麼都敢做。錢裴只是恐嚇威脅我，將軍倒是敢害人性命，這便是護國大將軍的作為嗎？無恥至極！」

安若晨不說話，她知不知情不重要。將軍為她做的事，她不想把自己撇出去裝無辜，而且她知道對安若希來說，這也不重要。重要的是，她被錢裴威脅，被將軍下毒，她兩邊都受了欺負。

安若希瞪著安若晨，安若晨直視她，不曾閃躲。

安若希瞪著瞪著，大笑出來，「姊，妳真的好手段！妳跟我說實話，妳對將軍怎麼了？妳爬上了他的床，做了他的通房丫頭，妳狐媚子功夫太好，迷了將軍的心，所以他便為妳做這出格的事嗎？也是，反正妳也嫁不掉了，起碼將軍儀表堂堂，英俊瀟灑，可比那錢老爺強多了！」

安若晨還是不說話，她在忙著壓抑心頭怒火。

安若希仍不甘休，她一掌拍在安若晨手邊的案几上，大聲道：「隨便哄哄我說幫我找好親事，當我是傻子嗎？」

安若晨盯著她，安若希吼完了，在安若晨的目光逼視下後退兩步，跌坐回椅子上。

安若晨冷道：「發完脾氣了？威風完了？事情解決了嗎？」

安若希抿緊嘴不說話。

「妳說妳有難處，便是有這難處？妳想向我請教，我倒是可以教妳些處事之道。」安若晨盯著安若希，聲音平板，不怒而威，「第一，審時度勢，妳要弄清楚妳現在到底是什麼處境。錢裴威脅妳，將軍威脅妳，妳可曾想過為何？若是妳沒有利用價值，錢裴都懶得理妳。可妳要想明白，只求得一時安穩，沒找好出路，便是一輩子捏在他手裡。待他用完妳了，妳沒用處了，又知道的太多，他是否會殺人滅口？將軍威脅妳，是為何？是防範。若妳不使壞心，不謀害我，他又會對妳如何？」

「第二，忍辱負重。妳看我當初敢跟爹爹拍桌子嗎？他說什麼我便應好。對你們各房我能避則避，不挑釁不生事，靜待時機。如今妳既是中了毒，想安安穩穩過下去，就莫要在我面前張狂。妳方才字字句句皆是侮辱挑釁我，惹惱了我，於你有何好處？妳連毒都服了，這點都不能忍，如何活？妳若是聰明的話，該在我這啼哭，訴訴委屈，抱著我說說這段日子過得多不容易多害怕。我能在將軍面前說上話，這事我若願幫妳，是不是能解妳危情？妳衝我吼叫，圖一時痛快，卻是斷了自己的後路。」

安若希啞口無言，被訓得說不出話來。

當初安若晨在家裡確實是偽裝得很好，弄得人人看輕她，以為她是個笑話，生不出事來，結果卻是拚到最後搏命出逃，還成功了。非但如此，再回來時，竟然成了未來的將軍夫人。

「莫囂張，給自己留點後路，妳要知道自己到底圖什麼？後宅之中，妻妾鬥狠，各種心機，不過都是為了爭寵，謀得家中地位，掌著好處。妳呢，妳想要什麼？我如今即將嫁給將軍，妳不巴結，好歹也要與我和睦相處，求我相助，偏偏跑來與我囂張，妳腦子進水了嗎？」

「那……」安若希張口欲言，卻被安若晨打斷。

「我與將軍清清白白，妳滿嘴汙言，胡說八道，大吼大叫，毫無禮數。我今日不願再與妳說話，妳回去吧。待妳想明白，真有難處來與我請教，換副面孔再來。」

安若晨言罷就要走，安若希一驚，忙拉著姊姊衣袖，「是我錯了，我一時生氣，又害怕！我一害怕就控制不住脾氣！姊姊，妳知道的，就原諒我這回吧！」

安若晨瞪著她，「妳害怕就控制不住脾氣我是不知道，我倒是知道妳不敢對錢裴這般吼，卻常來我這兒吼！」

安若希訕訕應道：「這不是因為妳是我姊嗎？」

安若晨指指椅子，「既是姊妹，妳坐下。妳娘管著爹爹的帳，與我說說，他還有哪些值錢玩兒意心頭寶貝？」

安若希愣愣的，腦子自動開始認真想爹爹到底有哪些寶貝。報了幾個，想想不對，她明明是來興師問罪的，怎地與姊姊一道謀起爹爹的家產來了？

安若希走後，安若晨回了自己的院子，還沒開口喚人，盧正已經很有眼力地把田慶踢了過來。田慶一臉尷尬，硬著頭皮向安若晨報告。上次安若晨去總兵營那兒，龍騰便將他與盧正兩個叫了過去，囑咐他們買點滋補的藥丸，然後嚇唬嚇唬安若希。讓她以為自己中了毒，便不敢存什麼壞念頭了。

「……那藥丸不是毒，只是普通姑娘家吃的補氣血的藥丸。一個月一顆，補不了啥也不會害她性命。將軍說了，當場逼她服下，她沒藥可去驗證，就算找大夫把脈也瞧不出毛病來。她自然懸著這心，盼著每個月的解藥。若她到處聲張，找人求助，也無人證，亦有大夫可證明。」

安若晨愣了愣，嘆口氣。

將軍果然是有計謀的，他為她費這心思，還背上了心狠手辣的惡名。

田慶見安若晨嘆氣，以為她覺得此事不妥當，忙道：「將軍也不是要瞞著姑娘，將軍的意思是，不想讓姑娘覺得為難，所以囑咐我們行事之前莫要告訴姑娘，之後若是姑娘自己知道了，問起我們，我們就如實相告，並沒有欺瞞的意思。」

不解釋還好，解釋完讓人覺得這不是故意想瞞還是如何？若是不知道，就一直不說了？

田慶又道：「姑娘放心，那真不是毒，是我親自去醫館買的滋補藥丸，總共十顆。要真是毒，姑娘二妹哪還能活蹦亂跳？放心，這個就是兵不厭詐，提防她與人串謀謀害姑娘。」

連兵不厭詐都出來了，安若晨真說不得什麼。況且田慶與盧正也是依命行事，她無權責怪他們，而龍騰一心為她，也並非真的下毒。論偏心眼，她承認她是偏在龍騰這邊的。

「這事莫要與其他人提起。」安若晨道。

「自然自然。」田慶鬆了口氣。

「我妹妹那頭我來應付吧，就讓她每個月吃一顆補藥好了，你把藥丸給我。」

田慶一愣，「我都給盧正了，我去叫他。」

被叫來的盧正聽了安若晨的要求，有些不贊同。

「姑娘是打算自己每個月給二姑娘解藥嗎？我明白姑娘的意思是想讓二姑娘放心，但是姑娘莫忘了，既是恐嚇脅迫，這話自然就不好說，場面頗難看。田慶也是覺得下不了手，才讓我去辦的。」盧正說到這裡，被田慶輕輕踢了一腳。

盧正撇撇嘴，白田慶一眼，又道：「將軍不讓我們事前知會姑娘，也是這道理。若是藥丸給了姑娘，姑娘與二姑娘說自己拿到解藥了，每個月會給她，那二姑娘自然就會問既是能拿到每個月的，為何拿不到徹底解毒的，姑娘與二姑娘之間怕是會不好說話。鬧了起來，反而不好收拾。我們是外人，做惡人逼迫弱小的事反而自在些。」說到這裡又白田慶一眼。

安若晨明白他說的道理，反駁不得。

盧正道：「姑娘只與二姑娘說明每個月服一顆絕對無害便好，敲打敲打她，讓她莫要有壞心思。那我們這壞人也沒白做。我每個月會給二姑娘一顆藥丸，她敢對姑娘大呼小叫，卻不敢對我如何。我是武夫，手持刀劍，她自然忌憚，如此不是正好？」

安若晨嘆氣，確實是這個道理。看來回頭見了將軍，得與他說，她的心並不似他以為的那般軟，有事還是提前與她商議。有理的，她自然不會反對。

想起了龍騰，安若晨有些掛心，也不知前線是何情形。

安若晨走後，龍騰這頭的確是有事發生。

一日夜裡，忽地有衛兵來報，說有人持龍騰的信符來訪，被衛兵擋在三個哨站之外。龍騰接過信符一看，頓時心裡一鬆，忙下令將來人帶過來。

龍騰親自到兵營營門迎接，對方一行五人，皆騎黑色駿馬，身著暗色斗篷戴著帽子。其中二人見著龍騰，利索地跳下馬來，沉默地對著龍騰行了一禮，抬起頭時，掩在帽子下的面容看不清楚。龍騰對他們點了點頭，未說話。

另外兩匹馬上的人也已跳了下來，趕著去扶五人中較瘦小的那位下馬。那位的衣裝亦掩不住他的白色長鬚，是位老者。

「龍將軍。」老者下得馬，向龍騰施了一禮，另兩人跟在他身後一起行禮。

「這二位是什麼人？」龍騰指著最早下馬行禮的那兩人問老者。

老者答道：「只是老夫的護衛隨從。」

龍騰看了看那兩人，再走過去摸了摸他們的馬，然後道：「我只能讓三人進營。」

老者略一猶豫，轉頭看了看那二人。

高個子的那位點了點頭，老者答道：「那便讓他們離開吧。」

龍騰便喝令衛兵，將這二人送出去。衛兵領命，那二人也不言語，只向龍騰施了個禮，又向老者施了個禮，而後上馬，隨衛兵走了。

龍騰待他們離開，這才對老者做了個請的手勢，「霍丞相，請隨我來。」

老者鬆了口氣，擺了擺手，「老夫已辭官多年，眼下只是給皇上講講書的侍讀罷了。」

「霍先生太客氣了。」龍騰改了稱呼，態度仍是恭敬。

此人名為霍銘善，南秦國的開國重臣，亦是當初南秦與蕭國和談的使節，曾六次出使蕭國，算是聯結兩國情誼的重要人物。他的年紀與龍騰的祖父一般，與龍騰祖父、父親都有些交情，龍騰見過他幾次。

早前是聽說南秦新皇登基後，霍銘善便要辭去丞相一職，告老還鄉，但霍銘善在南秦的名望太重，新皇秦昭德百般挽留，霍銘善最後仍是辭了丞相一職，只留下指點新皇讀書，做個侍讀先生。秦昭德繼位已五年，霍銘善並未插手朝政之事，沒了消息，龍騰並無把握霍銘善如今行蹤何處。

與南秦紛亂開始，龍騰便令苗康想辦法聯絡霍銘善，希望能從霍銘善那邊打聽清楚南秦究竟何意，爭取和平解決爭端。而苗康發回的最後一次情報，便是他找到了霍銘善，已將消息傳遞過去。可之後苗康再無消息發回，最後被送回來的，是他的頭顱。

龍騰將霍銘善領入帳中，將他兩名隨從安排到了別處。

帳中擺了火盆，上了熱茶，龍騰屏退了左右，親手倒了一杯茶給霍銘善。

霍銘善解開斗篷兜帽，露出一張疲倦的臉。待喝下熱茶暖身，這才長嘆一口氣，「龍將軍，見著你真是不易。」

龍騰再為他倒上一杯，「霍先生一路辛苦了。霍先生為何而來？」

霍銘善緩了幾口氣，這才細細道來。

原來南秦新皇秦昭德當初繼位頗是費了一番功夫。朝堂爭鬥，他險些保不住太子之位。先皇逝世後秦昭德雖登上皇位，卻仍有許多臣子站在輝王那邊。秦昭德那時年僅十三，稍有差池，權位不保。霍銘善便使計辭官，他年數大了，本也該讓賢，逆臣們也盼著他走，於是將計就計，演了場戲，鬧了場風波，捉到些逆臣把柄，可惜未能撼動覬覦皇位的輝王的根基。

這五年來，霍銘善以侍讀之名輔佐皇帝執管朝政，皇帝今年十八，立了皇后，生了皇子，亦覺得朝中臣子聽話，輝王對他恭敬，自覺權位已穩。

南秦先皇與蕭國交好，經濟繁盛，民生安樂。秦昭德子承父業，用的臣子，結交的鄰國，都照著先皇的想法去做，而輝王的勢力卻是與東凌國結交。

這兩年，總有人在秦昭德耳邊說蕭國氣焰太盛，恐有滅鄰國擴國土的野心。這話說得多了，秦昭德也有了心思，開始緊密關注蕭國的一舉一動，並對兩國的商貿協定有了些新想法。後聽得蕭國有派重兵進兩國邊界之意，頓時緊張。而蕭國駐兵的理由是南秦軍隊剿殺蕭國邊民，但南秦那方得到的消息，卻是蕭國流匪所為。

龍騰聽到此處，微微皺起眉頭。

霍銘善繼續往下說。

秦昭德對此事大怒，覺得蕭國演這麼一齣，是為發兵找藉口。東凌國亦有使節到訪南秦，聲稱遭蕭國打壓，東凌皇帝亦有戒心，希望南秦能與東凌結盟，若遭蕭國入侵，兩國聯手抵禦。

龍騰道：「東淩與南秦結盟一事，皇上確有耳聞，加上邊民被南秦將兵及流匪剿殺，故而派我鎮守中蘭。」

霍銘善嘆息一聲，「將軍領軍入駐中蘭城，正坐實了先前臣子們與皇上的建言。皇上認為，蕭國確有進犯之意。」

即是說，兩國都防著對方，然後兩國的動作又讓雙方都覺得對方確有野心，不得不防。

「後來我接到將軍這邊的人遞的消息，信裡未說詳情，我去赴約，打算當面問清楚，可卻未等到人。原以為是輝王使的手段欲潑我汙水，但此後一直沒有動靜，後來卻聽到消息，說是抓住了大蕭的探子，要在四夏江斬首示威，教訓大蕭。我便猜想，是否給我遞信那人，便是那探子。」

「先生收到信一事，可曾外傳？」苗康的身分消息，會是從霍銘善那處洩露的嗎？

「未曾，只我一人知道。信上有提到龍老將軍曾贈我玉佩上的圖形，我覺得便該是將軍的人手。當時我與輝王一派有些分歧，他們覺得大蕭欺凌南秦，必須抗爭。皇上有些被打動，我勸了幾句，被輝王拿了話柄擠兌，為免皇上被激得意氣用事，我便搬到宮外書閣住幾日。我看了信後，為免再被輝王拿住把柄，便燒了，未曾告訴任何人，想先了解詳情，明白究竟是怎麼回事再議，怎料我在約定之處等了許久都未見人來。」霍銘善頓了頓，又道：「將軍竟是在我南秦京城安插密探，這太不光彩。」

「貴國在我平南郡有更多細作，若我們為此案交涉的公函能順利呈報到貴國皇帝手上，先生不應該不知道才對。」

霍銘善皺了皺眉，「我確是不知，也未曾聽皇上提起。」

龍騰將細作那些案子的事大略說了一番。

霍銘善震驚於南秦細作的行事上，竟是有數年的組織及安排，可大蕭與南秦的爭端卻是這一兩年才開始冒頭。他緩了一緩，道：「我聽說那探子的事後，便覺得事情不太對勁。將軍知道我對南秦忠心耿耿，若要找我，只有一事——為和平而來。而那探子被殺，也不知他聯絡我一事會有何後續麻煩，而這時候我聽到更離奇的事，我們與東凌結盟使團上訪覲見貴國皇帝，卻在貴國太守的授意下遭到了暗殺。」

「我大蕭太守的授意？這便是誣陷了。」龍騰冷靜道。

「他們報予皇上的奏摺，確是如此寫的。且有理有據，還有東凌使節的證詞。」

「東凌派了人去拜見了你們皇上？」

「確實如此。他們細稟了當時使節們遭伏擊的情形，史太守安排的地點，史太守安排的護衛，東凌使節團原想盡速上京，亦是史太守挽留阻攔，硬是讓他們多等幾日。而這幾日，足夠他籌備謀劃。」

「這太荒謬。」

霍銘善點頭，「確實不合情理，兩國交戰，打便打了，斬殺來使又是何意？但事實卻是如此。東凌那頭覺得，他們成了我們兩國衝突的犧牲品，大蕭是想讓東凌知道，幫著南秦絕無好處。是要藉此事威懾他們，教他們不敢插手。且若凶手抓不到，大蕭可將自己撇清關係，甚至離間南秦與東凌的關係。畢竟南秦的大使是由東凌邀請，當初是他們說既然我國不能直接與大蕭皇帝面見，那可借道東凌，正巧他們也有使團要到大蕭。如今出了這事，我國右丞相及其屬官喪命，而東凌死的不過是些小吏。東凌擔心大蕭嫁禍東凌，離間兩國關係。」

龍騰道：「我聽說凶手還未查出。」

霍銘善道：「東凌說他們與貴國交涉此事，史太守竟不承認是他們所為，還欲將此事撇清拖延，只說在查，可是至今仍未有結果。輝王的意思，大蕭如此囂張，不得不戰，否則國威無存，如何立足於天下，東凌亦要我南秦給個交代。東凌是被我南秦拖累，捲入爭端中。我勸服了皇上，給我些時日，我手中有龍老將軍的信物，該是有機會能用此物通關見到龍將軍。我不立使節，不擺官禮，只私下帶兩隨從，就說回鄉休息，實則悄悄來大蕭見見將軍，問清楚究竟貴國意圖。皇上等我消息，再做最後定奪。」

龍騰點點頭，果然不出他所料，霍銘善確是和平的希望。

霍銘善道：「如今我見得龍將軍了，就請問將軍，用遊匪誣我南秦，限我鐵石，增我獻貢，殺我使節，潛伏密探，貴國如此挑釁，究竟意欲何為？若是意圖一戰，為何將軍卻派人尋我？」

龍騰沉吟片刻，未答反問：「先生來此路上，是否遭遇麻煩？」

「確是。有匪類劫殺，幸得將軍派的人相救。他們說原是想去找我，不料半路遇上了。之後一直護我入境，將我送到將軍面前。只是他交代了，不能在眾人面前顯露他的身分，一切聽將軍的囑咐。我用他給的信符，的確一路順利來到此處。方才將軍說只讓三人入營，我想將軍的意思，是再讓那二人離開。」

「我確是有別的事讓他們辦。」

兩人所說的人正快馬加鞭趕路，一人問那高個子道：「謝大人，我們下一步要如何？」

高個子笑了笑，拍拍馬鞍，「將軍從某人那處學到傳信的招數，我們先到集合地，再依將軍之令行事。」

龍騰此時在兵營帳中，對霍銘善道：「先生方才列舉的我大蕭種種罪行，於我大蕭看來，卻是截然相反的。此事牽扯甚廣，布局費時，恐怕不是這麼簡單。那些於半路劫殺先生的匪類，真是劫財匪類嗎？」

霍銘善對此事早有疑慮，「鮮有人知道我的去處，若是為阻止我見將軍，那朝中怕是危機重重了。」

「似乎有人希望我們兩國拚死一戰。」

霍銘善越想越覺得是如此，忙道：「那我得盡速趕回去通知皇上。」

「先生恐怕暫時不能回去了。」

霍銘善看著龍騰，心裡一沉。

龍騰道：「那些人既是阻攔先生與我見面，阻攔未成，自然也會謀劃下一步。先生於大蕭南秦兩地順利往返，並未帶回實證，中蘭城中的細作頭目並未抓到，使節團被劫殺的凶手也無蹤跡，先生回去只有空口白牙的辯解說辭。朝上有人煽風點火，境外有東凌推波助瀾，先生僅憑一面之詞，有把握讓貴國皇上相信嗎？」

霍銘善默然。

「貴國皇上不信，那麼先生與大蕭的往來，幫著大蕭說話，加上之前大蕭探子聯絡先生之事是否有人知道？半路劫殺先生失敗，是何人救走先生？居然是大蕭軍士？那麼先生是否有通敵賣國之嫌？先生先前所言，不是一直防著輝王潑髒水？如此回去，恐怕不是髒水，是會身陷泥潭了。」

霍銘善皺起眉頭。

龍騰再問：「東凌在此事裡，究竟是何態度？他們與貴國結盟，盟約關係有多深？若是你我兩國交戰，東凌會出兵嗎？」

霍銘善思慮。

龍騰又補了一句：「若出兵，幫著哪邊？」

霍銘善頓時一驚。

龍騰觀察著霍銘善的表情，而後又道：「霍先生，我們兩國互相抓著對方把柄，邊境重兵壓陣，但一直膠著並未開戰，這種時候，東凌一片好心邀約貴國使節借道東凌上訪大蕭，且還派出的是右丞相……」

霍銘善插言道：「皇上極為重視此事，平南郡這邊阻止使節上京覲見大蕭皇帝，這次借東凌一道出訪是難得機會，皇上希望能一次便將事情說清楚，又為表誠意，這才派出了右丞相，以示我南秦態度。」霍銘善一嘆，「說起來，這事也是我極力勸說皇上，人選也是我推薦的。」最後卻死在了大蕭境內，他簡直無法表述悲痛遺憾。

「先前南秦大使在平南郡遞文書欲覲見一事，拒絕也是我的意思。」龍騰坦然承認，「拒絕是因為，貴國在我平南中蘭安排了細作，不軌之心昭然若揭，我讓貴國大使回去商議，交出細作名單，表了誠意，便可上京。否則就算去了，你說我國皇上又怎麼見他？到時他受辱而歸，還不是一般麻煩。再者，貴國皇帝難道又會歡喜滿意？兩國衝突只會更甚。」

霍銘善道：「奏摺上只說大蕭誣我南秦剿殺邊民，潛伏細作，以此為由關閉邊貿，拒絕接見討論相議，使節在平南受辱而歸，國威屈折，國民受難，尤其先前與大蕭買賣往來的那些商戶、礦主，損失慘重，家破人亡，許多已向官府哭訴求告。長期以往，怕是國內也會出亂子。而先前將軍所說破獲的細作案的相關案情，我卻是未曾聽說。若是皇上知曉，該是會告訴我，與我相議真假才對。」

「也許他不知情，又也許他已知情卻也已確認是我大蕭汙衊，自然就不用相議了。」

霍銘善愣了愣，默然。

龍騰問：「右丞相是霍先生舉薦出使的，如今右丞相遇害，貴國朝中是何動靜？」

「自然忿恨不已，原先勸議和商談的一派，也無人說話了。」

「還有多少人站在先生這邊？」

霍銘善沉默許久，道：「我自辭官後，不掌權職，只輔導皇上念書，於幕後為皇上獻些國策，不上朝不議事，時間久了，名望自然不如從前。再者，當初為了使計誘敵，我與朝中各臣疏遠了些……皇上這幾年坐穩江山，娶了皇后，生了皇子，與輝王關係和睦，對我的依賴也確實不如他剛登基時那般了。」

龍騰心中對霍銘善更添幾分敬重，如此處境，明知前路凶險，也許布滿荊棘陷阱，可他還是冒險請命來了。

「龍將軍，我這把年紀了，如今事態危險，我必須回去，將這種種疑慮盡數告之皇上，東凌不得不防。若我們兩國交戰，怕是東凌會坐收漁人之利。朝中定是有人與東凌勾結，右丞相一死，輝王勢力更甚。我當初力薦右丞相出使，也是因為擔心若被輝王操縱，怕是到了貴國皇上面前，故意挑釁生事，反倒惹下禍端，點燃戰火，只是沒料到誤入東凌陷阱。將軍如此周折，派人幾番相尋，且在邊境駐守多時，面對種種挑釁亦能按兵不動，守住最後和平機會，我信將軍所言。我必須回去，盡快回去。」

「先生，你們所願一致，目標相同，那麼恕我直言，霍先生回去路上，怕還會遭遇伏擊。前往貴國京都之路，我的人不好再護送，不然先生勾結外敵之名會被坐實。而就算先生自己幸運得以安全回京，朝中也定早有準備。先生未拿回實證，一句我相信龍將軍——毫無說服力。先生所言一字一句，貴國皇上均不會再入耳。先生自身難保，如何成事？」

「我請命前來，便是已將性命之憂拋在了腦後。皇上信與不信，這些話都得有人與他說。就算說完被判通敵叛國，我也要說。二十年前，我眼見著兩國交戰，生靈塗炭，將士血流成河，百姓流離失所，哀鴻遍野，生命流逝。之後花了多少時間心力，方有國泰民安。」

「如此珍貴，定當珍惜，所以先生更不能回去送死。」

霍銘善皺起眉頭，問道：「龍將軍有何指教？」

「先生手上可有貴國皇帝命你來使的手諭？」

「自然。雖是祕密行事，但若遇到官員斥問，我也是須名正言順，師出有名才是。」

「那麼，霍先生現在最著急的，並不是回去見貴國皇帝，而是正式出使大蕭，覲見我大蕭皇帝。」

霍銘善一愣。

龍騰道：「貴國右丞相未完成之事，由霍先生完成。」

霍銘善頓時眼前一亮，如醍醐灌頂，「龍將軍所言極是。」

「霍先生修書一封，命人送回都城交給貴國皇帝，言明自己一番談判，已獲得上京城面聖機會。如此一來，不管細作案的頭目是誰，不管滅殺使節團的凶手是誰，都還有時間繼續查探。二十年前，霍先生也曾面聖議和，無論身分名望其實都在右丞相之上，再有我和姚大人力保，霍先生有機會好好將其中原委與皇上說明。貴國那頭自然也要等消息，不能輕舉妄動，東凌在這事裡也挑不出什麼錯來。」

霍銘善撫掌嘆道：「所言極是。」

龍騰又道：「在我大蕭境內，我派人護你，也比你獨自趕回南秦安全。一旦面聖成功，我相信憑先生誠懇辯才，定能打動皇上。屆時兩國好好談判，免戰便有機會。」

霍銘善點頭，想了想，再點頭。「正是如此，正是如此。」他向龍騰施了一禮，道：「龍將軍信我，我必全力以赴，為我南秦國民，為兩國和平，就算丟了性命，在所不辭。」

龍騰與霍銘善如此這般地商議清楚，計畫由霍銘善親筆寫信，交由隨他而來的謝旭帶回南秦。謝旭原也是新皇秦昭德的侍讀郎，後跟隨霍銘善左右。經霍銘善指點教導，也為秦昭德讀書研習等獻了不少力，而能時常在秦昭德跟前走動，深得他信任。書信由他帶回，比另一位侍從曹一涵更合適。

龍騰對此無異議。他安排衛兵，將謝旭悄悄地安全送回南秦境內。待確認一切順利，謝旭平安入境後，他再親自回趟中蘭城，與太守相議霍銘善上京之事。

在龍騰於兵營忙碌此事時，姚昆對即將發生的一切渾然不知，他正陪著夫人蒙佳月處理安若晨的事。他的面前坐著錢裴、錢世新父子二人。

開場是長長一番客套，解釋原委，介紹情況。

「因著從前與錢老爺訂過親，退親的時候似有怨結，所以安姑娘是想著與錢老爺當面解釋這事，大家不要存了誤會，日後也好相見。」姚昆這番客氣委婉的說辭未得在場任何人的欣賞，只有錢世新客客氣氣應話說：「有勞大人了。」

錢裴正眼都未瞧姚昆，蒙佳月他更不放在眼裡，他一直盯著安若晨看。他知道，這一切都是安若晨搞的鬼，不然姚昆有個屁的閒情摻和這種窩囊事。

無人說話，安若晨被錢裴盯得也不示弱地回視回去。

錢裴頗高興，笑得陰冷猥瑣。

錢世新按捺住心裡對錢裴的不滿，替父親圓場，道：「姚大人可放心，退親之事當初辦得明明白白，禮數齊全，不會再有什麼問題。」他轉向安若晨，又道：「安姑娘與龍將軍兩情相悅，即將共結連理，可喜可賀。屆時我們會奉上薄禮，聊表恭賀之意。」

安若晨對錢世新笑了笑，道：「多謝錢大人，錢大人客氣了。先前的事沒了誤會那就好，但我還有一事想問錢老爺。」

錢世新看了錢裴一眼，道：「姑娘有何事便請說。」

「前些日子我二妹與我打聽是否有我四妹的消息，她說四妹還活著。我再三確認，她皆說聽說四妹活著，且消息可靠。我再問，她卻支支吾吾說不清楚。那日我與太守夫人一道回了趟安家，安家上上下下，可都不知道四妹活著的消息，若是知道，不會無事人一般。若有消息，也定會向官府報告，求官府找人。我思來想去，覺得提供可靠消息的，必是與我家相熟，進出自由，且極關切我四妹下落的人——那就是錢老爺。」

錢世新再看錢裴一眼，見他似無說話的打算，於是道：「我父親若有令妹消息，也定會上報官府，會想法子令其與家人重聚的。」

「這話我就不敢信了。」安若晨道：「我覺得錢老爺希望我四妹與家人重聚的心，不如他自己與四妹重聚的心思來得重呢！」她不待錢世新再說話，直接問錢裴：「我只想問問錢老爺，是從何得知我四妹活著？」

錢裴搖搖頭，一臉無辜，「我怎會知道妳四妹活著？」

「錢老爺是說與我二妹說這消息的，並非錢老爺？」

「那是自然。我要說，也會與妳爹爹說，怎會與妳二妹說呢？」

「既如此，那我只好請姚大人將我二妹召來問問究竟是何情況。此事關係細作，若她不從實招來，還請姚大人板子伺候。」安若晨冷冷地道。

錢世新聞言皺眉，轉向錢裴問：「父親，是否真與你有關？」

錢裴盯著安若晨看了片刻，回道：「我想起來了，好似我確實與二姑娘開玩笑提過這事，沒想到她當真了。」

「父親！」錢世新一副恨鐵不成鋼的忿然模樣。他吸了兩口氣，轉頭對安若晨和姚昆道：「是家父行事不妥當，惹來猜忌麻煩，我替他向安姑娘賠不是。」

安若晨卻未甘休，她道：「這玩笑不好笑，且我說的與細作有關也不是玩笑。太守大人可還記得，當初我報官之時所說的話？我四妹莫名失蹤，許是細作所為，也許他們欲拿四妹威脅我。時間過去這許久了，四妹音訊全無，生不見人，死不見屍。而我，一個重要的細作證人，在中蘭城裡來來回回遊走，查到了劉則等人的案情，我於細作來說，是個禍害，可他們殺了一個又一個，卻未殺我。我一直希望，是因為我四妹活著，他們在等時機用她威脅我。如今，傳遞這個消息給我的，是錢老爺。我想請問，錢老爺，你是細作嗎？」

錢世新臉色變了，嚴肅道：「安姑娘，妳關切妹妹安危，卻也不可血口噴人。」

「我又不是大人，不能定錢老爺的罪，不能審他，這不是客客氣氣地在問嗎？」

錢裴的臉色也掛不住了，他咬牙道：「我說的確實是玩笑話，我可沒安大姑娘的花花腸子多，編排得一套一套的，我就是隨口一說罷了。」

「那麼當著姚大人和錢大人的面，錢老爺可是確定了，並非從細作那處得了消息，只是玩笑話？」安若晨不依不饒再問。

「確實是玩笑話。」錢裴的眼神裡聚了陰冷。

安若晨盯著他的眼睛看，一點不懼，又道：「那我又有話要說了。既是玩笑話，偏偏與我二妹說，是何用意？錢老爺什麼身分，竟與我二妹親近得能說玩笑話了，且只與我二妹一人說？我二妹不告訴家裡，卻只來問我，我不得不懷疑這其中是有人授意。」

「二姑娘做什麼我又如何知道。」錢裴一臉無賴。

「總之，錢老爺用假消息欺騙我二妹，我二妹若因此招惹了麻煩，錢老爺怕是推卸不了責任。若我二妹來試探我是錢老爺的授意，那錢老爺的用意委實讓我害怕。」只是安若晨說著這話時表情可沒顯出害怕來，「如今當著二位大人的面，又有太守夫人做個見證，我想與錢老爺把話說清楚了。鑒於錢老爺愛開些不得體的玩笑，我二妹若是招惹了什麼麻煩，我覺得兩位大人還是得問問錢老爺才好。」

「再有，我身負查探細作之職，錢老爺拿這種玩笑迷惑我，干擾案情，當不當治罪，我猜大人們也不好辦。我也不為難大人們，將軍那頭我不會多話，只是日後這樣的事還是少發生的好。另外，錢老爺說是開玩笑，但我這段時日不巧見過太多細作探子，表面都是尋常普通，人家可是連玩笑都不亂開，但內裡就是細作。錢老爺與南秦關係緊密，又是姚大人的老師，是縣令大人的父親，這身分，還真是容易被細作盯上招攬的。」

錢世新打斷安若晨，道：「此事非同小可，安姑娘推測大膽，也請小心說話。不論妳如今身分如何，誣告良民，也是重罪。」

安若晨坦然看他一眼，笑道：「錢大人此話差矣。我報官了嗎？我不過是在說我查案的經驗罷了。錢老爺身分特殊，是值得大家關切多留心的。若真有細作找上門來，錢老爺務必小心，及時報告大人們才好。」

錢世新被噎得無話可說，錢裴臉面再撐不住，臉色鐵青。安若晨這番話，是想堵他後頭的路。他若有些行差踏錯不得體的舉動，安若晨便可隨時扣個細作之嫌的帽子下來。安若希若出事，大家會想到他。安若芳若真活著，不用他有什麼舉動，大家又會想到他。不但想，還會猜忌提防。

錢裴怒極反笑，「龍將軍當真是好福氣，能娶得如此賢妻。」他轉頭看了看姚昆，微笑道：「這倒是與姚大人一般了。戰亂之時，覓得佳偶。姚大人當初可是立了大功的，我祝龍將軍也再建功勳，好讓安姑娘做個安穩的將軍夫人。」

一番話說得莫名其妙話中帶刺，蒙佳月聽得很不舒服，姚昆更是臉色難看，他看了蒙佳月一眼，見她皺眉，便伸手握住她的手安撫。

錢裴看著他們交握的手，冷笑地問：「還有什麼教訓嗎？若是沒有，我便要走了。」

「父親！」錢世新喝阻錢裴的無禮，可錢裴理也不理，站起便要離去。走時又轉頭，看了一眼安若晨道：「再會了，安姑娘。」

未與其他人施禮招呼，卻與安若晨丟下這麼一句，簡直挑釁至極。錢世新回到福安縣，越想越是生氣，欲找錢裴責問，卻連著兩日被錢裴拒之門外。錢世新也不敢太過逼迫，自己親爹的脾氣他知道，你若逼得緊，他性子起來了乾脆破罐破摔橫給你看，真的是瘋魔起來無所顧忌。如今局勢緊張，他並不想節外生枝。

錢世新囑咐錢裴府裡的人看好他，若有什麼動靜便速來報。若是由著老爺幹了糊塗事你們不言聲，便等著受牢獄之苦吧。

錢世新回到府中，盤想著找什麼時機好好與錢裴再說說這事。他才在太守府受完氣，想來說什麼他也聽不進去。錢世新進了屋子，卻發現屋裡坐了一人。

錢世新一愣，反應過來後趕緊招呼：「解先生。」

解先生直截了當問：「聽說你與你爹遇到些麻煩？安若晨說你們是細作，讓太守大人盯著你們的舉動？」

錢世新忙道：「她那話可不是這般說的，只是借題發揮，想威懾我父親，讓他莫要再打她們姊妹的主意罷了。這事怪我，未能管束好父親。他在安家那頭碰了釘子，便念念不忘起來，總想著對付安若晨和找回其四妹，報回這受辱之仇。我會好好開導開導他，讓他莫要這般執念。」

「嗯。」解先生點點頭，再問：「那可查出安若芳的下落？」

「未曾。」錢世新想了想，又解釋道：「我父親並不知曉我們在做的事，他說安若芳活著，只是為了引安若晨上勾，碰巧了。」關鍵的意思是，雖為父子，但他未透露任何情報出去。

好在解先生也未在意，他關切的是另一個問題：「安若晨突然搖身變成了龍騰的未婚妻，這裡頭幾分真幾分假，也許是順水推舟，請君入甕。她那頭的動靜，還是當心些。細作之罪，是張嘴便敢編排的嗎？她有心無心，還是真察覺了什麼意有所指，可切莫大意了。」

錢世新忙道：「這姑娘行事確實大膽，當初閔公子可是知道。她逃婚不算，頂著一身傷跑到衙門，滿嘴胡說八道，拉著死人墊背說謊，硬是擠進紫雲樓去了。我們當時還相議過，龍將軍對她另眼相看，破格提拔，也不知還有何內情。」

「所以定要防備，龍騰這人也許比我們想得更詭計多端。他用兵如神，進了這中蘭城開始，必是滿腦子想著如何對付南秦。花這許多時間精力扶助一個普通姑娘，也許早早便已布局。安若芳仍活著這事是安若晨自己放話的，放完消息她就搖身一變成了未來的將軍夫人，時機也太巧妙。」

「先生的意思，在尋找安若芳一事上莫要太費力氣？」

「安若晨和龍騰此刻也許就等著有人滿處尋找安若芳，嗅到動靜便有機會尋到線索，安若晨說不定正等著有人拿著安若芳一事去威脅她。她有些沉不住氣了，你不覺得嗎？」

「先生所言極是。」錢世新附和。

「暫時別管安若芳了，也莫管你爹爹，他願意荒淫願意作亂便由他去吧。細作是不會這般出格惹人耳目的，姚昆心裡頭明白，冤不到這事上去。只要你爹爹心裡有數，別把火燒到你身上便好。你在人前做好樣子訓斥他，外頭人心也會偏向你。他從前如何如今也如何，才不會招來懷疑。不然被安若晨挑撥幾句，你們就突然安分守己變了樣，那才是心裡有鬼。」

錢世新點頭，「好，我會把握分寸，亦會與父親再說說。」他頓了頓，問：「龍騰與安若晨如今這般，難道我們不該做些什麼防範？不能大動作找安若芳留下線索，但也得安排些別的能箝制住安若晨的手段才好。」

「這事我有安排，你先不用管。如今倒是有件重要的事，我來此主要亦是為了這個。」

「先生請說。」

「南秦前丞相霍銘善到了大蕭境內，他帶著南秦皇帝的手諭，是來見龍騰的。」

錢世新皺了皺眉。

解先生又道：「在南秦裡沒將他截住，有數個黑衣人將他救下，也不知那些人的身分底細。如今，霍銘善已經見著了龍騰，他們計畫要上京面聖。」

錢世新道：「我知道霍銘善，在南秦很有名望，周邊各國裡亦有影響。十七年前，亦是他來與我大蕭議和談判的。他手上可有什麼對大局不利的東西？」

解先生冷道：「他不需要別的東西，他就是對大局最大的不利。秦昭德從前可是對他言聽計從，這幾年輝王用盡辦法，才將黨爭平復，派系穩固，霍銘善制衡之計被打破，秦昭德開始信賴輝王，可在緊要關頭，霍銘善總是蹦出來攪局。這次大蕭罪行累累，加上東凌的證詞，龍騰忍得住不動手，但若是南秦先發兵，龍騰也不得不迎戰。」

「若霍銘善要見皇上，也許有機會談出轉機？」

「不論談出什麼，他上京路途遙遠，覲見和談之事又定會費些時日，這期間會有什麼變故，均不好預測。你莫忘了，中蘭城內原本布局安穩，莫名殺出個安若晨，還有劉則那娘子生事，竟硬生生鏟滅了那一脈的人手。我們在坊間已無甚可靠安穩的人手。再者，龍騰此舉另一用心，不論霍銘善上京能否見到皇帝能否談出什麼，霍銘善在大蕭手裡，秦昭德便有顧忌，戰事拖延，龍騰便得逞了。」

錢世新想了想，問：「解先生是如何知曉霍銘善要上京的，此消息可牢靠？」

「霍銘善寫了封信給秦昭德，表明已與龍騰大將軍面談，兩國衝突中疑點重重，似有人布下陷阱，他要赴京覲見大蕭皇帝，面呈誠意，了解內情，化解危機。」解先生頓了頓，道：「他將信交給了他的親信謝旭，託他帶回給秦昭德。」

「這謝旭……」

解先生撇了撇嘴角，「這信自然是到不了秦昭德手裡。謝旭進了南秦便將消息遞了出來，等著指示。他既不能把這信交給秦昭德，也不能回去什麼都不報，傳個假消息也不合適，畢竟萬一霍銘善回了去，謝旭做假之事會被揭穿，那他的身分也會被揭穿。」

「那我們如何行事？」

解先生看著錢世新的眼睛，道：「霍銘善必須死。」

錢世新問：「需要我安排？」

「是的，需要大人安排些高手。霍銘善上京之事龍騰必得通過姚昆，這才名正言順。」

「姚昆定會找我們幾個商議。」

解先生點頭，「對，屆時請大人拖延霍銘善上京的時候。先呈奏摺，或待巡察使到後共同上奏保薦霍銘善上京等，總之，規矩律例情勢分析，拖得個一兩日便好。」

錢世新道：「這個該是不難，龍騰就算心急，也不能趕驢子一般趕位老者長途跋涉受顛簸之苦。休息個一兩日，待太守這頭將各事務打點清楚再上路也是應該的。」

「且要讓他住在太守府裡。」

「姚大人將霍銘善奉為上賓，接到自己府中款待也是應該。」錢世新覺得這事也不難，「剛才先生說……巡察使？」

「對。我收到消息，茂郡出些大事，朝廷震驚，平南這邊細作案紛亂，軍中竟出內奸，朝廷亦震怒。為保邊境安危，核查各官員職守，大蕭要派巡查使了。這兩日太守應該就會收到消息，你也很快會知道的。」

錢世新微皺眉，這解先生對京城朝堂的動靜，竟是比他們知道得還快。

「另外，你再找兩個高手，安排在衙差巡衛隊伍裡。把名字給我便好，我安排人辦。」解先生道。

「是要讓那二人殺了霍銘善？」錢世新腦子轉著，若是這般，那得找兩個事後可以安排遠走高飛處理乾淨而又不引人注意的。

「不，只是有備無患。若屠夫未對霍銘善下手，或是出了什麼差錯，他們便將這二人一起殺死。」

錢世新沉吟：「先生是要找屠夫動手？」

每一件暗殺的任務，都會視具體情況來挑人。錢世新知道「屠夫」這人，下手狠絕不留痕跡，聽說那人也是冷冰冰的不愛說話。從前有些棘手的任務，閔公子都是找屠夫去辦的。

「我需要讓屠夫做些事，看看她到底如何，閔公子最後一件任務是交給她辦的。按計劃，李明宇應該死在東城門，死得轟轟烈烈，滿城風雨才好，可他竟然死在了回紫雲樓的路上。」

錢世新道：「那案子我略有耳聞，奔逃時摔下馬來，摔斷了脖子。沒留下什麼可疑的，確實乾淨俐落。」

「他死得太早了，這不對。閔公子的計畫是在東城門鬧一場大的，讓全城百姓皆知龍騰大將軍手下竟有叛國之徒，且安若晨也有重大叛國嫌疑。如此一來，眾口鑠金，日後對付龍騰時便好辦多了。如今雖也達到了目的，但離計畫效果差太遠，這一差，許多事便不一樣了。且閔公子失蹤，我查遍所有相關之人，竟無人知曉他去了何處，亦不知他是生是死。」

「先生是懷疑屠夫？」

「不能肯定，但她是閔公子安排的最後一個任務，且任務出了小差錯，這是事實。」

此時的靜心庵裡，安若芳蹲在地上，撐著小臉蛋看著靜緣師太在她的小側院裡布置機關，如今她的小側院已開了個暗門可以通往前院。原來前院的佛像座下有個暗室，裡面有吃的喝的，躲個幾日也沒問題。靜緣師太外出時，就讓她藏在裡頭。還有靜緣師太自己的寢室裡，也有鐵柵機關，能將人困住。安若芳也是在這幾日被靜緣師太教導了幾遍，才將這小小庵堂裡裡外外的各處地方弄明白了，這裡居然藏著這麼多祕密。

「師太，上回妳說要去測試一番究竟將我安置在哪裡好，是如何測試的？」

「看看他們應對危情時的反應，以及周遭的情況。」

「那有結果了嗎？」

「還得再等等。」

安若芳撇著小眉頭，有些不安，「師太，我拖累妳了嗎？」

「與妳無關，是妳的家人太廢物。」

安若芳想起了娘，心裡頗是掛念，「要是哪裡都不安全，師太這兒也不方便了，那我就回家吧，我想我娘了。」

靜緣師太幹活的手停了下來，過了一會兒，繼續手上的活，說道：「妳母親私下與錢裴走得頗近，我瞧見他們在安府外會面，你們安家裡似乎沒人知道。」

安若芳驚得張大了嘴，「我母親……我母親知道錢老爺是惡人。」

「能討著好處就不是惡人了。」

安若芳咬咬唇，有些不信，「我娘又不做買賣，能從錢老爺那兒討著什麼好處？」

「錢銀、尊重、奉承……她缺什麼，便覺得這些是好處。我遠遠瞧著他們談笑，並不知妳母親能討得什麼，但錢裴我卻是能猜到。若妳活著，妳最掛念的，除了母親，還能有誰。」

安若芳黯然，「所以我回不去，是嗎？」

「也不盡然。」靜緣師太聲音冷冷的，「最近是有些麻煩事，我們要小心處置，待過了這段日子，情勢明朗了，我便去將錢裴殺了，那妳暫時便沒甚威脅。若我還在，今後妳遇到什麼麻煩便來告訴我，誰欲欺負妳，我便殺誰。」

安若芳驚得話都說不出。

靜緣師太看看她，又道：「不用怕，人總歸是一死。不將要害妳的人殺了，最後就是自己死。死都不是糟糕的，最糟糕的是，活著承受痛苦，與其這般，為何不讓那些惡人死？」

安若芳無言以對。

參之章

圖謀

龍騰與霍銘善並不知道由謝旭傳信的事出了差錯，只知道三日後，順利等到護送謝旭的將兵回報，已平安將謝旭送到南秦境內。謝旭已喬裝好，趕赴南秦都城而去。

霍銘善終是鬆了口氣，赴都城的路途上雖仍有凶險，但好歹已順利完成第一步。

龍騰將霍銘善安置在兵營裡，表示自己先回中蘭城與太守議清細節，「必得大張旗鼓以使節之禮迎接先生入城，這般貴國朝廷才能相信此事。不然只憑書信，怕也不足夠。」

霍銘善覺得有理，萬事拜託龍騰。

龍騰趕回來見姚昆之時，安若晨被安若希找上門來。

安若晨原以為安若希是再來責問下毒之事，剛想解釋寬慰兩句，安若希卻有些激動地一把握住了她的手，「姊，有人來家裡向我提親了！」

這倒是教人意外啊，看起來不是什麼太壞的人家，不然安若希也不會是這般反應。

「城東的薛老爺，姊姊有印象嗎？」

安若晨點點頭，「薛老爺的名聲比爹爹好多了。他跟爹爹不是不對盤，怎會來提親？」

「是這般的。」安若希眼睛發亮，積極地訴說情況，「他家公子今年十六，比我還小一個月，自小身子就不好，有高僧說他再活不過十年，薛老爺便有些著急。他與太守大人一般，沒娶妾室，只有一位夫人，薛公子是獨子，他們可是捧在手心裡頭疼的。聽聞獨子命不長久，便趕緊找高僧批命，想找出破解之道來。高僧算了，說是要娶一個八字相合的扶扶他，這般便還有機會。薛家到處打聽，打聽到我了，我的八字正好相合。」

安若晨無語，八字相合這種話，是瞎忽悠吧？人家病重體弱，父母著急，自然病急亂投醫，她這傻妹妹被相中了，到底興奮個什麼勁兒？

安若晨問：「爹爹答應了？」

「沒，他推拒了。」

安若晨愣了愣，那傻妹妹一副她快要嫁人的歡喜模樣是怎麼擺出來的。

安若晨心裡嘆口氣，耐心問：「為何推拒？爹爹雖與薛家不對盤，但這回是薛老爺求著安家，又關乎獨子的性命，擺明了就是任由爹爹開條件提好處的事。難道爹爹是想吊吊薛老爺的胃口，引得他焦急之後再獅子大開口？」

「不是。」安若希搖頭，「我問過娘了，她說爹爹暫時還不想讓我出嫁。」

安若晨皺起眉頭，「因為錢裴？」

「她未曾明說，但我猜是如此。」安若希也不激動了，撇了眉頭苦惱道：「錢老爺不是總來關切我的親事，先前又說要介紹些合適人家過來嗎？妳那時過來嚇唬了爹爹一番，說咱們安家與誰結親都好，就是不好與錢裴結親。事後我聽得爹爹與娘說，人家錢老爺又沒說要自個兒再與咱家結親，到時挑中哪家，與錢老爺知會一聲便好。」

「說不定爹爹是錢老爺多年前失散的孩子，這般把他當爹孝敬。」

安若晨這話被安若希白了一眼，「莫要說得這般難聽。」

「說得不好聽總比做得難看強。自家女兒嫁誰還得跟個外人報告，像話嗎？」安若晨心裡窩火，「薛家與我們安家不對盤，當然更看不上錢裴。從前爹爹曾罵過，說錢老爺設宴，哪家哪家不願去，談買賣時聽說跟錢裴有關的便拒了，爹爹罵人家不識好歹，便是說的薛家吧？」

「對，對，這事我也記得。」

安若晨就不懂了，「所以爹爹拒了這親事很正常。且那薛公子年幼多病，命不長久，也並非良配。妳是因為太久沒人上門提親，這會兒有人來，所以先歡喜一會兒嗎？」

安若希氣呼呼地擠到安若晨身邊坐下，「這話怎麼說的？我太久沒人上門提親，這都是誰害的？我家大姊大半夜跑去擊鼓報官，四妹青天白日的失蹤，這家裡跟鬧了鬼中了邪似的，妳當外頭話能好聽呀？再說，得罪了錢老爺，他一句話，哪家心裡不掂量著些。要不，我怎麼一心嫁到外郡去？可是姊姊妳這許久了，也沒找著外郡合適的親事，還說情勢不好，妳沒法離開出遠門。妳瞧，我都沒埋怨妳不是嗎？」

安若晨無語，沒埋怨嗎？那常來她這兒嚷嚷拍拍桌子的那人是誰呀？

安若希道：「現在薛家來提親，可不正是大好機會？」

安若晨顰眉，聽這意思，安若希竟然是想嫁？

「那薛公子病弱命短，是吧？」

「我知道姊姊想說什麼。」安若希端正了臉色，抿抿嘴，道：「從前吧，若是薛老爺這般來提親，我自己定是不願的。誰想嫁給一個癆病鬼，到時年紀輕輕便要守寡。可是今時不同往日，如今我被夾在妳跟錢老爺中間，兩面不是人。他想殺我便殺，妳想毒死我便毒，這不是都覺得我是個禍害嗎？我要是嫁了人，還是嫁給跟錢老爺不對盤的，到時爹娘跟巴結錢老爺，錢老爺想對付，都與我無關了。嫁出去的女兒，潑出去的水，我怎麼都得聽夫家的意思。屆時少回娘家，用不著見到錢老爺那嘴臉，還有，我禍害不到妳了，妳把解藥給我。我算來算去，這實在是門好親。」

安若晨無言以對，原來她這二妹不傻啊！

安若希繼續道：「再有，薛家是大戶，吃住用行必是樣樣好的。聽說薛老爺和薛夫人為人寬厚，不是刻薄嚴厲的。又聽說薛家公子雖是體弱，但也彬彬有禮，飽讀詩書。只是身體的緣故，不能去考功名。我與其等著妳不知何時才能談到的外郡親事，或者不知何時被爹爹塞給錢裴相中的同夥繼續被他要脅箝制逗樂，我還不如嫁到薛家這樣的好人家。沖喜也罷，薛公子病弱也罷，我起碼不被人欺凌，不成日擔驚受怕。」

安若晨懂了，「爹爹拒了親事，妳希望我幫妳把親事辦成了？」

「對！」安若希又來了精神，「姊，過了這村沒這店了。妳說，還有哪戶比得過薛家這大戶來跟我提親？好人家有多遠躲多遠，這是老天給我的機會，我不能錯過。」

安若晨在心裡盤算著這事，問她：「爹爹推拒得難看嗎？」

安若希頓時一蔫，「聽說，話是挺不中聽的。」

「拒婚後爹爹找過錢裴嗎？」

「未曾，聽說錢老爺回福安縣去了。」

安若晨道：「這事我想想，先打聽打聽薛家怎麼回事。爹爹既是推拒了，後頭怕是也不好辦。妳要沉住氣，莫在家裡討論這事，莫讓爹爹和妳娘起戒心，不然他們與錢裴一商量，妳就完了。」

安若希一驚，「錢老爺不會飛快地塞戶人家過來，教爹爹把我嫁過去吧？」

「若是他挑選的人家，自然聽他差遣。妳嫁過去之後，他若還想利用妳，差遣妳做什麼，那夫家自然也是向著他的。」

「難不成還會任由他欺凌自己的娘子嗎？」

「這世上有爹爹這種為了買賣把女兒賣給六十多殘暴老頭子蹂躪的豬狗牛羊，便會有把娘子當成討好主子的雞鴨鵝。」

安若希冷哼一聲，「也是，連一臉正義凜然的將軍也會暗地裡給人下毒呢！」

安若晨冷道：「妳想讓我趕妳出門嗎？」

安若希咬咬唇，委屈地嘟囔：「哪有姊姊這般護短的？將軍這事確實做得不光彩。」

安若晨道：「我問過了，將軍對取妳性命沒興趣，只是防妳被利用來謀害我罷了。每個月盧大哥會給妳一顆解藥，妳會沒事的。不信，妳可到醫館去找大夫診診。」

「我去過了，大夫瞧不出毛病。」安若希一臉不高興，「雖說我們姊妹情誼不深，但我也仔細想過，我未曾害過姊姊。」

「對，只是妳娘欺負我娘，讓她遭了不少罪。然後在我被爹爹打罵，許婚給錢老爺時，妳幸災樂禍，冷嘲熱諷罷了。」

安若希臉上一陣發熱，「所以現在風水輪流轉，輪到我送上門來讓姊姊冷嘲熱諷了。」

「當真教人歡喜，不是嗎？」

安若希咬咬唇，道：「那妳歡喜完了，幫我想想法子，我想嫁給薛公子。」

安若晨瞪她，矜持呢？

安若希眼巴巴地看她，安若晨真是沒好氣，道：「我會去打聽一下薛家，若當真合適，便為妳想想如何能嫁。」

安若希鬆了一口氣。

龍騰回到中蘭城，未入紫雲樓，先去了太守府。

姚昆匆匆趕到堂廳相見，聽得龍騰說霍銘善居然冒險入境前來議事，大吃一驚。

「十七年前談判議和的那位霍丞相？」

「正是。他如今沒了官職，但手中有南秦皇帝派他前來議事查情的手諭，嚴格說起來，也算得上是出訪我國的使節。」

姚昆同意龍騰的策略，「我以使節大禮迎他進中蘭城，再先行派人遞奏摺，將事情原委輕重與皇上說說。讓朝中各官員也幫著遊說，令霍先生能順利面聖呈言。無論如何，這上京往來，能拖上好些時日，到時茂郡的案子、邊境的誤會、中蘭城裡的細作等，我們還有機會破解。」他想了想，長舒一口氣，「若是能阻止戰爭，那再好不過。」

「但願如此。大人請盡速準備，今日便派人赴京，另外還得再派兩名使節出訪南秦。」

姚昆想了想，點點頭。來而不往非禮也，既是接受了南秦國的使節，自然場面上也要做足。他們這頭再派兩名使節過去說明情況，釐清真相，穩住局勢，「這都是在幫茂郡史平清擦屁股了。他那頭惹下的禍端，還得我這頭幫著處置。」但若是他處置好了，那日後論起功績，這便是他姚昆的大功勞了，「我也速報史平清，讓他穩住東凌，切莫在這轉機之時再惹麻煩。東凌國小兵弱，若南秦不動手，他們斷不敢自己開戰。更何況，這事看起來就像是東凌挑撥，欲坐享漁人之利，我得讓史平清仔細看清楚局勢。」

龍騰道：「那大人速速準備吧。備好禮數及迎賓隊伍，場面越大越好，明日過來總兵營接霍先生。」

姚昆一口答應，兩人如此這般地商議好，龍騰告辭。姚昆不敢耽擱，趕緊差人叫郡丞、主簿、周邊重縣縣令等過來議事。

龍騰回了趟紫雲樓，不敢多留，速召了各官將過來問查城中公務，並交代了霍銘善入中蘭城，上京覲見皇上一事。這其中的防務和守衛安排等，還有茂郡安危不穩，對他們平南郡防務影響，東凌與南秦若聯手又如何應對。

將所有事交代好後，龍騰出了衙堂，正準備去見安若晨，卻見得她就在衙堂外等著。

「我聽說將軍回來了，又聽說將軍著急走，所以就在這兒等著。」

龍騰笑了起來，見到安若晨便覺心中安穩。「是有些急，所以妳有什麼話要與我說？」

安若晨淡定從容地掏出三封信，「這一封是報告公務的，我對樓中的一些人手做了調整安排。這一封是私事的，我與太守夫人商議的親事籌辦的狀況。將軍放心，將軍軍務繁忙，斷不會這般快就要辦婚禮。況且你我若在中蘭辦喜事，三禮六聘還是要的。怎麼都得京城那邊出庚帖立禮單，總之，雜七雜八一堆事呢，這也須耗費不少時日，將軍且安心守好邊境處理好軍情。」

這解釋得怎麼這麼像他對霍銘善用的招數呢？先爭取時間，拖著拖著尋找轉機。

「安若晨姑娘。」

「是，將軍。」

「只可攻不可退，記得嗎？」

「記得呢！這不是專門列了單子給將軍，讓將軍知道需要辦些什麼，都辦到什麼階段了。我辦事，細緻著呢！」
龍騰看著第三封的信封，「這封呢？」
「這封便是只攻不退的心意了。」
龍騰眉挑得老高，兩眼發光，「情話？」
「是對將軍提的一些要求。」
龍騰：「……」
「將軍要回總兵營了嗎？」
龍騰沒好氣，「這是要趕我了？」
「我是心疼將軍奔波，但若耽誤了將軍辦正事就不好了，這些信將軍回去慢慢看。」
龍騰擻眉頭，嘴裡說心疼，也沒點實際行動。
「妳過來。」他一副命令的口吻。
安若晨站過去，龍騰一把將她抱在懷裡，摸了摸她的頭，教導她：「要表現不捨，相送時便該是這般的。」
「好的。」安若晨也不反駁，伸手也將他的腰抱住。
抱了一會兒，龍騰真得走了。他想親親她，又顧慮周圍有許多衛兵看著，想想便作罷，道：「我走了。」
「好。」安若晨跟著龍騰一路行到馬圈那處，龍騰上了馬，她也將戰鼓牽了出來，戰鼓背上，竟也戴好了馬鞍。
龍騰挑挑眉毛。

安若晨抿著嘴掩飾害羞，「我想遛遛馬，不然騎術都生疏了，而且，我正巧也想往東城門那頭走。」

龍騰瞪著她，安若晨裝作沒看見，翻身上馬，一本正經地問：「將軍，你怎麼走啊，咱們順路嗎？要是順路，便一起吧，還能說說話呢！」

龍騰夾了夾如風的馬腹，將馬催到戰鼓身邊，轉頭看安若晨，「安若晨姑娘，妳可是越來越無賴了？」

安若晨不服氣，「明明挺矜持的。」

龍騰哈哈大笑，笑得安若晨也忍不住也跟著傻笑起來。然後龍騰低下頭，吻住了她的唇，「安若晨姑娘，我是快矜持不住了，妳自己好好繼續把持。」

安若晨紅著臉盯著戰鼓的腦袋看，壓根兒不敢看周圍的情形，耳邊聽著龍騰道：「很順路，走吧。」

安若晨忍不住又笑起來，面若桃花，眼波如水，屁顛屁顛地催馬跟著龍騰出發了。一路送到了東城門外，路上與龍騰還說了說妹妹的親事，龍騰卻似不吃驚，又或許是不感興趣，只應了聲便將話題岔開。安若晨覺得他是防她提那下毒之事，她識趣的當然沒說。

龍騰策馬走遠時，安若晨依依不捨，立馬於路邊看他許久。龍騰騎出一段路回頭，還看到她姿勢未變立在原處。龍騰心中一暖，領著衛兵們盡速趕回兵營去了。一路再不回頭，心裡卻是想，他家安姑娘當真是不聽話的，總是不按常理套路行事。

回到兵營的龍騰，帶回一切商議妥當的好消息給霍銘善，讓他安心等著明日進城，太守會以使節大禮相迎。二人又議了些話，龍騰回到自己的營帳，拿出安若晨的信出來看。

第一封公務信函，寫的是她對樓中的人手調動，有些遣到了外頭，又進了些新人，這是掩護陸大娘入紫雲樓之事，同時也藉機與城中各人牙子接觸試探。又說她還未找到遞字條的人，但定下了三個可疑人物，有兩人已找到其住處，還未發現有用線索，而另一人曾在招福酒樓出現，兩次皆甩開了跟蹤，且後來再未見其行蹤。她直覺此人最是可疑，但此人中等個頭，細長眼，圓臉，與閔公子完全兩個長相，若無線索，也不敢妄下定論。另她需要錢銀，在城中布置安全聯絡的地點居處。

龍騰看畢，將信燒了。他一直知道安若晨定是有自己的密探隊伍，她不主動告訴他細節，他也不追問。她學得很好，將他和謝剛教導的都牢牢記住且用上了。謝剛不在，她竟能未動樓中一人一卒便辦起事來，儼然獨當一面了。

龍騰看第二封信，確實是親事各項瑣事細事，還列好了單子交代他這頭要辦的。龍騰照抄一份，命人交給驛兵送回京城龍府給他二弟龍躍。

第三封信，龍騰很是期待，「只攻不退的心意」呢，不是情話還能是什麼？

拆開一看，龍騰眉梢挑得老高，果然不能用尋常想法琢磨他家安若晨姑娘。

這信裡交代他要在兼顧軍務之餘，盡好未婚夫婿之職，比如寫個信捎個話、說想念她等等。重點是後頭，問他俸祿多少，查訪細作需要錢銀，但她若總在帳房支取會惹來懷疑，所以她希望龍騰以聘禮為由再多給她一些，或者俸祿什麼的交給她處置打理。若是他私人錢銀不在身邊，那還有什麼辦法解決她的缺錢危機。

龍騰完全沒了脾氣。

只攻不退，她倒真是很敢攻啊！錢錢錢，還好意思說自己矜持呢！

龍騰捧著信，哈哈大笑。這姑娘怎麼就這麼討他歡喜呢，真是太歡喜了，歡喜得真想讓她抄一百遍「我歡喜龍騰大將軍」送來給他貼帳子裡。

◆　◆　◆

姚昆與各官員緊急商議霍銘善上京一事。眾人皆覺此事可為，是個拖延時間解決開戰危情的好法子，只是細節上大家各有想法。

郡丞夏舟剛從茂郡回來，他領著人在那邊與太守衙門各人共同追究東凌南秦使節被殺一案線索，跟進後續相關處置之道，對那頭的情形最是了解。他建議不止要函報茂郡太守史平清，更應該要求茂郡也派出使節，與平南郡的使節一道出訪。

「按理，那霍先生拿著南秦皇帝的手諭，代表的是帝君之意。情況緊急，我們等不得皇上見完霍先生再定奪是否再派使節回訪。我方只有郡級官員出訪解釋遊說，在等級上便矮了一頭，於禮不合。更何況，這事情裡，南秦與東凌使節皆是在茂郡被殺，至今凶手未見蹤跡，就連查找的方向都無頭緒。那些人彷彿從天而降，殺了人後更散開消失，史太守如今被逼得如熱鍋上的螞蟻，就算想找人出來墊個背都不知能如何。這事牽扯太大，我在那兒瞧著，史太守有些心灰意冷，覺得反正事情撇不清，對外東凌占理咄咄逼人，對內皇上定會怪罪他官位不保，心裡已生了破罐破摔之意。恨不得乾脆打一仗，轉移重點，若立戰功，將功補過，他才好從泥潭裡脫身。」

姚昆聽得夏舟此言，頓時大怒，「那史平清這麼多年了，怎麼還未長進？事事推脫，壞事都是別人的，便宜他都占了。打起仗來，是他前線衝鋒陷陣嗎？死傷的是他的家人兄弟，是他自己嗎？他茂郡這幾年便做得不太好，這回想搶功勞，惹了禍端，竟想用開戰脫身，當真是蠢才廢物！」

「大人。」錢世新溫言相勸，免得姚昆盛怒中失言。

姚昆緩了一緩，問夏舟：「你可打聽到了，他往京城報的奏摺裡說的是什麼？」

夏舟面露無奈，「正如大人所料，史太守自然是將事情往咱們平南推，說是大人鐵腕關閉與南秦的商貿及議事通道，可南秦仍想議和，只得借道東凌入我大蕭求得覲見。但平南郡裡匪類猖獗，是否細作仍待查，可因大人未將匪類處置乾淨，留著餘黨，也不知還會做些什麼。而茂郡裡的使節命案，凶手消失得無影無蹤，不知是否逃竄到平南郡來了，目前尚在全力追查。」

姚昆氣得拍了桌子。他是接到茂郡公函希望平南郡追查處置清楚郡內的細作匪類，那時他便想你茂郡查出線索了，追到他平南也是可以的。半點眉目沒有，閉著眼便往平南一指，這不是欺人太甚嗎？如今果真如他所料，史平清這廝還就是一盆盆髒水往他平南郡潑了。人人都望和平安寧，偏這廝滿肚子壞水，處置不好麻煩，掩蓋不住自己無能失德，竟想用戰爭，想用百姓將兵的血淚換得脫身。

真是無恥至極！

夏舟明白姚昆所想，便道：「如今茂郡那邊也在匆匆調兵往邊境施壓，但這番情景教東凌看到，更有藉口。我在通城時，便見著東凌的文書詢函一日一封天天往郡府送。史太守若是扛不住，再做些糊塗事來，與東凌南秦說些什麼不得體的話，加上東凌一吹風，南秦必會揮兵過江，倒楣的可是我們平南。大人若想派使節穩住南秦，便得將史太守也穩住，除了告之他霍先生上京事情有了轉機，更得將他也一同拖到事情裡來，讓他們茂郡也派使節，與我們一起去南秦。先別管有沒有線索解不解釋得清楚，總之，人要去，誠意要到。既是派出了使節，史太守亦不敢太妄為，怎麼都得等事態平緩下來，亦有理由應對東凌的質問。」

錢世新道：「夏大人言之有理。大人出頭為茂郡的禍事收拾殘局，得確保這期間莫再禍上加禍。先用大禮數將霍先生接來，奉為上賓。使節人選，後續相談如何，都與霍先生細細商議，這定會讓霍先生覺得我大蕭是敬重他。他再修書一封，我們使節帶著去南秦，這也才好說得上話。南秦邊郡那幾位大人怎麼都會給霍先生面子。將消息上呈南秦皇帝，這邊境局勢定可緩和。」

姚昆覺得大家所言甚有道理，於是派夏舟再去茂郡通城，與史平清速速相報此事，讓他即刻定好使節，到中蘭城來一起出發。

「那史平清也不知會是何主意，一來一往也是需要時日。我得與龍將軍報一聲，過幾日待史平清使節定好，再接霍先生到中蘭，這般我們也有時日把禮數備周全了。」

「這個……」錢世新欲言又止。

姚昆忙問：「錢大人是何想法？」

錢世新道：「大人，兵營那處條件惡劣，吃喝拉撒俱是不便，哪裡有中蘭城裡舒服？霍先生年紀大了，在那兒多待一日，便是多受了一日的苦。龍將軍回到軍營處定是與霍先生說了姚大人會大禮接他入中蘭，結果轉頭日子又拖延，拖延到何時又未可知，萬一史太守那邊多慮，又或是使節人選遲遲不定，那我們要何時去接霍先生？到時霍先生問起遲延的緣由，我們難不成說實話在等茂郡共同擔責？這讓霍先生怎麼看？」

姚昆想了想，覺得也是甚有道理。如此定好趕緊準備相迎使節的車轎文書城門樓宇裝飾，安排好迎道百姓衙差守衛，通報紫雲樓，再於太守府裡安排好客房，加大巡值護衛，重排值崗。各官員分工領命，就此火速行動起來。

安若晨從周長史那處看到了文書報函，知曉明日城中會有大事。她與陸大娘細細商量，若是細作仍在，對這事也定會重視，官府軍方嚴陣以待，細作也定是心中有數，她們在城中的眼線也不可掉以輕心，也許這次會是個機會。

陸大娘明白，藉使節來訪紫雲樓得布置為由，出門採買打點去了。她列好了單子，帶了幾個丫頭。這丫頭去辦這個，那丫頭去買那個，將人全支開，她自己與各眼線悄悄地聯絡交代了一番。

安若晨未出府，她寫了封拜帖，讓人送去薛府，打算過兩日待霍銘善入城之事都安頓打點好了，她就上門拜訪。只是沒想到，稍晚時候，沒等到薛府的回帖，卻是薛夫人乘了轎急巴巴地直接趕到紫雲樓來。

安若晨正琢磨霍銘善入城與細作活動之間的聯繫，聽得衛兵來報薛夫人求見，著實是有些驚訝，沒料到薛家竟是這般著急。

薛夫人三十出頭的樣子，眉清目秀，溫婉有禮，頗為端莊。

安若晨禮數周到地招呼她，薛夫人也是客氣了一番，道先前家中忙亂，疏忽了，未曾與將軍這頭走動，未盡禮數，是他們薛家做得不對。

安若晨笑稱夫人太過客氣。其實她心裡明白，當初各家欲巴結討好將軍，便藉著女眷或是管事這一層與她走動送禮送帖的，薛夫人與各家女眷往來，定是知曉。只是薛家與安家不對盤，自不願與她沾上關係。再者，她再就聽說薛老爺儒雅，卻也一身傲骨，最見不得那些生意商賈媚顏奴骨巴結官吏，這也是他不待見安之甫、錢裴這一類人的原因。龍騰去過她安家吃飯，宗澤清又似與安家交情不錯，與薛老爺而言，那也該是避而遠之為好。

安若晨不動聲色，觀察著薛夫人的神情，心想薛家夫婦還當真視子如命，如今為了高僧所言，為兒子沖喜，都得放得下顏面去安家求親，被拒了竟也不放棄，轉而來應酬她了。

薛夫人客套幾句後，趕緊入了正題，問安若晨是否知曉薛家去安府提親之事？

「略有耳聞。想去拜訪夫人，也是欲與夫人商議此事。」安若晨道。

薛夫人面露喜色，「不知是否安老爺那頭有什麼意思？只要親事能成，萬事都好商量！」

安若晨失笑，「我爹爹有話也不會讓我傳。他未託媒婆找夫人相議，該是未改主意。」

薛夫人頓時露出失望之色。

安若晨道：「我找夫人，便是想問問此事情況。我自己倒是覺得這門親事不差，我爹爹有他的顧慮和盤算，那些於我而言不重要，只要我二妹樂意，這親事我便願意插個手。」

薛夫人振作精神，忙道：「那日我去安府，未曾見到二姑娘。安老爺拒得是挺果決，但我家確實誠心結親，若是大姑娘能相助，我薛家定有重謝。」

安若晨笑道：「重謝倒是不必，這事情是如何，還請薛夫人明言。畢竟薛老爺看不上我爹爹那般的市儈庸商，突然談起了親事，我也是有疑慮。我問清緣由，才好與我二妹說。願不願意，還得看她的主意。」

薛夫人聽罷，也不管這安若晨已離了安府，究竟有沒有辦法促成這親事，總之，抓到一個希望便是一個，於是仔仔細細說了起來。

她兒子薛敘然自小體弱，十歲時生了一場重病，之後身子便一直不太好，這幾年尋遍良醫，但病情反覆。她常去保寧寺拜佛求神，為兒子祈福。大概一個月前，她又與保寧寺住持淨慈大師聊起的狀況，大夫說薛敘然怕是好不了，便只能這般拖著，不往惡裡變化便是好的，調養得當，許還能再活十年。薛夫人非常憂心，說到傷心處，落下淚來。淨慈大師便道，若是實在沒了法子，要不就試試以緣助運，以喜扶命。

薛夫人便將薛敘然的八字給了淨慈大師，大師為薛敘然排命，寫了幾個相配的生辰八字，讓薛夫人去找找。三個月內，若是找得八字相合的姑娘，結得良緣，也許有所助益。

薛夫人拿到八字後，火速找了全城的媒婆，尋八字相合的姑娘。一般到了適婚年齡的姑娘，都會有媒婆打聽過親事狀況，所以她們手上都拿著不少八字。

這麼仔細多方一打聽，還真尋著了三個八字對得上的姑娘，只是其中一位姑娘已經出嫁，另一位姑娘已經訂親。訂親的這個，婚期馬上就要到了，且女方與男方青梅竹馬，兩情相悅，兩家亦是知交，斷無毀婚可能。剩下的那個，便是安家的二姑娘安若希。

薛夫人道，對於與安家結親一事，正如安若晨所言，她家老爺薛書恩確實不願意的。猶豫了好些時日，眼看一個月就要過去。淨慈大師說三個月為期，日子不多，加上中間還要相談還要備禮等等，怕是再拖就來不及了。她盡力遊說，終得了老爺的點頭。

於是她備好了厚禮，帶著媒婆上安家提親。她明白安家定是也有疑慮，便也不相瞞，並非惡意騙婚，只是將淨慈大師所言說了明白。既是良緣，天生一對，希望安家莫嫌棄她兒體弱。待安若希進了門，她定會待她像親生女兒。所有條件、聘禮等等，也由得安家開口，萬事皆好商議。

話都說到了這分上，可安之甫竟然不鬆口，且拒絕之詞，頗不入耳。

薛夫人回府後與薛老爺說了此事，未曾轉述那些難聽話，只欲央薛老爺再出面。薛書恩雖不樂意，但還是向安之甫提了邀約，請他吃飯相聚，安之甫竟然也拒了。

薛夫人沒說自己這數日急急讓媒婆趕緊再找合適的姑娘，外郡的也行，但還未有好消息。倒是今日收到安若晨的帖子，頓時心中一喜。薛夫人是曾聽媒婆說過安家大小姐是個大膽的，從前也積極為自己張羅過親事，只是有安老爺在，最後竟是定了福安縣錢老爺的親。

媒婆好一番八卦，說是人算不如天算，安家老爺怕是沒料到最後竟然橫生枝節，安家大小姐膽兒大得沒了邊，逃婚離家便罷了，還敢去敲那鳴冤鼓報官，驚動了太守和龍大將軍，硬是幫她把親事退了，還脫了安家籍，生生與她那親爹平起平坐了。可人家也是有真本事，進了將軍府，不單當上了管事，居然還破了招福酒樓的細作案，救下了一直慘被凌虐的劉夫人。如今更是厲害了，迷了龍大將軍的心竅，竟是要一飛沖天，準備做將軍夫人了。

媒婆說得眉飛色舞，說此事千真萬確，這段時日已開始張羅親事了，且親事是由太守夫人親自幫著操辦，已找了三個媒婆議親事細節。這可是響動全城甚至全郡的大消息，比那招福酒樓的細作案還要震驚各方。人人都在傳，安大姑娘簡直是三頭六臂，本事通天。

薛夫人自然知曉媒婆誇大其辭，但安若晨八面玲瓏有些手段那定是真的。故而收到其拜帖，她二話不說趕緊過來親自拜會，可等不及什麼過幾日待方便時了。

他們薛家與安大姑娘從未有交集，對方突然遞來消息，那八成是與他們與安家議親有關，只不知安若晨心裡有些什麼打算。無論好壞，先來聽聽，若是能幫助他們，那自然再好不過。如今聽得安若晨竟真的有此意，薛夫人也不管如何，一五一十把事情都說了。

「大姑娘，情況便是如此。我們薛家做事光明磊落，這結親是一輩子的事，我們知道輕重。我兒體弱，我也不相瞞，話說回來，這也瞞不住，與其讓別人家嚼舌根胡說八道，不如我自己據實以告。我薛家真心實意，定會對兒媳婦好的。」薛夫人這般說。

安若晨問：「我如何離的家，如何進的紫雲樓，夫人可曾聽說了？」

薛夫人有些尷尬地點點頭。

「我當初為何會與錢老爺訂親，夫人也一定知道。我爹爹的名聲便是那般了，他拒絕與令公子結親，也是因為這原因。」

「錢老爺？」薛夫人這段時日為兒子親事磨破嘴皮跑斷腿，被拒的個中緣由，當然也與薛老爺商議又商議，在坊間打聽又打聽。她家老爺不屑與錢裴之流合作，從不賣他面子。錢裴不滿，也不是一日兩日了。難道安之甫不止是自己不願結親，還要顧慮錢裴的臉色？

錢裴那人，聽說年輕時是有作為的，所以才會結了許多人脈關係，教導了些有才情的學生。只是也許日子太過順遂，又是在這邊境之地，山高皇帝遠，左右都是與他相熟相護的，捧得他越發狂傲，見不得有人與他半點不順從，還喜淫樂，做了不少敗德噁心的事，毀了從前的好聲望。年紀越大，竟越肆無忌憚。

薛夫人嘆口氣，與安之甫議親便罷，若是要去求那錢裴，怕是她家老爺死也不願的。

「是，確實是錢老爺。」安若晨點頭，「不瞞夫人說，我當初拒婚逃家，錢老爺與我爹爹皆是記恨我的。我爹爹又是那般見利心喜的人，那玉石鋪子也罷，買賣生意也罷，總歸不敢得罪錢老爺。錢老爺曾提過要給我二妹介紹親事，我爹爹該是等著錢老爺，自然不敢答應別家的提親。」

薛夫人皺眉，「那是非得靠錢老爺來議此事方可行嗎？」

「那倒未必。」

薛夫人鬆了口氣，忙道：「還請大姑娘指條路來。」

「夫人不好再去與我爹爹提這事，也不要去找錢裴，不然會被他們拿在手裡。我爹便算了，錢裴那人，一旦被他拿住要害，後患無窮。」

「可如若不提親，這事如何能成？」

「我去提，比夫人找媒婆更管用。」

薛夫人愣了愣，可這安大姑娘明明與安家鬧翻了，難不成她仗著自己是未來的將軍夫人，覺得用權勢能把安家壓住？

薛夫人定定神，不問安若晨如何能辦到，卻問：「姑娘想要什麼？」

安若晨笑了笑，這薛夫人救子心切，卻也不是個糊塗的，在小心提防薛家被她利用呢！

「夫人放心，我沒什麼非分要求。我曾在我爹和錢裴那頭吃過些苦頭，我逃出來了，這夫人知道。只是夫人不知道，我曾見到我妹妹因為害怕錢裴和爹爹的鞭子渾身顫抖恐懼大哭。我的小妹妹莫名失蹤至今生死不明，如今輪到我二妹了，我又怎麼忍心讓她未來的生活繼續被錢裴這惡人控制？」

薛夫人聽得這話，不禁動容。

「薛公子體弱確實並非良配，沖喜之由確實令我二妹憋屈。」

薛夫人張嘴欲辯解，安若晨卻未給她機會，繼續說道：「但夫人坦誠相告，並未矇騙，我信夫人是誠心以待的。」

薛夫人鬆了口氣。

安若晨又道：「我也明白，薛夫人這份坦誠也是被逼的，因為薛老爺與我爹爹之流素來不和，就連應酬都鮮少共同露面。薛老爺自有清風傲骨，與我爹爹完全不是一路人，突然來求親，於理不合。」

這話薛夫人沒法反駁，若是別人家的姑娘，她自然不會說什麼高僧斷命之事。沖喜之說，確實是讓姑娘家受委屈了。她雖是把話說得好聽，什麼高僧批過八字，天作之合，但其實誰也能明白是怎麼回事。

「只是就是因為薛老爺看不上我爹爹，又不屑與錢裴為伍，我便覺得這親事可談。」安若晨頓了頓，看著薛夫人，「夫人保證過，會對我妹妹好。」

「自然，自然！」薛夫人覺得看到了希望，忙連聲道：「大姑娘放心，我薛家一向待人寬厚，姑娘去打聽打聽便可知。就連家中僕役丫頭，我們也不苛責刻薄，何況令妹與我兒八字般配，是我兒貴人，她嫁過來，我定會捧在手心裡疼的。」

「那麼，還有一件，若這親事成了，還望薛老爺與夫人莫給安家占大便宜，莫被安家和錢裴拿捏了。」

薛夫人愣了愣，道：「親家往來那是有的，出格的事我家老爺向來不屑為之，不會被擺布的。再有，那錢老爺與我家何干？八竿子打不著的人物，既不認識，也不相交。」

安若晨笑起來，覺得這薛夫人真是個聰慧會說話的。

薛夫人見得安若晨笑，忙問：「大姑娘覺得這親事該如何談？」

安若晨道：「我想讓我二妹先見見薛公子，畢竟以後有可能得年輕守寡，先讓她見一見，確定確定心意。」

年輕守寡這話薛夫人可不愛聽，且安若晨這意思還是讓她二妹去相看自家兒子，看不上就算了。薛夫人忍了忍，未反駁什麼，只再次保證薛府定不會虧待自家兒媳婦的。

安若晨道：「那也讓薛公子見見我二妹吧。我二妹自小在家中受寵，也是有些脾氣，若公子不嫌棄，這親事便能談。不然我二妹嫁過去，夫妻二人相對生怨，爭執受氣，對薛公子養病休身也無助益。」

薛夫人想了想，這才應允下來。兩人如此這般說好了，薛夫人便匆匆回府商議去了。

第二日，天高風清，藍天白雲，是個極好的天氣。中蘭城妝點一新，紅毯由東城門外一里鋪進城內。沿途綢椿引路，迎客旗迎風飄揚。

一大清早，姚昆親自領著迎賓車隊前往總兵營處，以貴賓使節大禮相迎霍銘善。蔣松帶領兩百騎兵，從中蘭城護車隊前往，再從兵營護送使節車隊回來，一路送進了太守府。隨後一百衛兵留在太守府內，與姚昆安排的衙差護衛一道，於太守府內輪值，護衛霍銘善的安全。

姚昆到了兵營處，見得龍騰，這才有機會與他細細說了昨日與眾官員商議的對策安排。其他事龍騰均無意見，但對姚昆要等史平清那頭也派了使節，定了這事再送霍銘善上京不滿。

「霍先生如今便是個大靶子，中蘭城裡處處暗箭，大人心倒是挺寬，居然還指望拉著史太守下水共同擔責。大人莫撿了芝麻丟西瓜，若是霍先生在太守府裡出了任何差錯，大人便與史太守一個處境了。早日護送霍先生上京，姚大人豈不是早日安寧，難道不是這道理？」

姚昆被提醒了，心裡確實防備起來，但又覺得他們安排的防務如此嚴密，定不會如茂郡那般出事。

「這般吧，昨日夏舟已領人快馬加鞭去茂郡了，我先把霍先生接回去，怎麼都得休息兩日。將軍莫瞪眼，霍先生這把年紀，又非武將，舟車勞頓，身子可不是鐵打的，路上捱病了如何是好？總之先休息兩日，這兩日我與霍先生商議仔細這上京之事，讓霍先生寫好讓我郡使節遞往南秦的文書。兩日後，無論茂郡那頭有無消息，我都按與將軍商議好的，送霍先生上京。滿打滿算，加上今日，霍先生在我那兒住不上三日。我倒是不擔心這三日，就是霍先生上路後沿途安危，也是要防備。」

「細作在中蘭潛伏許久，處處暗藏危機，姚大人衙門裡也許就有內奸。霍先生在中蘭城內的危險，遠比沿途大的多。同樣的兩百衛兵，於沿途保護霍先生安危的把握可比在中蘭城裡要高許多。」龍騰直接點出關鍵。若不是太需要擺個大場面給南秦東凌看，達到即時宣揚的效果，他還真寧願毫不聲張悄悄派個二十精兵喬裝就把霍銘善送走。

龍騰問：「給皇上的奏摺大人可遞出去了？」

「當然當然，昨日便遞出去了。將軍的呢？」

「自然也遞了。」龍騰再問：「沿途各郡的通關文書、過路公函，大人準備好了嗎？」

「這些都沒問題了。」昨日他衙門上下可是忙乎了一日，連夜把城裡布置起來，轎車什麼的全趕出來了，禮數半點不少，也是很不容易的。

龍騰道：「大人晚上會辦迎賓宴吧？對外宣布霍先生在中蘭城做客五日，第三日天不亮便將霍先生送走。」

「好。」

「找位與霍先生身形相似的，莫對外聲張，讓他住霍先生屋裡，霍先生換個房住。」

姚昆琢磨了一會兒，道：「行。」

龍騰與姚昆對視著，二人心裡都明白，剩下的，就是霍銘善的安全了。

在中蘭城內的三天，也許會是最凶險的。

南秦使節入城了，晚上還有大宴，那表示兩國不會打仗了吧？中蘭全城百姓奔相走告，大家紛紛上街，一睹使節的風采。城裡張燈結綵，喜氣洋洋，似又過年一般。

安若晨也上街看熱鬧，她跑去了招福酒樓。招福酒樓是去衙府的必經之地，各路百姓早早擠進去搶占位置，全酒樓的夥計忙得不亦樂乎，這可是很久未曾滿客了呢。

趙佳華擠在安若晨身邊，混在看熱鬧的人群裡，大家歡呼雀躍時，她低聲對安若晨道：「我打聽到了有趣的消息。」

安若晨看了看周圍，擠到更角落的地方，趙佳華也挨過去，縮在安若晨身後，道：「妳讓我盯錢裴的事，我買通了個他在中蘭府裡的丫頭。那丫頭也是小心，但終於與我說了些有用的事。錢裴在中蘭城府裡的側府雜院裡有道門，通往另一個兩進的宅院。那宅院正門朝著另一方向，卻與一牆之隔的錢府又單開了一道門。原是說那裡是錢裴養丫頭的地方，又有說是有客來時的客院。丫頭說，錢裴有時似乎也往那院子去，還有，他交代府裡的丫頭僕役，往那院裡送吃穿用度生活所需，全是精緻的好東西。東西只放在後院一屋裡，不得往裡再走。那丫頭送過衣裳等物，是男子用品，衣裳的尺寸看來，那人瘦高。」

安若晨心裡一緊。

「那丫頭說，去年年底，似乎是二十日左右吧，具體日子她記不清了，錢裴交代了不用往那院子送東西了。」

十二月二十左右？安若晨笑著與周圍人群一起向街上走過的車隊揮手。

李長史是十二月二十一日死的。在他的計畫裡，那日他該去東城門引開衛兵給某人逃出城的機會。那時候開始，就不用給那院子送東西了？

安若晨知道錢府的方位，離頂松亭不遠。

若是屋子角度合適，該是能看到頂松亭上的鈴鐺吧？

錢裴啊錢裴，你說四妹未死，究竟消息從何而來？

「瘦高男子的東西，送了有三四年吧？」安若晨問。

「對。」趙佳華道：「這時間也挺合適。」

時間確實差不多能對上，但光有這些不足夠。

安若晨輕聲道：「我需要證據。」

「沒有證據，人去樓空。一個小丫頭的證詞，妳能如何？當初姚大人派了人將頂樓亭附近的屋子全搜了個遍，卻都沒搜出來。妳說，錢裴與姚大人的交情，究竟深厚到哪一步？」

安若晨不知道，但錢裴在姚昆面前極囂張是事實。姚昆與錢世新站在一塊面對錢裴時的無奈與隱忍，她也是親眼所見。一個是學生，一個是兒子。若說姚昆是執守師徒禮德恭敬忍讓，但錢裴失格失德，早已失去讓人尊敬的資格，何況姚昆貴為太守，可不是一般小官。

安若晨覺得她原先打的算盤打錯了，事情比她設想的要複雜。

安若晨火速趕回了紫雲樓，打算趕往總兵營向龍騰報告這個新消息，聽聽他的判斷。周群聽得她要去兵營，卻道：「今日霍先生來中蘭，龍將軍便要去四夏江了，以防這頭迎賓，那頭發兵。若是姑娘有緊急事，得去四夏江兵營才能見著將軍。」

安若晨愣了愣，四夏江較遠，她一個來回，霍銘善就已經離開中蘭城了。這數日是關鍵，看姚昆與各官員的架勢，以及蔣松親自領兵護衛的排場，她知道霍銘善的重要性。

可她也知道軍中和衙門還有奸細，她現在又知道太守與錢裴之間的關係可能還有隱情。而若錢裴就是細作那一夥的，錢世新知不知道？衙門裡的其他官員又如何？城中大大小小圍著錢裴打轉的商賈又如何？

安若晨決定不去了。這數日既是關鍵，且遠水救不了近火，那她就在這裡盯著。

周群見安若晨的模樣，以為她憂心軍情，忙安慰道：「姑娘放心，霍先生就是代表南秦來議和的。將軍去四夏江，只是防止有人以為此時機我大蕭會鬆懈防備，趁機作亂。議和是要議，軍威鎮邊關也是要的。再者，這城裡有蔣將軍在，從前劉則、李長史那類的事不會再犯了。太陽一落山，滿城宵禁，衛兵衙差巡衛，軍方一百衛兵加上衙府的衙差捕頭，這麼多人手，簡直是將霍先生的屋子裡外三層圍上，蒼蠅都飛不進去，何況細作刺客？」

安若晨道：「大人說的有理。防範如此周全，定不會出亂子。只是將軍居然去四夏江了，也不知他缺什麼沒有。春寒最是凍人，我還是寫封信給將軍，免他以為我對他不掛心。」

安若晨回屋寫信，信裡把對周長史說的那什麼防春寒添衣物的關懷之詞說了，又說她今日去街上看了熱鬧，使節入城的排場當真是大。城中有太守主事，城外有將軍守衛，時局雖然不好，她卻覺得安心。解先生一夥於中蘭城中的勢力已被瓦解，她覺得這裡頭有自己一份功勞，可將軍還未曾好好誇讚過她。當然她不是介意這個，今日在街上時看到如過年一般的熱鬧，忽然想起自從與錢裴訂親後，就一直活在恐懼裡。當初想著，城裡城外大蕭南秦，全是錢裴的人脈勢力，她這一生必如囚鳥，被他鎖在宅院裡生不如死，沒想到後來竟有機會逃出生天。如今與將軍的親事籌辦有太守夫人大力相助，請將軍放心，亦請將軍照顧好自己。

安若晨寫完了，仔仔細細再看一遍，確認沒什麼疏漏，只希望將軍能看明白她的暗示。她把信交給周群，周群道會將這信與公務報函一起交由驛兵送往將軍手上。

安若晨謝過，接著她去找了太守夫人。

蒙佳月正在確認迎賓晚宴的細節是否準備妥當。安若晨一臉局促，道自己可不是來添亂的，只是從前沒甚見識，沒什麼機會見到官宴大場面，擔心日後隨將軍回京後給將軍丟人，所以想趁著這次機會，過來跟著夫人學習學習。

蒙佳月自然不介意，帶著安若晨裡裡外外張羅，還細心與她講解各類官宴的規矩。說起晚上的宴賓霍銘善，安若晨很自然地問道：「聽說十七年前大蕭與南秦和談，也是這位霍先生為使節。」

「正是。」蒙佳月想起往事，有些發愣。

「夫人。」

蒙佳月聽得喚，回過神來，強笑道：「我那年十七，與妳如今差不多年歲。」

安若晨低下頭，輕聲道：「我有聽說過。」

蒙佳月明白她的意思，「嗯。」她點點頭，「我也聽過不少。」

安若晨被蒙佳月的語氣逗笑了。

蒙佳月也笑了起來，「都過去許久了，一晃眼竟然十七年了。」她看了看安若晨，道：「沒想到這許多年後，所有的事似乎又重演一遍。」

安若晨沒說話，她等著蒙佳月繼續說。

蒙佳月問她：「妳也聽說過我爹爹之死？」

「聽說和談之前，蒙太守被刺客所害。」

「那場仗差一點又繼續打了。當時霍先生聞得噩耗，不等迎賓禮車，快馬趕來，高呼以和為貴。他代表南秦皇帝求和之意，願為人質，若此事真是南秦所為，他以命相償。」蒙佳月想到當時情形，低頭看了看自己的雙手。

「我當時心中滿是對南秦的恨，我披麻戴孝跪在龍老將軍面前，求他莫停戰，求他滅殺南秦替我父親報仇血恨。那時候霍先生單膝跪我面前，將一把劍放入我的手裡。他說，孩子，戰爭不是快意恩仇，是滅世災難，不是流流淚動動嘴，是鮮血與痛苦。妳父親為何犧牲？莫讓奸人得逞，莫教百姓苦難。這把劍給妳，龍將軍與所有人可當見證，妳用這劍取我性命，我絕無怨言，也請所有人不要追究，但請讓我先將妳父親想做的事做完。」

安若晨聽得動容，不禁想像這位霍先生是怎樣的風範光采。她問：「據說後來查出刺客是大蕭百姓，因兩國之戰失去家人，聽得要議和，便怪罪蒙太守，故而行刺，是真的嗎？」

蒙佳月點點頭，「是相公查出了真凶。那人對自己的罪行供認不諱，還道為何殺了他家人後才議和，誰來償他家人的命？」

安若晨聽得難過，蒙佳月也眼泛淚光。她擦了擦自己的眼睛，苦笑道：「那人問斬後，我半點也舒心不起來。他死了，我父親也不能再活過來，議和了，他的家人也沒法活過來。」

「要是能不打仗便好了。」安若晨低聲道，不由想起了龍騰。想起他說武將不懼戰，可也願沒有戰爭。

蒙佳月長舒一口氣，「一轉眼這麼多年過去，霍先生又來了。聽說這一回，他又是孤身前來，一肩擔當。若兩國裡有人能有此聲望作為，也只有霍先生了。他上得京城，見到皇上，事情定會有轉機的。我聽說皇上對霍先生頗是敬重，該是願意聽聽他所言。」

安若晨趁機道：「這位霍先生當真讓人敬佩，可不是人人都能如他這般守賢遵德到老。看看錢老爺，說他年輕時也是有作為的，姚大人也是他的學生，沒想到如今變成這般……」

蒙佳月聽得錢裴，露了些厭惡不滿的神情，「錢先生與霍先生自然是不能相比的。」

安若晨嘆氣，道：「說起來，我也頗不好意思，三番數次麻煩了姚大人。我瞧著錢裴對大人如此不恭敬，心裡也不好受，可莫因為我給姚大人惹了麻煩才好。」

「怎麼會？」蒙佳月道：「大人本該為民做主，錢先生行為不端，自是該警醒。大人念在師生一場，對他客氣有禮，已是寬容，是那錢先生失格失德，總有一日，他會惹下禍端。」

「我也是這般想，就怕到時姚大人被他拖累了。」

這話正戳在蒙佳月心上。這些年她真是沒少為自家大人抱屈，恨不得大人有一日能給那惡人治罪，光明磊落，公正如山。偏偏自家相公性子有些軟，總是多一事不如少一事，又總說恩師情誼不能忘，且又都不是鬧得擊鼓鳴冤的大事，小怨小狀，人家自己私下都和解了。

蒙佳月一來責怪自己不能體恤相公的尊師之意，二來又怨錢裴不識好歹。怨恨太重時，她就想起霍銘善當年給她的那把劍。也許確實是她自私，不懂相公所說的大局。

安若晨觀察著蒙佳月的表情，左右看了看，附在她耳邊悄聲道：「我先前還在安家時，曾偷聽得錢裴與我爹爹酒後吹噓，說姚大人也得看他臉色，說了幾句渾話，那意思似乎是姚大人有什麼把柄在他手上。」

蒙佳月一愣，很是吃驚。

安若晨道：「我先前可是懼錢裴懼到極點，就是因為聽得他這話，連姚大人都懼他，那我可怎麼辦。後來實在是沒了法子，才咬牙擊鼓找大人做主。當時心裡也是絕望，可後來與大人接觸，又與夫人投緣，這才發現，原來大人根本不似錢裴說的那般。」

蒙佳月怒火燒心，罵道：「那混帳居然敢在外頭這般汙衊大人！」

她真是氣極了，稱謂都顧不上了。

「他仗著教過大人讀過書，又仗著自家兒子當上縣令，在平南郡呼風喚雨，這是人人皆知的事啊！我是想著，他狂妄吹噓事小，似我這般小老百姓聽聽便算了，就算對大人有誤解也沒什麼大影響，可如今正值亂局，朝廷那頭，皇上那頭，都盯著平南郡，我聽將軍是如此說的，將軍還說過像茂郡太守就曾與姚大人不對盤。我是覺得，若是有一言半句不合適的傳到朝廷，或是被有心人利用了，那大人豈不是冤得很？」

蒙佳月眉頭緊緊皺了起來，「妳還曾聽到什麼傳言？」

安若晨道：「我倒是未曾留心這些，如今是一門心思全撲在追查細作之事上，這不是話趕話，正說到這兒了，才想起與夫人說這些。」

蒙佳月也不愧是做官眷多年的，深諳內裡門道，她與安若晨道：「有些事我不方便出面，妳查事時幫著我留心。若是逮著胡言亂語的，立時告到堂上，定他汙衊之罪，以儆效尤。」

安若晨一口答應，壓低聲音又道：「夫人也留些心眼，錢裴那人壞點子多，當初看中我四妹，知道她年紀小，不能馬上娶到手，竟想到先與我訂親，再用買賣的事給我爹爹下套，這般逼迫得我四妹與我同天進他錢家門。我爹爹中計極深，一直蒙在鼓裡，這才挨了那二十大板。大人一心念著師恩，未必看得清，夫人定要留意，切莫讓錢裴害了大人。」

蒙佳月倒吸一口涼氣。安若晨四妹的事，安之甫被大人罰二十大板的事，她是聽說過，但從未如此串著想。如今一聽，錢裴竟是為達目的不擇手段，且布局深遠套路重重，那可不是無腦囂張，卻是極有城府的。

「妳說的對。」蒙佳月握住安若晨的手，「妳說的對。」

安若晨回握住蒙佳月的手，說著關切的話，答應蒙佳月一定留心各路消息，若有什麼對太守不利的便速來報她。

其實安若晨心裡有些失望，看來蒙佳月並不知道太多錢裴的事。她不能把事情說得太明白，蒙佳月一心向著姚昆，而姚昆與錢裴究竟如何她沒有把握。透露太多疑點，恐怕反而是給錢裴通風報信了。

安若晨在太守府賴到了晚上，她的身分不夠，不能赴宴上桌，但她說想見識見識場面，蒙佳月帶她到宴中走了一趟，向霍銘善介紹了這位是龍大將軍的未婚妻，在中蘭城結緣。

安若晨如願一睹霍銘善風采，心中也是高興。蒙佳月當眾將霍銘善當年給她的那把劍回贈霍銘善，說這是一把見證過和平的劍，祝霍銘善上京順利。

眾人見此場景，憶起當年。

安若晨站在角落，悄悄觀察打量。眾人皆是唏噓，而姚昆更是動容得眼眶發紅。

安若晨依禮退了出來，去找了方元，問他十七年前的案錄是否還能找著。方元問她是為何事，安若晨推說自己不懂霍銘善已退出朝堂，為何不遠千里再重複十七年前的舉動。今日聽得太守夫人說起往事，她想看看當年行刺太守的案錄，是否與如今的細作案會有關聯。

方元愣了愣，問：「姑娘是懷疑霍先生與細作案有關？」

「我是多疑了些。霍先生人人景仰，我可不想成為眾矢之的，所以才想悄悄看看案錄。無事最好，若有蛛絲馬跡與現時的細作案關聯上，那得及時向大人們通報。」

方元點頭，答應幫她去找找。

安若晨又想逛到客院去，結果在院門便被攔了。衛兵識得安若晨，客氣地道客院封閉，未有太守手令不得入內。安若晨遠遠看了下，真的是三步一崗，不一會兒蔣松竟是來了，問她有何事。看來有點什麼風吹草動，通報得非常迅速。安若晨心想，這般的守衛，霍先生的安全該是無憂才對。

安若晨很晚才回到紫雲樓。陸大娘來報，說薛家夫人來了帖子，明日未時她與其子薛敘然會在喜秀堂，邀請安若晨過去選些首飾，相看相看。

安若晨自然明白薛夫人的意思，她驚訝於薛夫人的急切，真是一日趕一日。安若晨想了想，問陸大娘是否有錢裴的消息。陸大娘今日出去打聽了，答道：「錢老爺未曾進城，他於中蘭的府宅未有人住。」

安若晨沉思，霍銘善進城是全郡大事，中蘭熱鬧成這樣，錢裴竟然不來？

解先生肯定離開中蘭了，但他必有接手人，若是解先生這幾年是由錢裴照應著才能隱於市井，那他接手人呢？為以防萬一換了宅子，能換到哪裡去？錢裴不來中蘭，是否能表示他們明白防衛太過嚴密，不敢在中蘭城中下手？

解先生對著燭光也在沉思，有人敲門進來，坐在他對面，問他：「如何了？」

解先生圓圓的臉掛著微笑，看起來很和善，「都安排好了，霍銘善必會死在太守府。」

他對面那人哈哈大笑起來，「真想看看姚昆看到霍銘善屍體時的表情，他定是料不到如此防衛為何還會出差錯。」

解先生想了想，也笑起來，「姚昆一手拿著巡察使到任的聖旨，一手握著霍銘善的死訊。他還急巴巴把霍銘善上京的奏摺發了，還發了各郡通關公文，昭告天下霍銘善在他那兒。」

「然後死了。」

兩個人一起大笑起來。

解先生道：「龍騰那廝一定氣得臉都綠了。」

「這麼說來，真想看看龍騰聞訊時的表情。」

「這個坑是他們自己給自己挖的，自以為聰明，簡直笑掉大牙。」

「可不是。」對面那人冷笑。

解先生看了看他，道：「你得當心些。素聞你肆意妄為，不受拘束，我還道言過其實，不料你還真是如此。安若芳的事你漏了嘴，惹來猜疑，這事必得想法解決。我是不敢對安若晨掉以輕心的，你也不能。」

「那就把她抓回來吧。」那人笑，「我定讓她服服貼貼，乖乖聽話。」

解先生橫了他一眼。

那人再冷笑，「瞧，你們靠著我辦成多少事，卻又總不聽我的建議。」

解先生道：「你莫著急，還不到時候。」

肆之章 ◆ 差錯

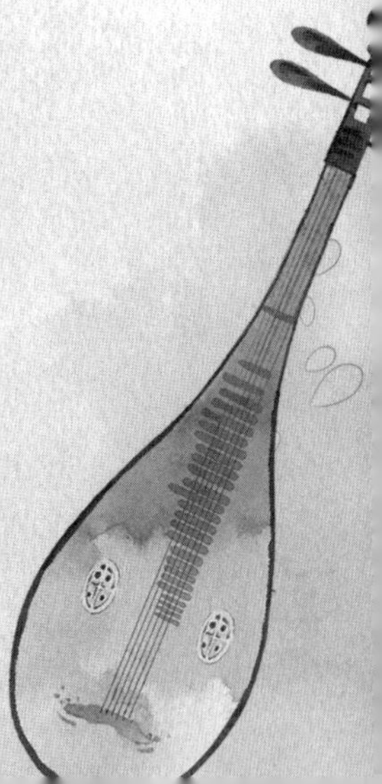

安若晨一夜沒睡好，總覺得哪裡不踏實，但想來想去想不出來哪裡會出差錯，最後覺得大概是將軍在四夏江，離得有點遠，而霍先生還未到京城，讓人懸著心的緣故。她實在幫不上什麼別的忙，於是起身後先應了薛夫人的約，再讓陸大娘捎話給安若希。

姚昆一早起來便去探望霍銘善，霍銘善一夜安好，什麼事都沒發生。姚昆按計劃，請霍銘善一起用了早飯，再回屋時，已讓與霍銘善身形相似的人住進霍銘善的屋裡，霍銘善的隨從曹一涵住外屋，一切如常，而霍銘善則悄悄搬到同個院子對角的小屋裡。一切都很順利，無人察覺。

姚昆非常滿意，回到衙門照常處理公務，這時卻聽得傳令兵快馬到，竟有聖令旨意。姚昆趕緊去接。打開一看，旨令言道平南、茂郡近段時日亂局不寧，與鄰國衝突不斷，且屢發大案，案未破解，太守重責，故令太尉梁德浩任巡察使親赴茂郡及平南督查。

姚昆皺起眉頭，問了傳令兵，那傳令兵道，另有聖旨已派往總兵營給龍騰護國大將軍及茂郡太守史平清。梁大人督查茂郡，應該再過兩三日便能到，而其屬官白英接梁大人之令來平南郡，也該是再過兩三日便到。

姚昆心裡有了數，想來主要還是使節之死讓皇上震怒。史平清這許久還未能破案，給不了東凌交代，梁德浩不得不過來收拾他的爛攤子。姚昆又怨起史平清來，真是被他拖累了。他原來剷除細作勢力，立了大功，被史平清這麼一攪和，與南秦局勢逆轉，好在現在他有霍銘善。

姚昆覺得霍銘善可以多住兩日，讓白英見到霍銘善，親眼看看他姚昆的功績。可不是他們平南不爭氣，真的是一直被拖累卻也一直圓滿解決著問題。

安若晨也在試圖解決問題，她按著約好的時候，去了喜秀堂。

安若晨到時，薛夫人親自出來相迎。盧正在店外等著，田慶跟著安若晨和春曉進店裡查看。薛夫人沒在意安若晨的小心謹慎，客客氣氣將安若晨請到店後的廂房裡。田慶在廂房門口看了一眼，屋裡只坐了一位十五六歲的瘦弱小公子。

安若晨與他示意沒事，田慶行了個禮，退到廂房門口候著。

喜秀堂是中蘭城最大的首飾鋪子，設了幾個隔間給權貴富商夫人們品茶挑首飾，店後院子裡有廂房供量衣換裝休息等。如今年節早過完了，首飾衣裝的採買集中在那段日子，今日店裡的客人並不多。薛夫人叫了掌櫃給安若晨的護衛車夫丫頭都送上熱茶點心，切勿怠慢。

安若晨進了屋，薛敘然起身與她行了個禮。安若晨回禮，薛夫人笑著招呼介紹。安若晨打量了薛敘然一番，看著果然是病弱的樣子，削瘦，膚色蒼白，該是久臥病床的緣故。整個人看起來比實際年歲小些，斯文秀氣，鼻樑挺直，眉清目秀，年少老成，眼睛頗有神，看著挺有幾分書生傲氣。

薛敘然行過禮後便一直未開口，但很有禮地聽著薛夫人與安若晨說話。薛夫人說到他時，他會微笑點頭表示應和。安若晨注意到他的態度禮貌卻也疏遠，她猜這親事怕是這薛公子也並不樂意。

沒聊多久，掌櫃領著安若希過來了。

安若希獨自一人，未領著丫頭，顯得很緊張。

薛夫人看到安若希，臉上頓時堆滿了笑，拉著她的手將她牽進屋裡。她聽過很多次安若希的名字和她的事，卻從來沒有見過。如今一看，生得嬌豔，打扮端莊，倒不似她從前想像的潑辣刁鑽，心裡又滿意幾分。當然最滿意最重要的，是這個姑娘八字能扶她兒子的命數。

薛敘然站起來行禮，安若晨看出來他對安若希的態度與對自己一般，並未將安若希特別對待。倒是安若希緊張得臉都紅了，行禮打招呼格外認真。

薛夫人寒喧客套幾句，問安若希的丫鬟在何處，她好讓人安置招呼。

安若希看安若晨一眼，道：「我讓她幫我買些小玩意兒，她過一會兒再來店裡尋我。」

薛夫人笑笑，「那好，我與掌櫃招呼一聲。對了，我有兩件新釵打的是新花樣，大姑娘有沒有興趣瞧瞧？」

這便是要留下地方給薛敘然和安若希說話了。

安若晨笑著應聲，與薛夫人一道出了去。

屋裡只剩下安若希與薛敘然兩個人，安若希緊張得手指絞在一起。

兩個人靜默地坐了一會兒，安若希主動開口道：「公子喝茶嗎？」

她一邊說一邊站起來欲倒茶給薛敘然。薛夫人為了方便他們說話，未曾讓下人在屋裡伺候。雖不合規矩，但安若希不介意。她知道這次會面，是她能不能嫁進薛家的關鍵。

可她主動親近了，薛敘然卻是淡淡地道：「我不能喝茶，平日裡只能喝藥茶。」

安若希一愣，尷尬地收回拿茶壺的手。

過了半晌，她又微笑地問：「會冷嗎？我再加些炭可好？」

屋裡支著小炭爐，燒著炭火，薛敘然穿著厚棉服，裹著厚斗篷，比她穿的都多。這都入春了，卻還得燒著火，可見他有多怕冷。

薛敘然沒應她這話，卻是道：「我身子不好，出門極不方便，平日是極少出門的。」

安若希低了低頭，暗暗揣測著這話裡的意思，是抱怨來見她，還是表示願意來見她？

她強打精神找話題道：「那公子平日裡都做些什麼？」

「養病，吃藥，念書。」薛敘然答得並不熱絡。

安若希又道：「我平日做做女紅，念念書。」念念書三個字說得心虛，其實她不愛念書，女兒家念書也不是什麼好事，但似乎能討好他的只這一項了。

安若希說完小心看了薛敘然一眼。

薛敘然的臉上看不出什麼情緒，聽了她的話，也抬頭看了她一眼。

兩人目光一碰，安若希迅速低頭，盯著自己的指尖看。

屋裡又安靜了好半天，薛敘然道：「我活不過二十五歲。其實許多大夫說我活不過二十，二十五是極樂觀的預見，我估摸著是哄我爹娘的話。我並不想娶妻，沖喜之事，跟糟蹋姑娘沒什麼區別。娶個娘子回家擺跟前，天天提醒自己要死了，這姑娘要做寡婦了，日子怎麼過？」這語氣，可不像是十六歲的少年郎該有的。

安若希心裡一跳，忙道：「我……」

她想說她不介意，她願意嫁的，但這話實在太不知羞恥，她說不出口。可她願意嫁他的，他比她想像的要好。她原以為他一臉蠟黃皮包骨頭，如今看來，也是翩翩公子，俊俏秀氣。他說不想糟蹋姑娘，是正人君子。她遇見過的人裡，正人君子可不多。對於做寡婦這事，她想過很多，她覺得安穩過日子做個寡婦，要比被人拿捏欺負虐待好。再怎樣，都比錢裴好百倍千倍。

「安姑娘，我不願娶妻，妳還是另擇良婿吧。」

上門提親的是他家，如今他又這般說，難道誰還求著嫁他嗎？

安若希被噎得難堪地僵在那兒，她要是有些骨氣，便該掉頭就走。

可是這麼一走，機會就沒了。

安若希咬咬唇，心裡不服氣。她抬頭再偷偷看薛敘然一眼，他也正看著她，這回安若希厚著臉皮不回避他的目光。他的眼睛像小鹿一般，黑白分明，真好看。睫毛很長，比姑娘家還秀氣。嘴角抿著，有些倔氣霸道。剛才聽他說話，脾氣大概也不是太好。

安若希再咬咬唇，琢磨了一會兒，艱難開口：「也許，也許高僧說的對呢？萬一八字相和這事真能扶一扶你的命數……」

薛敘然輕笑，「若這般能行，這世上哪還會有病死之人。」

有道理，安若希無法反駁。

薛敘然又道：「再者，這騙人的話，也指不定是誰買通了大師，故意讓大師說的，其中另有圖謀。」

安若希有些沮喪，道：「人家是大師呢，這般好收買啊？何況，這也算是好的圖謀啊！」哪像她，在她身上的有所圖謀，都是壞事，噁心又痛心！

薛敘然瞪著她。

安若希想了想自己這話，確實不太對，於是解釋道：「我是說，若有姑娘這般圖謀公子，公子自當歡喜……不對啊，八字是我的，那肯定不是圖謀了，是大師認真批的命，不然怎會這般巧？」

薛敘然繼續瞪她。

安若希被瞪得也不知說什麼好了。她腦子裡一團漿糊，她說的沒道理嗎？哪家姑娘這般傻，圖謀著想嫁他卻給錯八字？再者，若是淨慈大師這般好收買，那城裡哪還會有嫁不出去的姑娘？比如她這樣的。

安若希在心裡深深嘆了一口氣，原來談親事這般難啊！

屋裡又陷入了安靜。

過一會兒，薛敘然道：「我的話說清楚了，姑娘莫要介懷。反正安老爺也不同意這門親事，大家都省心了。我不知我娘是如何張羅的，但妳我見面並無好處。我來此，只是不想忤逆我娘的意思。我能活的時間不多，能讓她開心些的事，我還是願意做一些的。」

安若希掙扎道：「那你娶妻也是薛夫人樂見的事……」

「可我並不樂意。」薛敘然淡然道：「我說過的話，不想再重複了，累得慌。」

安若希又噎住了。

「安姑娘，妳請回吧。這親事裡無論有什麼條件，都不值得妳拿自己的一生來換。我也乏了，該回府休息了。」

安若希紅了眼眶，用力捏著自己的手指。對方既是把話說成了這樣，再不走就真是沒臉沒皮了。安若希站起來，想說「那便告辭了」，可一開口，卻不受控地脫口而出：「薛公子是因為自己病弱不想娶，還是因為我是安之甫的女兒，我名聲不好，所以不想娶？」

薛敘然愣了愣，道：「因病不想娶是實話，安姑娘名聲不太好也是實情。」

安若希微微一顫，很受打擊，但她還是厚著臉皮道：「我、我其實並沒有那般壞。」

薛敘然看著安若希好半天，問她：「那與我何干？」

安若希惱羞成怒，「你說我名聲不好不想娶，那我事實上不壞，這事便與你大大相關！你得知道，名聲是名聲，事實是事實！我就是不壞，我是好姑娘！」她抬高了下巴，露出了在家裡的嬌蠻氣，「你得知道，我是好姑娘！你可說你病弱不想娶，可不能說我不好不想娶！」

薛敘然也抬高了下巴，比嬌蠻，他也不差，「好吧，那我改個口，我因病不想娶，安姑娘話太多了我也不想娶，好姑娘話多也是頗煩人的事。」

安若希瞪他，薛敘然反瞪回去。

怎樣？只許妳嚷嚷，還不許別人回嘴了？

安若希瞪半天，張了張嘴想說什麼，又想不出好話來。轉身想走，又不甘心。僵在那兒，好不容易想到一句批評薛敘然的話：「你母親為你操碎了心，你卻忤逆不想娶，你不孝！」

薛敘然施施然點頭，「安姑娘挺孝順的。安老爺不同意妳嫁，妳卻似乎不打算聽從。」

安若希頓時漲紅了臉。

「為何會想嫁我？」薛敘然問得頗誠懇，似乎是真心有疑慮。這讓安若希心裡舒服些了，她咬了咬唇，想找個體面的理由，但找不出來，於是只擠出一句：「我、我在家裡過得並不好。」

薛敘然看了她好一會兒，問：「妳在家裡如何過得不好？」

安若希愣了愣，支吾道：「我也不知該如何說。」

「我只知道令姊在妳家中過得不好，妳母親卻是得勢的。」

「是。」安若希應得艱難。

「那妳過得如何不好？」

安若希沉默。她過得哪裡不好呢？她母親和弟弟掌了家中大權，弟妹甚至姨娘都要看她臉色。她錦衣玉食，想買什麼便買什麼，除了常被父親母親喝斥，又哪裡不好呢？

「我不想做害人的棋子，也不想像貨品一樣被待價而沽。」安若希低聲說，羞愧難當。

她看了薛敘然一眼，薛敘然也正靜靜地看著她，似乎不是這麼強硬推拒她的表情。

安若希懷抱一絲希望，覺得還有機會可談，於是道：「我知道外頭是有些傳言，話說得不好聽。你爹爹看不上我家，若不是淨慈大師批了命，也許你家壓根兒就沒考慮過與我家結親。也有些人說我如何壞……可我不壞，只是從前年紀小，有時是不懂事，可這些都能改的。」

薛敘然還是不說話，安若希說得有些心虛，又有些難過。如果薛家公子堅持不肯娶，那旁人做什麼她也是沒機會的。她料想過千般可能，覺得兩人見個面只是讓她確認是不是真要嫁，待她確定心意，後頭困難重重再想法解決，卻未料到見面卻是她被當面拒婚的局面，薛家公子竟然不願娶。

安若希覺得難堪，嘴裡卻還不受控地道：「你瞧，你不願好姑娘因為你而做了寡婦，拖累了人家。我名聲不好，那你便可不在意了。若是、若是你真的去了，我做寡婦，便是從前不懂事的報應。可你若是像高僧所言，能好好活下去，那你娶了我也不吃虧。」

她說到這裡，眼淚都要掉下來了。

她到底在做什麼，為何把自己弄得如此不堪？

薛公子不願娶就拉倒，有何緊要的？她都不嫌棄他病弱短命，他憑什麼嫌棄她不好？

安若希來不及施禮告辭，轉身就奔出門外。剛邁出去，眼淚就落下來了。

她用力擦掉淚水，看到不遠處的田慶敲了敲另一間廂房的門，門打開，安若晨現身。

「姊！」安若希看到親人，急步過去，撲進了安若晨的懷裡。

安若晨將她帶進廂房，拍了拍她的背。

「這是怎麼了？」屋裡薛夫人驚訝問。

安若希才發現薛夫人也在，忙施個禮。

薛夫人憂心忡忡，「姑娘這是怎麼了？」

安若希將薛敘然的意思委婉地說了。薛夫人似有些吃驚，又似在意料之中，她看了看安若晨，道：「我兒久病，心思自然是比旁人多些，但娶親之事，我還是作得了主的。」

安若晨看向安若希，「妳看呢？」

安若希紅了眼眶，眼淚沒忍住，哽咽道：「他不願娶我，若是逼了他，他會討厭我。」

薛夫人與安若晨對視了一眼，聽那語氣，安若希倒是對這門親頗有意願。

安若晨道：「夫人，我與二妹單獨說幾句可好？」

薛夫人點頭，退了出去。外邊候著的丫頭婆子忙跟上，薛夫人擺了擺手，自己獨自走進了薛敘然的那間廂房。薛敘然的小廝正為他整理褲角，轎子已在後門候著，他要走了。

「敘然。」薛夫人嘆氣。

「母親，我累了。」薛敘然一臉疲態，薛夫人也不好再說什麼，便囑咐小廝好生伺候著，道回家再與薛敘然談此事。

這邊屋裡，安若晨問妹妹：「妳怎麼想的？願意嫁嗎？」

安若希對姊姊也不故作矜持了，點頭道：「我覺得他挺好的，可是他不願娶我，他很明白地說了，我……我不想逼他。」

「妳也沒本事逼他。」安若晨道：「自有他娘去逼他，關妳何事？」

「可是……」

「妳也不是自願嫁的，是爹逼妳嫁的。父母之命，哪是妳違抗得了的？」

安若希愣住。她爹沒逼她啊，她爹沒答應這門親事！

「總之，妳確定妳願意嫁就好，這事我來處理。」安若晨說話不自覺地帶上了龍騰的威嚴語氣。

安若希看著姊姊，不確定姊姊能怎麼讓爹爹點頭。

「但妳記住，離開這裡之後，妳我再不要見面了，我會去安排。爹爹讓妳嫁妳便嫁，妳沒見過我，也不明白為何爹爹會改了主意。妳嫁進薛家後，我會與將軍說把解藥給妳。妳從此安心做薛家婦，旁的事別摻和。妳今後能過上什麼日子，全靠妳自己。我不會再見妳，妳也莫要再來找我。」

安若希眼淚奪眶而出，撲過去抱住了安若晨，「姊，我、我從前對不住你！」

她明白安若晨的意思，她不見她，對她們兩人都好。她嫁為人婦，又見不著安若晨，對錢裴來說，她便沒了利用價值。薛家會是她的靠山，只要她安分守己，好好過日子，便是好的。

安若晨拍拍她的背，任她把眼淚灑在自己肩上。她的心情也很矛盾，她忽然不能肯定這是在幫自己，還是在幫妹妹。她從前想只幫自己便好，可如今卻覺得，若能幫妹妹成全了這親事也不錯。她不恨她了，竟然不恨她了。

「交給我吧。」她對妹妹說。

◆　◆　◆

蒙佳月端著銀耳湯走進屋裡，姚昆從案前抬頭，對她笑了笑。

「你有些咳嗽，喝點湯。」蒙佳月將托盤往桌上放，姚昆忙把卷宗挪開騰地方。

蒙佳月把湯盛好遞給他，姚昆喝了，問她：「可有給霍先生那屋送一份。」

「有的，我親自去的，曹先生的那位侍從出來接的。」

姚昆點點頭，明白蒙佳月是往替身那屋送去了。知道有替身的人不超過十個，全是穩妥靠得住的。若是真有人在暗處觀察伺機下手，那定會被這障眼法蒙蔽。

姚昆道：「一切都如常，是不是？」他朝窗外看出去，客院離得並不太遠，若是有什麼大動靜，有人大聲叫喊，他這兒能聽到。宅院裡平靜安寧，並無任何事發生。

「確是如常。」蒙佳月為姚昆收拾了桌面，也坐下了。

姚昆握著她的手道：「妳莫憂心了，昨夜裡妳都未曾睡安穩。霍先生會平安無事的，這麼多衙差和衛兵，府外一層守衛，院外一層守衛，加上各處巡衛的，所有人不得落單，不許脫隊，就算有人混在護衛隊伍裡也無法行事。看守周密，絕不會出意外，妳就放心吧。」

蒙佳月點點頭，她親自去試過，送個甜湯也是被許多目光盯迫之下才能到達霍銘善的屋外，確實不可能有人能避人耳目闖入霍銘善屋裡。只是她憂心的不是這個，她得找個機會說說。想了想，她問：「聽說京城有聖意下達？」

「是的。太尉梁德浩梁大人任巡察使，正往茂郡去，我們平南也在巡察的範圍內。」

姚昆大略解釋了一番，言道此次巡察主要是針對史平清，畢竟茂郡闖了大禍，朝廷總得收拾局面，不然東凌與南秦都沒法交代。不論最後發不發兵打不打仗，這事傳了出去，各國都會覺得是大蕭不占理。

蒙佳月聽罷，沉思了一會兒，道：「大人，巡察一出，嚴查酷審，所有地方官及案由，均在巡察監管範圍之內，他們便是皇上的手足耳目，手握聖意大權，如今我們與南秦這般局面，先前又經歷了許多事，大人可切莫輕忽了。」

「夫人莫要多慮。此次巡察使是太尉梁德浩梁大人，他為人正派，謹慎溫和，且與龍將軍一家是三代交情。此番龍將軍率軍來此，也是他力薦的。近來我們與南秦的每一個對策，做的每個決定，都有龍將軍的意見和支持。梁大人若要在這些事裡挑錯，那便是挑龍將軍的錯。他不顧及我，也得考慮考慮龍將軍。再者說，茂郡那頭的爛事便有一堆，能讓他們查個夠，官威政績，從茂郡那兒便能拿得手軟，犯不上在我平南這兒找事兒。」姚昆安慰著蒙佳月，又道：「我掛心的倒是不知他們何時才能到，想讓他們見一見霍先生，這也算是我們平南的一大功績，但霍先生留在此處太久也確是個隱患，到時候龍將軍又怪罪我未按約定行事。」

蒙佳月插話：「旁的事我是不憂心的，只是想問問大人，這些年錢裴行事囂張，大人一直念孝師恩，未對他太過追究，會不會留下什麼把柄在他手上？」

姚昆愣了愣，笑道：「夫人這是想到哪裡去了？錢裴若犯事，首當其衝倒楣的是錢大人，一來他是福安縣的，二來是父子關係。我只是學生，這關係都還遠了一層。妳看看錢大人可有著急心虛的模樣？若真有什麼大錯處，我們肯定都處置了。當初不也罰過錢裴，判過他的罪？」

「那都是賠償道歉教訓幾句的事，哪曾真的重判他？上回判的十個大板，他轉身就給避掉了。」蒙佳月認真嚴肅，「大人，你好好想想，是否有什麼短處落在錢裴手上？他有沒有犯過什麼罪證確鑿的大罪，而你與錢大人包庇放過他，害了別的百姓？」

姚昆嚇了一跳，「妳可莫胡說，我哪有這般糊塗？」睜一隻眼閉一隻眼那是肯定有的，但若是犯下大案，又罪證確鑿，他又不是不想要烏沙帽了，怎麼可能包庇到這個分上？「這種事鬧不好可不是丟官這麼簡單，我怎麼都還得顧念著妳和孩子，斷不會做這等糊塗事！」

蒙佳月盯著他看，「那會不會有什麼事是大人沒曾在意，但錢裴暗地裡做了，且有可能栽到大人身上的？」

「夫人。」姚昆握著她的手，認真回視她，「妳在憂心什麼？巡察使來這兒，雖有不便，但不會有麻煩的。」

「安姑娘昨日來找我套話，話裡話外都在打聽大人與錢裴。」

姚昆失笑，「安若晨一向對錢裴敏感謹慎，莫忘了她當初的遭遇。她如今快要嫁給將軍了，大概也是怕臨門一腳出變故。好不容易爬到這位置，妳當她不在意？錢裴要對付她，她怕的是這個。」

「大人，我不是這般想的。」蒙佳月道：「安姑娘可不似大人以為的那般得意攀上高枝。照我看來，龍將軍的婚書像是給了她一把寶劍，她拿著壓制對付敵手用的。你看她先是帶著我到安家擺了威風，又讓你和錢大人幫著教訓了錢裴，接著再來慢慢與我打聽郡府的事，這哪裡像是個含羞待嫁的架勢，倒像是步步為營，盤算謀劃。」

「一個小小商賈之女搖身變成未來的將軍夫人，換了我也會故意擺擺威風，那不過是些姑娘家的小心眼罷了，上不得大場面。夫人若是覺得為她張羅親事煩心，便打發管事去幫她操辦便是。妳便說霍先生在這兒，巡察使也馬上要來了，妳要忙的事多著呢。這些都不是糊弄她的話，都是確確實實的。再有，如今這般局勢，婚書只是婚書，將軍哪有時間回來與她辦婚禮，就是做做樣子，應付一下便成。」

「我倒不是煩心。安姑娘是個值得打交道的，我幫了她，日後在將軍那頭也能讓她幫著大人說話。」蒙佳月說著自己的小算盤，又道：「這姑娘不簡單，大人莫以為龍將軍看上她是天上掉下福氣給她。從她拚死逃家來衙門擊鼓，到破了劉則那案，哪一件不是出人意料？我不看輕她，自然就會覺得她做事定有緣由。大人，安姑娘是否懷疑錢裴與細作有關？」

姚昆吃了一驚，而後失笑，「妳與她相處多了，難不成也被她影響了？怎麼事事都是細作，人人都變細作了？錢裴若是細作，那錢大人怎會不知道？難不成錢大人也是細作？」

蒙佳月皺了眉頭，這確實是不可能的事。

「也許安若晨只是想跟妳賣個可憐，親近親近，時常提起錢裴，教妳時時想起她從前過得並不如意。提得多了，倒惹妳疑心。」

「我確實是疑心。」蒙佳月嘆氣，「大人，這安姑娘是忠心義膽，鐵了心要為龍將軍查城中細作案，她做的每件事，都必與此有關。大人可還記得，她頭回來親近我，可不是因為真的感動我對百姓體恤，而是為了引大人出手，對付劉則。」

「她頭回接近妳是別有用心，於是後頭她與妳說什麼妳都覺得意有所指了。」

「我倒是不介意多聽聽她所言，我只是憂心大人，生恐大人被錢裘拿捏了。若真是這般，那還得速速處置乾淨才好……」她看了看姚昆的臉色，笑了笑，道：「好了好了，是我多疑了，大人莫煩我，我不嘮叨就是了。」

「妳牽掛我，我怎會煩？」姚昆溫柔微笑。蒙佳月轉身收拾碗勺時，姚昆臉上的笑慢慢斂起，有些愣愣地看著她的身影。「妳放心吧。」他忽然道：「什麼事都沒有。我與錢裘說得很清楚，若他犯案違律，我定會嚴懲，不會包庇縱容。」

蒙佳月回身對他一笑。

姚昆岔開話題道：「還是按著與龍將軍商定的時候，盡快將霍先生送走吧，不等梁大人他們了。妳提醒的對，凡事還是小心些好。」

此時的霍銘善坐在屋裡，看著關著的窗戶。他只需在這個屋裡再待一日，明日凌晨便能上京去了。鮮有人知道這個時間安排，也鮮有人知道他獨自居於此處。外頭院子裡守著衛兵，院子外頭還有衛兵。他不開門不開窗，只他的侍從曹一涵會裝成過來放置雜物，偷偷送吃食給他。

曹一涵對這安排很不高興，為他抱屈，霍銘善卻知道這是不得不採取的措施。他同意龍騰所言，在中蘭城裡的危險，遠超過上京路上。

不過，守衛如此嚴密，霍銘善覺得自己應該是能安全離開中蘭城。

走一步算一步吧，再危險的事都得有人來做。

霍銘善看了桌上的那把劍一眼，想到當年自己將這劍交給蒙佳月的情景，不禁微笑。一晃眼十七年過去，太守千金已成了太守夫人，為人妻為人母，十七年的和平啊……

嘆息還未從腦子裡消逝，頸脖處的汗毛忽地豎了起來，感覺比知覺更快知道發生了什麼，待他反應過來時，一把劍已經架在了他的脖子上。

「霍丞相。」

女子的聲音，似曾相識，但想不起來是誰。

霍銘善全身僵住，未想到聲音是誰，卻意識到自己屋子裡憑空冒出一個人來。

欲取他性命的人——刺客。

「莫出聲。你把人喊進來，不過是多幾個人給你陪葬。」那聲音冷冰冰的，毫無感情。

霍銘善終於想起來了，不是從聲音記起的，是這個腔調。

他只認得一個會用這種腔調說話的女子。

「鄒芸？」

「是我。」

霍銘善心中一動，慢慢轉過身來。

脖子上的劍沒有動，既沒有離開，也沒有壓緊。

霍銘善終於與這名刺客面對面。他吃驚地看著對方，「妳出家了？」

「算不上，只是這般會簡單些。」沒人會問一個尼姑為何單身獨居，不會有熱心人打聽她的生活起居和姻緣，不會有鄰里串門寒暄，一切都簡單了。

她還是與從前一般不愛廢話。霍銘善看了看架在脖子上的劍，知道自己最好抓緊時間，不然待她不耐煩時，壓根兒就沒有他說話的機會了。

先不問她怎麼來的，也不問她是誰支使，霍銘善挑了個最重要的問題，道：「必須要殺我嗎？我想留著命，辦一件非常重要的事。事關兩國戰爭，千萬人的性命。」

「你必須死。」

但她還未動手，因此，霍銘善覺得還有一線希望。

「也許我們可以商議出辦法……」

同時間的靜心庵，解先生在空無一人的庵廟裡仔仔細細地查看著。

他看到了那個側院，院門上著鎖，不由走了過去。

解先生站在側院門前，先聽了聽裡頭的動靜。沒有聲音，他觀察了一下四周，然後縱身躍了進去。

這看起來像是個放置雜物的院落，小屋的門開著，裡頭有床有桌，簡簡單單的擺設，卻沒有寢具物什，看起來無人居住，但打掃得太乾淨了。空著屋子不用來置物，那做什麼用？

解先生走進去，看了一圈，沒發現什麼。走出來時，發現院子地上有些石板磚比較新，與周圍幾塊顏色不太一樣。這時候他發現他不知何時踩到了漿泥之類的東西，地上隱隱有他踩過的腳印。

解先生皺了皺眉頭。他跳出院子，發現原來是這院子周圍潑了層漿水，顏色與地磚差不多，若不是特別留心，還真不容易看出來。

解先生不管了，反正有人來過這廟庵的事已經暴露，索性大大方方查探起來。

這靜緣師太果真是可疑的，就算不喜與人打交道，反感被人查探也不必如此。閔東平的感覺是對的，他在報函中有提過，覺得靜緣師太不可控，須盡快物色新人選取代她。如今看來，這靜緣確實不受約束，她是不是藏著什麼祕密？

安若芳坐在佛像下面的密室裡，看著屋頂上的絲線微微晃動著，這表示有人在佛台附近走動。她緊張地盯著那些絲線，手裡拿著靜緣師太給她的暗器。

靜緣師太外出了，臨走時囑咐安若芳，讓她在密室躲一躲。這回比平常的時間要長些，但最長不過三日，若三日後她未能回來，就讓安若芳喬裝成農家孩子，到紫雲樓找安若晨。

「這是下下策，未到時候，妳莫亂跑。若我能回來，表示我還能護妳一陣子。妳大姊那頭情勢也不妙，並不比我這兒更安全。我這麼說，妳可明白？」

字面上的意思安若芳明白，但究竟發生了什麼，安若芳不懂。靜緣師太為她準備好了喬裝的衣物，告訴她喬裝的身分，比如什麼村哪一戶的孩子，若在城門遭盤問該怎麼說，到了紫雲樓被軍爺攔下後該怎麼說等等。

靜緣師太甚至還帶安若芳去了她的屋子，給她看了地板下的暗格，「我若回不來，這裡頭的錢銀全給妳。無論日後妳如何，有錢銀傍身，總是好的。」

安若芳吃驚地瞪著那些銀子，師太這是什麼意思？交代遺言？

師太外出，究竟是要去做什麼事？

「不去不行嗎？」安若芳只敢問這個。

「不行。若是不去，就更惹他們懷疑了。」靜緣師太摸了摸安若芳的頭，「別怕。」言猶在耳，安若芳還記得靜緣師太最後與她說話時的溫柔眼神，就像記憶中母親看她的眼神一樣。師太的預測是對的，她離開，果然有人闖空門來了。

安若芳緊緊盯著晃動的絲線，心裡祈禱著師太能平安。

靜緣師太正盯著霍銘善看，她打斷了他的話，說道：「若是指能不能不殺你這問題，就不必商議了。不是我還會有別人，你一定活不了。」

霍銘善緊張地嚥了嚥唾沫，想著對策，「誰派妳來的？」

「輝王。」靜緣師太毫不猶豫地把幕後主使供了出來。

霍銘善深吸一口氣，再問：「妳怎會為他效力？」南秦第一殺手，大名鼎鼎，桀驁不馴，不貪名利，只圖歡喜，怎會對輝王言聽計從？

「我不為誰效力。當初他幫過我，我想圖個清靜，他為我安排，給了我安身之地。後來他需要人殺人，而我正好想殺人。」

霍銘善閉了閉眼，腦子裡迅速推斷著輝王的目的。他要阻止他上京見大蕭皇帝？為什麼？難道之前那一系列的事端都是他的謀劃？他想讓兩國開戰，然後趁著戰亂奪取皇位？那些對皇上的忠心之言，那些表現出來的叔侄之情，那些說他當年覬覦皇位的傳言是栽贓的話，都是假的？

霍銘善心急如焚，他不能死，他得阻止戰爭，他得救皇上。

「鄒芸，我不是貪生怕死，但輝王意圖謀反篡位，我必須揭穿他的真面目。妳殺我若只是想殺人，那待我將事情處置妥當，我再來找妳，如何？」

「不如何。打不打仗，誰當皇帝，我都無所謂。」

可她還沒動手，霍銘善突然想到了，「對了，當初遍尋妳不見，一直沒機會告訴妳，妳錯怪了黃大人，不是他派人挾持妳女兒，他是想對付輝王沒錯，可他不會用這等手段。他死了之後，我追查此事，發現了線索。」

靜緣師太冷靜地看著他，淡淡地道：「接下來，你是不是要說，若我放過你，你就把事情真相告訴我？」

霍銘善一噎，他確實是如此打算。

「我已經把他殺了，把他全家都殺了。你說我錯怪他，我也不會覺得如何。他起碼一家都在黃泉路上相伴，而我孤身一人在這世上。南秦皇帝下旨要捉我問斬，江湖各派都懸賞取我人頭。你不怕死，我也不怕。我只是覺得他們煩，不願糾纏。在這裡我也過得不痛快，沒人來殺我了，也是頗寂寞的。輝王那些手下嘰嘰歪歪自以為是，我也煩。聽說來了個龍將軍，英勇無雙，我特意留信告之有細作，以為會有趣些，結果老半天也沒人找上門來。」

霍銘善簡直無言以對，人人都說鄒芸古怪瘋癲，所以才練得絕世武功。不是沒有人比她武藝更強，只是沒人似她一般視人命如草芥，不止別人的命，包括她自己的。一切的改變都在她生了女兒之後，她退隱歸山，江湖平靜。一切的改變又都在她女兒死後，她血洗京都，如魔附體。這些年還不時有人提起當年慘案，而鄒芸自己卻毫無表情，似在說別人的事。

霍銘善再深深吸了一口氣，掙扎道：「妳不介意殺錯人，但起碼不能讓真正的凶手逍遙。不然待妳下黃泉之時，如何與妳女兒交代？」

「那麼，真正的凶手是誰？」

靜緣師太看著霍銘善的眼神，讓霍銘善把到嘴邊的那句「等我平安辦完事再告訴妳」嚥了回去。他道：「我不知道誰是真凶，但確實不是黃大人。」

靜緣師太淡淡地道：「所以說這些是無用的。霍丞相，當初你對我女兒友善，雖未能將她救活，但她臨死之時，你關懷鼓勵，讓她能感到些許溫暖不那麼懼怕，也正因此，我沒有直接一刀砍下你的頭顱。你還未弄清楚怎麼回事是不是？你根本不知道自己的處境，不是我殺你，便是別人殺你。你有沒有想過，為什麼重兵把守之下，你換屋子找替身，做了這許多事，而我還能出現在你面前？」

霍銘善咬著牙關，這還用想嗎？有人洩露了計畫，他的一舉一動對方都清清楚楚。

「我甚至知道你會換到哪間屋子，在衛兵圍住這個院子之前，我就已經潛進來了。」

霍銘善的後背一陣發冷。若鄒芸未與他扯這許多話，直接從他身後一刀砍了他的頭，他連自己怎麼死的都不知道。

「今日他們要見到你的屍體。」靜緣師太看著霍銘善，「我必須殺你，我不會看著女兒在我面前死第二次。」

霍銘善不知道她在說什麼，他也無暇顧及她女兒已經死了又怎會死第二次。

他問：「他們都有誰？」

「我不知道，與我接頭的只一人。聽說要殺的是你，我便來了。」靜緣師太道：「我來，總比別人來好。」

霍銘善苦笑，「妳來，我還能在死前見見故人敘敘舊？」

「不，你有機會交代遺言。」

霍銘善看著靜緣師太，一時間，心裡五味雜陳。

門外是否就站著奸細，猜測著這屋裡的動靜，在等著看鄒芸何時動手。又或者離得更遠些，在這院子外頭，衙府之內？輝王的手究竟伸得多長，如何能買通這許多人？

「殺了我之後，妳如何逃？」

「怎麼進來的，就怎麼出去。」

霍銘善咬咬牙，心一橫，「我確實是有遺言要留。」

◆ ◆ ◆

喜秀堂裡，安若希先走了。安若晨問了薛夫人幾句話，兩人正說話，薛敘然領著小廝從屋裡出來，正聽得安若晨道：「……要是夫人能拿主意，這事定了，其他的我來想辦法。」

薛敘然原想裝沒聽見，但上了轎又覺氣悶得慌，復又下轎，過去對安若晨道：「趁著安大姑娘在此，不如我們也說說話吧，省得日後為了這事，大夥兒沒完沒了的還要商議，累得慌。今日都說清楚了，日後莫要相擾。」

薛夫人很驚訝，正想斥責幾句兒子的無禮，圓一圓場，結果安若晨卻欣然答應。

於是薛敘然領著安若晨又回到剛才他與安若希說話的雅間裡，待屋裡只剩下他們二人，薛敘然開門見山道：「安大姑娘真是費心了，但這事我不會同意的。妳們還是趁早死了這心，莫再攛掇我娘。」

安若晨笑了，道：「我以為這親事是你們薛家先提的，怎麼原來是我攛掇的？」

薛敘然皺眉頭，「安大姑娘說話可真不痛快，繞著彎編排就沒意思了。我娘是去提了親，但妳爹拒了，這事已經了結了。」

「聽起來薛公子對此結果很是滿意。」

「原本就該是此結果。」

「所以薛公子是鐵了心打算終生不娶？」

「誰說要終生不娶了？」

「你與我妹妹說的啊！你不是說體弱多病，不好連累糟蹋姑娘，故而拒婚嗎？」

薛敘然不言聲了。

安若晨又道：「薛公子如此品格，我妹妹很是欽佩。只不過在薛夫人心中，薛公子是個孝順聽話的好兒子，你推拒親事忤逆到底讓她相當意外。」

薛敘然：「我們母子之情、家務瑣事，還需要跟妳一個外人相告嗎？」

「你們的家務事自然是與我無關，只是涉及我妹妹的親事，我卻是要關切的。為何拒婚，總該有個好理由。當然不是什麼體弱多病，也不是因為對象是安家這種庸俗世儈丟人現眼的人家這麼簡單。」薛敘然既然是要挑明談，那安若晨也直接問了：「我爹爹的名聲你父母不在意，你為何在意？拒婚的原因究竟是什麼？」

薛敘然哼道：「原來安大姑娘不知道嗎？什麼八字相扶，沖喜轉運，都是鬼扯，也就是我娘著急才信這些。若是早知娶妻這事會被拿捏，被利用威脅，我早早便娶了，省得如今的麻煩。龍將軍打的什麼主意？高官欺民，我告到朝廷去，龍將軍可是會有大麻煩。我打聽過了，你們安家捏在錢裴手裡，一切看他臉色，妳逃出去後，妳二妹頻頻找妳，妳是怕被她拖累，才想把她嫁給個局外人，這般妳背芒拔掉，才好安心，是不是？」

安若晨一愣，相當意外。

將軍安排的？她為二妹之事苦惱，於是他讓淨慈大師布了這個局騙了薛夫人嗎？

薛敘然盯著她看，「妳真不知道？我用棋局賭贏，才逼得大師說了真話。雖說他言明不會與任何人承認這事，我沒法舉證，但這事是確確實實的。將軍大人好大的官威，竟誘得淨慈大師如此相助。」

安若晨道：「你與我二妹八字相合定是真的，這麼容易被戳穿的騙局，淨慈大師可不會傻得自毀名聲。」

「沖喜之說就是鬼扯，誰在乎八字合不合！」薛敘然很氣惱，「我娶誰都是娶，我娘喜歡便好，但如若想利用此事讓我家來背上麻煩，拖累我家，我可是不會答應，安姑娘還是死了這心吧！這事妳我心知肚明便好，鬧開了我娘憂心，龍將軍也不痛快！姑娘不顧自己名聲，也替將軍想想！」

安若晨沉默良久，忽然道：「所以，我們是互相拿著了對方的把柄。」

薛敘然冷笑，「妳能有我家什麼把柄？我們薛家可不像你們安家似的，我們做事堂堂正正，清清白白。」

安若晨道：「若真是將軍選中了你，不會沒有理由。你說的對，我們安家是被錢裴拿捏著，從買賣到兒女親事，我爹都要看錢裴的臉色。你是個聰明人，你打聽得很清楚，推斷得也不差。我逃了出來，二妹卻還在安家，她的日子不好過，自然我也有麻煩。將軍想替我拔掉背芒，除掉禍端，就得選個有本事的。他為何選了你？」

薛敘然一愣，但很快恢復鎮定，「想找個與錢裴不對盤，又算門當戶對，且病急亂投醫，不能嫌棄安二姑娘的，除了我家，怕全城找不到第二個了吧？」

安若晨搖頭，「將軍說過，聰明勁兒，該藏著的時候藏著點。」她盯著薛敘然看，「公子年輕氣盛，心直口快，所以暴露了。」

薛敘然板著臉道：「安姑娘不必故弄玄虛，我暴露了什麼？姑娘直說便是。」

「我若是只憑三言兩語便能知道公子或是你們薛家的祕密，那我也太厲害了些。我現下自然是不知道，但若要知道也不難。如真是將軍辦的事，去問將軍便可知。」

薛敘然冷笑道：「這般威脅恐嚇，可沒什麼威力。」

「這不是威脅，不過是說個事實。另外，我想告訴薛公子，既是將軍發現你家的祕密，卻未採取行動，未對你家斥責問詢查究，而是希望促成親事，那表示將軍信得過你。」

薛敘然再冷笑，「改利誘了嗎？」

安若晨不理他，繼續道：「可如若你不識好歹，不接受親事便也罷了，倘若還到外頭嘰歪八卦些將軍的事，編排什麼官欺民、誘拐矇騙的謊話，那你薛家的底細，你薛敘然的把柄，恐怕軍方就得好好追究了。」

薛敘然一噎。

安若晨對他微笑，「這才是威脅恐嚇。」

薛敘然冷道：「還真讓人害怕呢！」

安若晨又道：「但正如我方才所言，將軍放過你們薛家定有其道理，可是其他人就不一定了。若是被有心人察覺，用你們的短處作文章，恐怕你家會有麻煩。」

薛敘然搶話道：「這般栽髒威脅，還敢說自己未曾欺民？」

「薛公子又錯了，我還未說完。」安若晨施施然道：「你們薛家於我是外人，出了什麼事可與我與將軍皆無關係。可如若你成了我妹夫，那麼薛家的麻煩事，自然就是我們的麻煩事了。我們可不會任由旁人欺負到薛家來。」安若晨再掛起微笑，「薛公子，這叫利誘。」

薛敘然給她一個大白眼。

安若晨站起身來，撫了撫衣裳，說道：「好了，我要說的話說完了。薛公子體弱，春寒傷人，還是快些回家去吧。這親事呢，薛公子再考慮考慮，若是實在不答應，那就罷了。你好好勸慰你母親，或者再給淨慈大師別的八字，讓他與你母親說別人也很合適。」

薛敘然撇眉頭，這是在諷刺他嗎？

「我妹妹那人吧，其實與公子一般，都是自小嬌生慣養，脾氣頗大……」

薛敘然忍不住了，瞪眼斥道：「妳罵誰嬌生慣養！」

安若晨若無其事擺擺手，「說我妹妹呢，公子別打岔。我這二妹呀，說真的，我心裡也沒底。她與公子心性這般相像，會不會嫁過去沒兩天就打起來了。別看我妹妹長得柔柔弱弱的，打人的力氣也不小。萬一傷了公子，確實是不好與薛夫人交代。」

薛敘然差點拍桌子。誰要跟女人打架？還打不過？

「總之，親事你隨便吧。你家的事，我會問問將軍的，告辭了。」安若晨說夠了，揚長而去。氣得薛敘然想跳腳。

薛夫人在隔壁雅間憂心等待，聽得外頭丫鬟報安若晨出來了，趕緊出去相迎。見得安若晨表情並無不快，稍稍安下心來，忙拉著安若晨相問。

安若晨只說薛公子有自己的主意，而她還是那個意思，若是薛家這頭對這門親事有誠意，她會幫著想辦法解決安家的問題。她反勸薛夫人放寬心，既是八字相合，必有緣分，但凡事隨緣，強求不得。不然鬧得薛公子煩心，一不利於養病，二惹出忤逆脾氣，日後就算親事成了，夫妻二人相處也不歡喜。

薛夫人自然知道這個道理，聽得安若晨的意思還是願意幫忙，便放下心來。

薛敘然過來打了聲招呼便走了，壓根兒沒理安若晨。薛夫人嘆氣，命人上了好茶，拉著安若晨再多說說話，意在拉攏拉攏，多親近親近，就算日後這親事真的不成，也沒必要將未來的將軍夫人得罪了。

安若晨回到紫雲樓，剛進大門就覺得氣氛不對，周群慌慌張張正領著隊兵將要外出。

「長史大人這是要去何處？」

「安姑娘！」周群見了她，頗是激動，喊道：「出事了，出大事了！」待要往下說，看了看左右，又噤了回去。

安若晨皺了眉頭，湊了過去。

周群附在她耳邊道：「霍先生在太守府內自刎身亡。」

猶如一記響雷在安若晨頭上炸開，她驚得目瞪口呆，「怎會如此？」

「太守命人來相報，我得速去問個究竟，不然這呈報如何寫？龍將軍定會震怒啊！」

這可不是怒不怒的問題，安若晨頭皮發麻，腦海裡已浮現宗澤清與她說的那些戰爭場面。她閉了閉眼，將四夏江被鮮血染紅的畫面從腦子裡踢出去。當下也不多言，與周群一道往太守府趕。

伍之章◆遺言

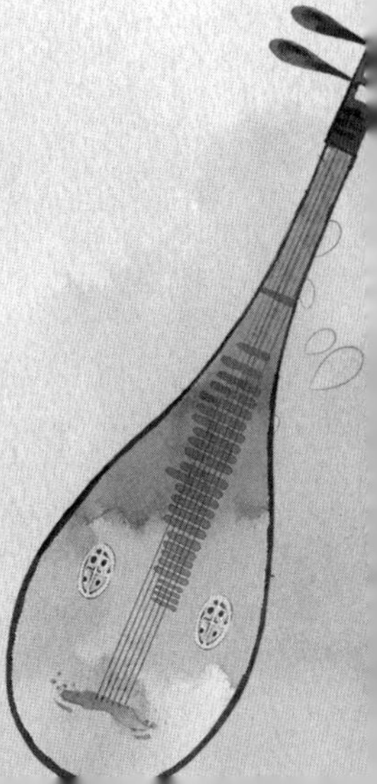

到了那兒，周群火速去尋江主簿詢問事情經過，而安若晨則往霍銘善的居院奔。
如今往那院子去已經沒有衛兵攔阻了，安若晨一路通暢地到了那兒，聽到一個年輕的聲音帶著哭聲嘶吼著：「都是你們，是你們逼死了先生！」
院子裡站著不少人，安若晨穿過人牆，終於看清了院中情形。
曹一涵抱著霍銘善的那把「和平之劍」跪在院中嚎啕大哭，而蒙佳月跪在他面前，淚流滿面，兩人中間擺著一張寫滿字的紙。
安若晨走到一臉鐵青的蔣松身邊，悄聲問他怎麼回事。
「未時將過時，曹一涵去了小屋，發現霍先生留了遺書，自刎於桌前，用的就是那把劍。」蔣松用下巴指了指曹一涵的方向。
還有遺書？安若晨看了看蒙佳月面前的那張紙，想來便是遺書了。這時候她可不好上前去查看，只得再問蔣松：「蔣將軍，遺書字跡對嗎？說了什麼？」
蔣松臉色極難看，安若晨明白他的壓力，他幾乎沒有休息，親自盯著霍銘善的安全，上京之路也需他親自帶隊守衛，只是沒料到就在他眼皮子底下出了這種事。可就算他心情不佳，安若晨也不得不問。自盡？她不敢相信。
蔣松緩了一緩，按捺住脾氣，道：「確實是他的筆跡，他那侍從確認的。霍先生說近日來深感責任重大，而他並無把握能完成，他為無法向南秦皇帝交代而深深憂心，與其奔波掙扎後再以死謝罪，不如今日解脫。他愧對南秦皇帝，愧對兩國，愧對龍將軍。完了。」
安若晨還是無法相信，霍銘善昨日夜宴時還談笑風生，他從蒙佳月手中接過劍時那堅定的神情她還記得。迫於壓力求解脫自盡，怎麼可能？

「這遺書是否是被人逼迫寫的？是否有人與他說了什麼？是否有人進了他屋……」

「安管事！」蔣松再忍不住發了脾氣，怒喝住安若晨。周圍一下子靜了下來，就連痛哭著的曹一涵與蒙佳月都看了過來。蔣松咬咬牙，放緩了語氣，朗聲道：「安姑娘，我們上百雙眼睛盯著這院子，數十雙眼睛盯著這幾間屋子，霍先生的屋子，除了他的侍從，並沒有任何人進去過。發現屍體後，我們進去查看，門窗緊閉，無人進出，院外的衛兵們也都確認，沒有任何可疑之人經過。」

蔣松瞪著安若晨，似要講給其他人也聽聽，「安姑娘明白了嗎？就連這個院子，不是進出，是經過，就連經過都無外人經過，何況進入霍先生的屋子？除非我們這些人全瞎了全聾了，否則沒有刺客！」

四下一片寂靜，安若晨的腦袋卻嗡嗡作響。沒有刺客？沒有一點疏漏之處嗎？是啊，幾十雙眼睛盯著，瞞得過一人兩人三人，可是幾十人怎麼瞞？

安若晨張了張嘴，「那、那他自刎時有沒有，我是說，覺得疼痛總會叫喊……」

蔣松瞪著安若晨，全身繃緊，膨脹著怒火，拳頭都握了起來，但他仍克制著說：「沒有大的動靜，門窗閉著，我們在外頭沒聽著聲音。」

「我不是……」安若晨想解釋她並非要指責蔣松什麼，但她也知道她的每個問題似乎都在質疑安全護衛出了問題。她想說她不相信是自盡，但若不是自盡，哪裡來的刺客？真有刺客，那蔣松就更是失職。安若晨張著嘴，不知道該怎麼說。

「安姑娘。」蒙佳月過來將安若晨拉住，她哭得兩眼紅腫，悲傷之情溢於言表。她未多話，只是將霍銘善的遺書遞了過來。

安若晨接過遺書，這時候曹一涵忽然大叫：「別裝了，一切都是你們的詭計，是你們逼迫了先生！先是龍將軍，再是姚太守，你們每個人，每個人都在逼先生上京見你們的皇帝！見了有什麼用？讓他去領受羞辱嗎？別以為我們不知道，之前的使節在你們這兒就是被羞辱回去的，之後的使節又是在你們大蕭被殺的！如今你們又這般對待先生，還裝什麼好人！」

安若晨不理他，飛快將遺書看完。內容果然跟蔣松說的一樣，霍銘善說自己不堪壓力，以死求解脫。信中訴說了自己的歉意，又讓曹一涵不要怪罪任何人，請他為自己收拾遺容，火化後將骨灰帶回南秦，甚至還交代了要葬於何處。

安若晨遲疑不定，曹一涵又大叫：「有本事你們把我也殺了！待我南秦大軍殺過來，為我與先生報仇雪恨！」

蔣松氣得要拔劍，安若晨與蒙佳月同時伸手阻止。蔣松也知自己衝動，但實在嚥不得這氣，喊道：「將他押下！與霍先生最後見面的人就是他，事情究竟如何，當嚴審他！」

「蔣將軍！」安若晨不贊同這做法。

曹一涵跳著來嚷嚷：「是呀，你們有本事，栽髒陷害最是拿手，什麼都是我們南秦人幹的，你們大蕭無辜！如今我家先生枉死他鄉，居然也是我幹的！抓我呀，嚴刑拷打，逼迫我招供！對了，讓龍將軍來呀！龍將軍是如何逼迫先生去見你們皇帝的，讓他也來逼迫我！對，就是這般！我要見龍將軍，我要當面問問他，他幹的好事，他怎麼有臉見先生！我要讓龍將軍親眼見見先生，聽到了嗎？我要見龍騰，讓我見龍騰！」

「押下去！」蔣松忍無可忍，揮手讓衛兵把曹一涵押回屋子去。曹一涵大喊大叫，說南秦必報此仇，說一定要見龍騰，當面討公道。他聲嘶力竭地一邊喊一邊被拖回屋關起來。

安若晨憂心地看著那門口，蔣松囑咐衛兵將曹一涵看好，然後對蒙佳月道她這邊若是無事了，他得去跟姚大人相議此事。

蒙佳月點頭應允，蔣松向蒙佳月和安若晨施了個禮，領兵離開了。

院子裡一下子少了許多人，安若晨抓緊機會向蒙佳月詢問情況。蒙佳月將她知道的說了一遍，說著說著又哭了起來。她聽得消息時事情已經發生了好一會兒，姚昆和其他官員都趕到了，曹一涵情緒激動，姚昆找了仵作驗屍，確實是自刎而亡。太守與蔣松和衙頭都細細問了，沒人發現有外人來，霍先生一直是獨自待在屋裡，只有曹一涵進過他屋裡，但每次都很快出來，也並無可疑之處。

姚昆讓曹一涵辨認遺書，確實是霍銘善的筆跡和口吻。那把劍落在椅子旁，上面有血跡，脖子上的傷口與那把劍鋒也能對應得上。

安若晨從一旁衛兵手裡拿過那把劍。曹一涵被押進屋裡時，衛兵把這劍沒收了。

安若晨拉開劍看了看，走進屋裡。蒙佳月也跟著進去，她很自責，「也許，也許真是我們對霍先生說了太多，總說希望就在他的身上，又說上京如何如何，但他在南秦皇帝身邊多年，也許他比我們更明白情形不樂觀，可所有人都指望他化解，他壓力太大了。我們還讓他躲在小屋裡，見不得光，然後上京之路遙遠，處處凶險，若換了我，也會覺得太難承擔。」

安若晨沒接話，她進了屋，看到書桌下有一灘血，椅子也有血，還從椅子延伸到床上。

「屍體移動過？」

蒙佳月道：「該是仵作驗屍時搬動了。我來的時候已經驗完，大人都在屋外等，說是曹先生依遺囑要收拾霍先生遺容，不然再過一會兒屍體太僵了會不好換。曹先生一直說霍先生生前最愛乾淨，莫教他一身血衣狼籍。」

「屍體現在何處？」

「在東屋。那兒乾淨整潔，是霍先生想要的。」蒙佳月又抹淚，「後來大人們便回衙堂議事去了。我想與曹先生說說話，他有些愣愣的，我擔心他也想不開。他果然在心裡責怪我們，也許霍先生也是這般想。」

安若晨沒理會她的嘮叨，走到門口對衛兵道：「守屋的衛兵離屋子最近是哪個位置？」

衛兵指了指腳下，答曰就是這兒。

「好，你注意聽著屋裡的動靜。」安若晨囑咐完，把門關了，又把窗戶關上，站在書桌前，沒在意面前就是血泊，然後拔出了劍。

蒙佳月吃驚地看著她，退了兩步。

安若晨大致比劃了一下高度，認真想了想，裝作咬牙忍痛「啊」的一聲，鬆開了手，讓手中的劍掉在地上。

做完這些，她打開門，問那衛兵：「聽見什麼聲音？」

衛兵搖頭。

「什麼都沒聽到？」

衛兵點頭。

安若晨退回屋裡，沉思著環顧四下。

蒙佳月驚訝，道：「安姑娘可是懷疑什麼？我雖也不信霍先生會自盡，但事實就是如此，若是中間有什麼差錯，一個人兩個人可以隱瞞，數十人上百人在這兒盯著，怎可能瞞得過去？」

「夫人說的對。」安若晨附和著，卻又道：「就是因為如此，所以更古怪了。」

蒙佳月愣在那兒半天，把劍撿起收好，難掩難過，「是我害了他，若我不把這劍回贈給他，也許他也不會死了。」

一心想為百姓為帝君求得和平的人，卻用自己的「和平之劍」自刎，這確實太令人唏噓。可安若晨就是不相信，怎麼可能？這是霍先生啊，人人景仰稱頌的霍先生，經過這麼多的風雨坎坷，見過多少凶險爭鬥，他本就可以不來大蕭，可是他來了，也是他自願上京面聖陳情的，怎會不堪壓力？

安若晨看向書桌。姚昆很體貼，這屋子雖不算大，但所有用品一應俱全，文房四寶全都備了新的，霍先生就是用這些寫了遺書。

安若晨把桌上的東西都仔細查看了一遍，屋裡各處也看了，沒找到什麼特別的東西。如此也只能是自盡了，不然刺客怎麼會給霍先生時間慢慢磨墨寫什麼遺書，更何況根本沒人看到刺客的身影。

安若晨僵立在那屋裡，聞著那噁心的血腥氣味，心裡充滿悲憤和無奈。為什麼每次看到希望之時就會出差錯，到底哪裡出了問題？她不甘心，她真的不服氣。

蒙佳月看著安若晨的舉動，也感到徒勞和無助。沒有辦法了，人真的死了，死在了他們中蘭城太守府裡。蒙佳月抱著安若晨，傷心抽泣。

姚昆的心情簡直不能用鎮驚、悲痛、慌亂來形容。先前的那些得意和如意算盤已被霍銘善之死打得粉碎，這真是五雷轟頂。他奏摺都已經發出去了，使節車隊通關各郡的文書也已經送出去了，不止整個大蕭，怕是全天下都知道霍銘善在他這兒風風光光準備啟程，然後突然自盡了。

誰相信？他自己親眼所見都不敢相信！

他如何與皇上交代？如何向南秦交代？如何與巡察使交代？他簡直就是跳出來為史平清分擔罪責的，史平清怕是會笑掉了大牙。

所有急急趕來的官員都面色凝重，誰也說不出什麼來。蔣松的臉色更是難看到了極點。姚昆第一時間詢問了奏摺和發往各郡的文書還能不能追回，但他心裡其實也明白這哪是能追回的事。只得與眾人協商這事如何相報，如何處置。

「此事萬萬不可洩露，大人速下令整個府內所有人均不得外傳，衛兵也罷，衙差也罷，還有府中各下人，以免謠言四起，也為大人的處置爭取些時日。待大人想好對策，統一了口徑，再向各處通報。」夏舟道。

周群急了，忙道：「龍將軍那頭可拖不得，事關重大，得讓他速速知曉！」

蔣松也道：「此事必須馬上向龍將軍呈報。」

江鴻青道：「還有那個曹一涵，得將他扣押在此處，封口也好，人質也罷，須得等事情了結，待巡察使或是皇上旨意下來，看南秦那頭反應如何，再議他與霍先生遺體如何處置。」

此時的曹一涵被鎖在屋裡，渾身冷汗，握緊了拳頭。他喝了點水，緩了緩情緒，撲到大門大力拍門再叫：「我要見龍將軍，讓他看一看霍先生，他該內疚自責，他該負起責任！是他造成的後果，是他逼先生上京的，他對不住先生，讓我見龍將軍！」沒人理他，他又喊：

「我要見太守大人！你們怎麼就這般走了？我先生的命就這麼算了嗎？我要見太守大人，我要見龍將軍！」

門開了，蒙佳月和安若晨站在門外，曹一涵停下喊叫，瞪著她們。

蒙佳月軟語道：「曹先生，大人在商議霍先生這事，恐怕還需些時候。我會幫你轉告，讓他忙完務必過來聽你所言。你勿再叫喊，這般動氣會傷了身體。霍先生不在了，你務必保重。」她頓了頓，差點又要淚流，吸了口氣，道：「先生的後事，我們會妥善處理好的。我去請高僧來為他做法事，讓他安息走好。你若需要什麼就招呼一聲，有什麼事就讓他們來叫我。先生一事，大人那頭有許多事要處置，我卻是可以隨時來的，你有什麼要求就告訴我。」

曹一涵硬邦邦地道：「先生要火葬，讓我把他骨灰帶回南秦。」

「好。」蒙佳月一口答應，「待辦好喪事，做完法事，就為霍先生以火送行。」

「我帶著先生回南秦之前，我要見龍將軍。」

蒙佳月道：「我跟大人說，讓大人為你安排。」

曹一涵瞪著她，忽地又大哭起來，「假好心，你們這些偽君子，全都是假好心，你們害死了先生！」他轉身回屋內，伏在桌上大哭，再不理蒙佳月。

姚昆聽蒙佳月轉述了事情，同意將霍銘善喪事事宜交給蒙佳月親自打點，但曹一涵要見龍騰的事，他卻是不能同意。

「出此變故，前線隨時開戰，龍將軍豈是我能召回來的？再有，若是別的緊急事務便罷了，一個侍從要聲討斥責，我把龍將軍叫回來，我這辦的什麼事？到時前線出了什麼事，我豈不是又背上黑鍋，如今麻煩還不夠嗎？」

蒙佳月想了想，道：「那讓曹先生回南秦之前，在邊境見龍將軍一面吧。我想，龍將軍應該也希望能送霍先生回國的最後一程。」

姚昆搖頭，「不行，我們商議過了，曹一涵暫時不能走，他必須留在大蕭境內，留在中蘭城裡。」

蒙佳月吃了一驚。

姚昆道：「霍先生這事，關係重大，巡察使馬上要來了，我們得留個人證，不然萬一事情說不清楚，可是要擔責的。屍體是曹一涵發現的，遺書是他發現的，字跡也是他確認的。」

「可事情大家都親眼所見，親耳聽到，不都是人證？今日房裡的狀況，大人和諸位大人不是都親自去看了，如今要將曹先生扣押，不妥吧？」

「自然不是扣押他，還在那院裡好吃好住。就是這事後續不知還有何問題，這人留在我們手裡會好些。」

蒙佳月皺了眉頭，「要多久？」

「這個暫時不知曉，等事情告一段落，解決了便讓他回去。妳不必與他多說什麼，辦喪事也需要時日。妳不是說還要請高僧來為霍先生超渡作法事？這也是需要時間。妳將事情拖得久一些便好，合情合理，可不是我們為難他。等過了這陣子，也許巡察使便到了，由梁大人定奪對策，那也不錯。總之，先將他安撫住，這段時日便辛苦妳了。」

等梁大人定奪？梁大人不是去茂郡查案嗎？待得他抽身過來再過問此事，那得多久了？

霍先生的遺願是回到南秦，而他們卻是打算先這般拖著嗎？蒙佳月不再多言，退了出去。

安若晨一直等在外頭，見得蒙佳月出來，忙問姚大人是如何安排。蒙佳月將姚昆的意思大致說了說，已讓驛兵快馬給龍將軍送信，南秦那頭暫時不通知。事情所造成的後果和牽連事項須再商議討論對策，等都安排好了，便給京城呈奏摺。

聽起來似乎是沒什麼問題，安若晨懷著滿肚子疑慮回去了。

蔣松帶著衛兵隊回到紫雲樓時，安若晨想與他再細問問當時情形，但蔣松沒好臉色，畢竟人是在他的監護之下去世，不管是怎麼死的，算起來他都有失職之嫌。安若晨也知今日她情急之下當眾質疑這個質疑那個，讓蔣松丟了顏面，回來後還要囉嗦定是惹他不快了。

安若晨又去找周長史，周群戰戰兢兢，給龍大將軍的呈報已經發出去了，但這事太蹊蹺，他總覺得心虛。安若晨問他有沒有新的消息，又囑咐若是將軍有吩咐回來，無論什麼，務必告訴她。

安若晨一整晚不得好眠，一直在想霍銘善這事。在太守府時，她去看了屍體，曹一涵確實細心，將霍銘善的儀容收拾得乾淨整潔，安若晨在屍體這邊看不出什麼來。輾轉反側至天將明時，覺得自己也該寫封信給龍騰，說一說自己在這事情裡的想法。將軍比她聰明，她的疑惑或許將軍能幫她解開。

磨好墨攤好紙箋，安若晨猶豫了。細作還未抓到，書信也不知是否安全，若這事裡頭真有玄機，那她這信裡也別露了端倪才好。

要怎麼寫才能既讓將軍明白她的意思，又要讓細作看不懂呢？

安若晨瞪著眼睛，忽然靈光一閃，猛地跳了起來，似乎就要抓到頭緒，卻又未曾想通。

她在屋裡打轉，好不容易撐到天明，急急去太守府求見。

來得有些太早了，蒙佳月很意外，安若晨說來看看是否有自己幫得上忙的地方。蒙佳月想半天，道：「我忙於喪事安排，沒什麼時間安撫相勸曹先生，若是安姑娘不介意，幫我照應一下也好。我擔心他傷悲過度，也會想不開。」

「他可曾還與昨日那般大喊大叫？」

「倒是沒有，只是關切何時能見龍將軍，何時能回南秦，隔一會兒便叫人來問一次。」

安若晨撇眉頭，「那姚大人是何打算？我昨日問了周長史，未有請將軍回來的意思啊！」

蒙佳月看了看四周，壓低聲音道：「這事牽涉甚廣，大人須得商議清楚想好對策才好安排曹先生，所以暫時也未定他的歸期。總之，先將喪事辦好再說吧。」

安若晨點點頭，與蒙佳月一道送早飯去給曹一涵。曹一涵果然如蒙佳月說的，還是那些老話，要求見龍將軍，要求回南秦。蒙佳月哄了幾句，曹一涵似放了些心，將早飯吃了。

之後蒙佳月打理喪事去，安若晨留了下來。

安若晨再次去了霍銘善的房間，裡頭如昨日一般，東西都未動。安若晨再一次翻動了桌上的紙箋，又看了霍銘善被換下的血衣，然後她去找曹一涵。

「曹先生，昨日霍先生的屍體是你發現的？」

曹一涵點頭。

「之後，誰動過他？」

「仵作驗屍。」

「除了遺書和那把劍，霍先生還留下什麼東西嗎？」

「沒有，還能留下什麼東西？」曹一涵的臉上現出警覺之色。

安若晨盯著他的表情看，輕聲道：「比如，留下什麼別的訊息。」

曹一涵瞪著她，「什麼訊息？妳想說什麼？」他跳了起來，「莫不是你們想找藉口栽贓先生什麼，你們……」

「坐下！」安若晨皺眉頭喝他。

曹一涵被喝得一愣。

安若晨道：「不到絕路，人可不會尋死，而有些人就算到了絕路也不甘願，也定要竭盡全力做些什麼，哪怕流盡最後一滴血，也要完成夙願，我覺得霍先生就是這樣的人物。」

曹一涵瞪著她，紅了眼眶。

「先生確實是這樣的人物，可惜他已經死了，死在了他想完成夙願的地方。」

「他未完成的事，你想幫他完成嗎？」

曹一涵的淚水奪眶而出，滑落臉頰，「我人微言輕，只是個侍從，就算去了京城，貴國皇帝也定不會召見我，也不會聽我所言。」

「所以你想見龍將軍？」

曹一涵愣了愣，抹掉淚水，又嚷起來：「見龍將軍怎麼了，不行嗎？見不得大蕭皇帝，還見不得龍將軍嗎？是他逼迫死了先生，我最起碼該為先生向他討一句歉意！」

「可是若按常理，出了這事，你該想著速速按霍先生所言，帶他的骨灰回南秦才對。」

「討完公道再回去，又有何錯？」曹一涵氣惱，「你們欠先生一個公道！」

「所以必須先見龍將軍？」

「不行嗎？你們通報給龍將軍，他一定會願意見我的。除非你們有什麼虧心事，心虛，不敢讓我見他。」

安若晨淡然道：「在我看來，你要去見將軍的理由不充分。」

曹一涵冷笑，「我知道妳，妳是未來的將軍夫人。」他故意將「未來的」三個字咬得很重，「我是不知道未來的將軍夫人竟能在太守大人之上，大人願意讓我去，妳還能阻止不成？」

安若晨道：「你說反了，在這個中蘭城裡，只有我願意幫助你去見龍將軍。」

曹一涵表情僵住，笑不出來了。

「你對官場的做派熟悉，我想霍先生生前也一定對你有許多教導，且他也信任你，願意對你委以重任。你很清楚，發生了這樣的事，你沒被關押起來扣上罪名就是運氣。這裡是大蕭，你孤身一人，貴國的兵馬就是邊境，等著一聲令下殺過來，你沒有任何依靠。」安若晨頓了一頓，「除了龍將軍。」

曹一涵板起了臉，不說話。

「龍將軍遠在邊境，自然不能飛回來見你。若是討公道這話是霍先生說的，那你們見到龍將軍的機會自然很大，可惜你只是他的侍從。你對境況想得很清楚，所以你才憂心你會見不到龍將軍，憂心自己不能及時回到南秦，甚至還得憂心自己有沒有命回到南秦。」

曹一涵抿緊了嘴。

安若晨看著他，繼續說：「我聽說，霍先生十七年前將那把劍贈予太守夫人時，他說若是那刺殺太守的案子是南秦人所為，是南秦人惡意破壞和談，太守夫人可用那劍取他性命。」

曹一涵深吸一口氣，握緊拳頭，他當然也是知道此事的。

「現在那劍取了他的性命。」安若晨道。

曹一涵垂下眼，不說話。

「霍先生的遺書寫得很冷靜，筆劃工整，字跡清楚，想來是下定了很大的決心。他認真解釋了他自盡的理由，還囑咐你要為他收拾遺容，淨身換衣。」安若晨看著曹一涵，「這事不用他囑咐，你也一定會去做，但他似乎不放心，怕別人搶著做了。有遺書，有凶器，有脖子上明顯的致命傷口，再有各位大人們盯著，我想仵作該是不會認真去翻霍先生的遺物，畢竟死因太明顯了。」

曹一涵挪了挪坐姿，依舊垂眼不說話。

安若晨忽然轉了話題，問他：「你可知一紮新的紙箋有幾張？」

曹一涵等了等，沒聽安若晨往下說，狐疑抬頭。

「十二張。」安若晨待他望向自己，這才道：「霍先生用了新硯臺，磨了新墨條，用了新毛筆，拆了一紮新紙箋。他用一張紙寫了遺書，但是紙只剩下十張。」

曹一涵張大了嘴，見鬼一般地瞪著安若晨。

「他還寫了一張什麼，是給龍將軍的信嗎？」

曹一涵收起驚訝的表情，露出茫然的樣子，道：「我不知道妳在說什麼。紙少了一張，妳在說笑話嗎？誰知道是不是之前霍先生用掉了，又或者別人進他屋時用掉了，又或者根本原來就只有十一張紙。」

安若晨不理他的辯解，又道：「他特別囑咐你讓你處理他的屍首，為他換衣，是因為他希望你能看到那封信，你能幫他完成他囑咐的事，所以你要求一定要見龍將軍。」

「沒有信，我要見龍將軍是因為是龍將軍讓先生去京城的。先生原本想回南秦，是被龍將軍說服留了下來。」

安若晨沒反駁他，她看著他，過了好一會兒才道：「太守大人不會傷害你，但他會將你留下來，你是重要人證。可你不是霍先生，所以不會再有二百衛兵守衛你，你也沒有辦法自己衝出太守府去見龍將軍。不論你想找龍將軍討公道，扯扯家常，還是轉達霍先生的重要訊息，恐怕都得拖上許久。你所背負的重要責任，是不是就被耽誤了？你如何向九泉之下的霍先生交代？」

曹一涵緊咬牙關。

「你想的沒錯，你確實是可以依靠龍將軍，但我得告訴你，在見到龍將軍之前……」安若晨頓了頓，等曹一涵看著她，她才道：「你得依靠我。」

◆　◆　◆

靜緣師太踩著晨光回到秀山，她未從大門進入，而是繞著靜心庵走了一圈，在庵院後頭，她看到了解先生。解先生站在菜園旁邊的棗樹下，臉上是和善的微笑。

「師太回來了。」

靜緣冷冷地道：「辦好了，給銀子吧。」

解先生道：「師太辛苦了。我在這兒等了一夜，師太好歹與我客套兩句再說錢銀。」

「客套兩句你便多給銀子？」

解先生一噎。

「多給我也不稀罕。」

解先生的微笑裝不出來了。

「我辦完事後須等到衛兵都退了，防衛解除，半夜時太守府巡守鬆懈我才能出來，而城門卯時才開，我出城門回到這裡差不多便是這時候，傻子才會在這兒等一夜。」靜緣師太冷冰冰地繼續道。

解先生被嘲諷得抿抿嘴角，笑道：「所以我說師太當真是不懂得客套。」

「不過是虛偽罷了，裝什麼客套！」

好吧，那他便不客套了。

解先生冷下臉來，道：「為何霍銘善成了自殺？」

「死了便好了。」

「不好，這不是我想要的結果。」

「你想要什麼結果？你讓我去殺他，我殺了。若不是自殺的局面，那太守會察覺有刺客，我可是不放心的。那裡面誰知道會不會有知曉事情安排底細的人，屆時嚷嚷著有刺客要搜屋，將我藏身處找出來，那我豈不是也得喪命？」靜緣師太盯著解先生看，「難道這個結果更好？」

「自然不是。」解先生暗地裡握了拳頭，有些被戳穿的狼狽。

「那你哪裡不滿意？」

解先生忽而微笑，說道：「也不是不滿意，只是有些意外。我原以為霍銘善被刺客殺死一事會鬧得沸沸揚揚，讓姚昆他們手忙腳亂，我們南秦那邊才好辦事。如今是自盡，便有些不好說話了。」

靜緣師太冷笑起來，「有何不好說話？道貌岸然的模樣擺習慣了，還真當自己是君子！要賴栽贓齷齪事你們該是很拿手才對，大蕭說是自盡便是自盡嗎？就算是自盡，為何自盡？人好好的，不是大蕭逼著能自盡嗎？欲加之罪，何患無辭？傻子才會覺得不好說話。」

解先生裝聽不懂這譏諷，一時也想不到還有什麼好指責的地方，只得道：「妳確認事情沒留什麼後患吧？」

「我這兒是沒差錯，有遺書，有屍體，有凶器，一切都明明白白，挑不出毛病。若有後患，那是別人的問題了，你該找其他人問去。」這是篤定解先生在太守府還另安排了人手。

解先生沒反駁，掏出錢袋來，丟給靜緣師太，「那就好，妳收著吧。」

靜緣師太接過，掂了掂重量，也不看，轉身打開後院門鎖要進去。她推開門，看了後院一眼，叫住解先生：「你等等。」

解先生正要走，聞言停下了。

靜緣師太道：「你進了我的庵廟。」

解先生眨眨眼睛，一臉無辜地道：「師太雖不信，但我確實是等了一夜。半夜裡春寒露重，我便進去避了避。」

「我說過，我不喜歡別人打擾。若你們不能遵守，那就莫要往來了。」
解先生攤了攤手，「難道師太要因為我借了地方避寒這小事就欲與我們撇清關係？」
「是。」靜緣師太不繞彎子，直接問：「不放心，打算殺我滅口嗎？」
解先生笑道：「師太說笑了，師太可是王爺敬重之人。」
「那就告訴輝王，打探我的居所，我不高興了，想讓你們滾遠一點，若是不服氣，便來殺我吧。」靜緣師太說完，也不理解先生的反應，不待他回話便進院子去了。院門重重關上，解先生的臉沉了下來。他站了好一會兒，終是下山去了。
解先生回到居所，有人正在他屋裡等著，見得他回來，問道：「如何？」
解先生想了一會兒，道：「給我找幾個人，明日隨我一道去靜心庵。」
那人愣了愣，「聽說她可是南秦第一高手。」
「所以你找的人也要武藝高強才好。」
「那裡畢竟是她的地方，在太守府沒找著機會對付她，到了她的地方，憑幾個人想拿下？我可找不來這麼高強的高手。」
「自然不是要與她硬碰硬，對付她得智取才行。我明日先去探探，並非要動干戈，帶上人只是為了確保安全。」
「你怕她要起狠來對你動手？她若真敢如此，那她是否與閔公子的失蹤有關？」
「目前最可疑的便是她了。再有，她在提防我。這次殺霍銘善，她並未按我預期的去辦。」所以他安排的人都沒能派上用場，總不能這般明顯的自殺場面，冒出頭來硬說成有刺客從而建議太守搜屋，那也太可疑了。靜緣師太這招真是妙，就跟李明宇從馬上摔斷了脖子一般，任務明明出了差錯，你卻挑不出毛病來。

那人沉吟道：「若這姑子不能用了，還真是大損失。要找個如她一般好身手又不磨嘰的人，很不容易。」

「她性子古怪，本就不是個好用的。在出差錯前，還是想辦法先處理了。馬上就要開戰，後頭的事還多著，得確保這人不會成為我們的麻煩。」

「好。」那人一口答應，「我明日去中蘭住幾天，幫你看看城中狀況。若是安穩了，給你找個住處。福安畢竟有些路程，你辦事不方便。」他話鋒一轉，又道：「安若晨那處，你如何打算？」

「並沒有安若芳的消息，也不知是否是她的試探之計。」解先生防備地看了那人一眼，道：「前線開戰，龍騰不得脫身，巡察使一到，姚昆自身難保。安若晨在中蘭城裡，便是在我們的掌控中。你莫要生事，先前犯的錯我不計較了，後頭莫再魯莽。」想了想，這話說得重，恐對方聽得不舒服，於是又道：「我是說，先忍耐些時候，待事情了結，或是安若晨於我們再無用處時，我保證一定將她交到你手，隨你處置，如何？」

那人笑了笑，「那就好，你可比閔東平會做事。」

此時的安若晨正坐在曹一涵的屋裡，繼續著他們的對話。

曹一涵沉默著，並未對安若晨那句「你只能依靠我」做出任何反應。

安若晨耐心地等了一會兒，繼續道：「我願意幫你去見龍將軍，紙箋少了一頁的事，我不會與任何人說。你也知道，霍先生來了這兒，龍將軍與太守大人安排這許多嚴密的防務就是因為中蘭城裡有細作，甚至很可能太守府郡府衙門裡就有。我現在暫時願意相信你，因為霍先生遺書中將後續的事託付予你，他信任你。但我不認識你，除了你是霍先生的侍從外，我對你一無所知，所以若我不知道你拿到的霍先生遺物是什麼內容，會不會對將軍不利，給他帶去麻煩或危險，那我是不會幫你的。」

曹一涵咬了咬牙，擠出一句：「沒有信，霍先生只寫了一封遺書。妳胡亂猜測栽贓，到底有何目的？」

安若晨不理他這話，又道：「我沒有讓人來搜你的屋子搜你的身，是因為若你身上有重要證據，我希望能保護它。可若你是叛徒，霍先生信錯了人，那反正太守大人會一直扣著你在此，後頭你會如何，他打算如何處置你，我就不管了。」

「好大的口氣，妳什麼身分，管得了嗎？」曹一涵道：「我也不認識妳。龍將軍來平南守邊境，怎地平白無故冒出個未婚妻子？我也未曾聽龍將軍提起過，太守夫人說妳是，妳便是嗎？就當妳是，又能如何？」

安若晨不在意他的譏諷，只道：「有防心是好事，你好好保管那封信。接下來你可以看看情勢，看太守大人是扣著你還是放你去見將軍，看看霍先生的喪事要辦多久。」她站了起來，「我也不好逗留太久，不然該讓人生疑了。」

曹一涵猶豫掙扎，拿不定主意信她還是不信她。若她走了，是否機會就沒了？

「若你確認見不到將軍，需要我說明時，別讓人找我。畢竟你與我不熟，這裡也不是我管事，按情理你有事該找太守夫人才對。我會再來，那時，便是你向我求助的唯一機會。」

安若晨言罷，轉身出去了。一開門，田慶就站在外頭，舉手作敲門狀，見得安若晨出來忙道：「衙差說姑娘在裡頭有些時候，我正待問問。」

安若晨道：「莫擔心，我只是與曹先生說說話，勸他節哀。」

田慶與門口守著的衙差都往屋裡看，曹一涵板著臉別開頭去。

安若晨將門關上，「讓他安靜待一會兒吧，出了這事，任誰都是難熬的。」

安若晨與田慶招呼一聲，背著手往外走，準備回紫雲樓。田慶看著她的走路姿勢，暗忖她不自覺擺出將軍思慮時的姿態，是否心中也有思慮。

安若晨確實如此，她在猶豫要不要給曹一涵施加點壓力。白臉她唱完了，沒把真相哄出來，這時候該有黑臉。但她不放心，萬一鬧出大動靜，細作起了疑心，再對曹一涵下手，殺人滅口，把東西搜出來……

安若晨猛地停下腳步，回身問衙差：「昨晚衛兵隊都撤走後，這院裡有多少人值衛？」

衙差答：「四個。兩個守著曹先生的屋門處，兩個在院門。」

「多久一崗？」

「守一夜，卯時換的崗。」那衙差問：「安姑娘打聽這個做什麼？」

「沒什麼，就是太守夫人讓我勸勸曹先生，怕他想不開。我是覺得曹先生不會想不開，但他對龍將軍很不滿，我擔心他怒火一起，做出些傷人舉動。若他有什麼動靜，有人守著能及時處置就好。」

「那是自然的。大人囑咐了，屋前不能沒人。」

安若晨笑了笑，客套了幾句便走了。

安若晨的心亂跳著，她忽然想到了一個可能，隨即又對自己搖頭，這也說不通。若是屋裡事先藏著刺客，逼迫霍先生寫了遺書後再將他殺害，偽裝成自盡，那麼，是自盡，自然就不會有人搜查，接著再待所有守衛都離開，趁夜半大家鬆懈時悄悄逃走。可若是那般，為何刺客會給霍先生寫另一封信的機會？

是她猜錯了，不是霍先生用的那紙，是刺客嗎？也不對，安若晨深吸一口氣，霍先生在遺書裡特別交代曹一涵為他處理遺體是有原因的，曹一涵的反應也證實了這一點。

所以，真的是自盡嗎？

安若晨猶如百爪撓心，真想衝到那屋裡好好搜一搜。雖然刺客定然已不在，但她能確認是否有藏人之處也是好的。可是，不行，她不能再表現出一絲一毫對那屋子有疑慮的樣子，不能讓細作覺得曹一涵是個威脅。

若真有刺客，就表示在衛兵團團將那院子包圍之前，刺客就已經知道霍先生會躲進那屋裡。不在主屋，不與侍從曹一涵一起，而是獨自一人在那屋裡。

奸細的身分也許比她敢猜測的更可怕。

是姚昆嗎？他一直庇護著錢裴。若是錢裴有嫌疑，那姚昆恐怕也脫不得關係。

安若晨不敢想，若真是太守，那許多事就能說得通了。劉則案裡，為什麼婁志會提前知道安排，要去將劉則滅口，為什麼江滿會說謊栽髒李長史，然後又這麼巧被派到江邊，結果溺死。

可這也不對，姚昆的行事做派不像細作，且他身邊還有蒙佳月。蒙佳月的父親蒙太守因與南秦的戰爭而死，她痛恨打仗，又怎麼會允許自己的夫君為南秦效力？他們夫婦倆的恩愛不似裝出來的，他們對視的眼神裡滿是情意。

安若晨覺得這個她能肯定，那也許蒙佳月知道姚昆捲入了這事，出於夫妻情深也在幫他隱瞞。但若這般去想，那錢世新頗得重用，又是錢裴之子，豈不也是細作？

不行，不行，安若晨對自己猛搖頭。她不能太盲目了，盲目到看誰都可疑，看誰都是細作，最後只會什麼都看不清。她真想將軍啊，若將軍在身邊，定會好好指導她。將軍什麼都知道，他定會有辦法處置這事的。

安若晨想好信該怎麼寫了，她回到紫雲樓，趕緊寫信給龍騰。信中極肉麻地表達了自己深切的思念，一邊寫一邊搓搓手臂把雞皮疙瘩按下去，希望將軍能堅強些，受得了這些肉麻。這般程度的誇張，他該是能猜到她的思念是迫切需要他的指點了吧？

信中也寫到了霍銘善自盡一事，她表示很遺憾，尤其看到曹一涵的悲痛後，她想起失去母親的情形，更害怕天人永隔的痛苦，她非常擔心將軍的安危，真想見一見將軍。

安若晨希望龍騰能看懂她的暗示，若他不能回來，便來封書函命她去見他，那她就有理由順便把曹一涵帶過去，或者把曹一涵的口訊帶過去……若是曹一涵願意告訴她的話。

安若晨把信交給周長史安排驛兵遞送，這時候卻見陸大娘回來了。

陸大娘自進了紫雲樓，便不再給各府送菜貨了，她將這活轉給了齊徵。齊徵年紀小，所以趙佳華也幫著他處理各事，教他算帳。齊徵每日帶著人送完菜貨，就到趙佳華的招福酒樓繼續跑堂，吃住都在那兒，生活安穩。而陸大娘自己仍每日出門與各方菜農貨商打交道，為紫雲樓採買食材雜貨等，也用這個掩蓋打探消息的行動。

陸大娘先忙乎了一陣紫雲樓裡的雜事，然後找了兩件事由說要去報安若晨。待到了安若晨那兒，安若晨屏退左右，陸大娘這才不再按捺激動之情，向安若晨如此這般地一通說。

安若晨愣了愣，而後也是驚喜，「當真？」

「錯不了。那時天還早，那陳奎剛準備開始幹農活，擺弄鋤頭，一抬頭便看到了。確實是那人的樣貌，中等個頭，圓臉，尖長眼，看起來挺和善的。這麼早，這人卻是從秀山上下來。相貌一致，行蹤可疑，陳奎便上了心，扛著鋤頭假裝上田跟了一小段路，結果看到那人在秀山下拴了匹馬，想來是上山辦事的。他解了馬騎上走了，不是進城的方向，而是往東去。」陸大娘很興奮，在城中一直未見著這人的蹤跡，卻原來是這人很可能不住在中蘭城裡。這個雖是出乎意料，但找了許久，聯絡撒網安排，終於有眼線得到消息，陸大娘很有成就感。

「往東？」安若晨沉吟，「那般走能到福安縣嗎？」

往東的範圍大了去，但福安縣裡有錢裴。

「能到的。」陸大娘道，而後扼腕，「可惜他騎馬走了，未能探得他的居處。」到了外縣，她的人脈便沒中蘭城裡這般好使了。

「無妨，總歸是見著了。那秀山便是個線索。山上有什麼？」

「我打聽了，有個庵廟。」

安若晨一震，瞪大了眼，吃驚道：「我怎地從不知那兒有庵廟？」

「我也是頭回聽說，陳奎自己也不知，也是再去打聽的。說是很小的一座庵，裡頭只有一個姑子。沒什麼香火，就是逢年過節時才有人上去進香給燈油錢，大多也是山下附近村裡的。就算在這些村裡，這庵廟也不值一提。更別說村外人了，那是鮮有人知道。據說那姑子也不愛與人親近，自己種了菜，有時會下山化緣，不愛說話。」

安若晨的眼睛亮了，也許她那日看到的灰色不是幻想臆測。藏於山裡的小小庵廟，獨居的尼姑，接近打量過她的可疑男子，還有福安縣錢裴……

這些串在一起，就像扯出漁網的一角。

「我明日得去秀山一趟，看一看那庵廟。」安若晨道。

陸大娘忙提醒道：「若那兒與細作有關，姑娘得當心。畢竟密林山野，鮮有人煙，出了什麼事都無人知，得多帶些人才好。」

「我知道，但也不能大張旗鼓，憑白無故突然許多人馬跑去一個沒人知道的小庵廟，也是惹人猜疑。今日去不得，我得好好想想，找個恰當的由頭。」安若晨想了想，問：「有什麼地方是必須翻過那座山才能到的嗎？」

陸大娘不知道，她乾脆道：「我再去一趟，問個清楚，實地探探。」

「莫上山，別教人看到妳了，他們知道妳與我是一夥的。」

「姑娘放心，我心裡有數。」陸大娘轉身要走，安若晨又將她叫住，「大娘這段日子出去與人交際，再幫我辦件事吧。」

「姑娘請說。」

「大娘與城中那些叫得上名的媒婆打聲招呼，就說聽說薛家向安家提親了，我知道了這事很不高興，特意找薛夫人聊了聊。這門親事可不好，薛公子雖是體弱，但一表人才，貌比潘安，薛家富甲一方，德高望重，豈是安家二姑娘能攀得上的。」

陸大娘有些吃驚，「姑娘真要這麼說？」

「對，明明白白地跟媒婆們說清楚，就說我對這門親事不歡喜。再添些酸話，誰知道這裡頭是不是安家在搗鬼，八字真的配嗎？就算是配的，難道別人就不配了？城中好姑娘這麼多，我就不信除了我二妹就沒別人了。讓她們幫著找找人家，有沒有別的八字相合的姑娘，找著了告訴我，我有重賞。」

陸大娘點頭答應了，道她出去走動時看著機會去放話。

陸大娘走了，安若晨坐在屋裡認真盤算，明日用什麼理由帶人上山？如何查探？會遇著什麼情形？

第二日一早，安若晨去了太守府。

與昨日一般，陪蒙佳月用了早飯，一起去探望了曹一涵。

曹一涵看起來似乎平靜些了，他看到安若晨沒什麼反應，就好像她從來沒有與他說過那些話一般。倒是蒙佳月有些局促，不太願意久留，問候了幾句，說了些客套話就要走了。

安若晨沒什麼理由單獨留下，只得跟著蒙佳月一起退出去。到了外頭，她輕聲問：「夫人與曹先生有爭執嗎？氣氛似不太好，可有讓我勸他的地方？」

蒙佳月道：「也沒什麼事，就是昨日他催我辦霍先生的後事，問我時日如何安排。我有心好好操持，加上想找高僧辦法事，所需時日自然多些，曹先生不滿意。」

安若晨不會戳穿他們拖延的用意，附和道：「霍先生德高望重，喪事自然是該風風光光辦的。何況他死於大蕭，若我們在禮數上怠慢了，就更說不過去了。可曹先生的心情也能理解，霍先生突然自殺，留他一人在這人生地不熟的地方，又是邊境重兵對峙的敵國，他自然思慮自己的安危。要不，我去與他說說，打消他的顧慮。有些話夫人不好說，我這外人卻是容易開口的。」

蒙佳月想了想，應允了。

安若晨獨自回到了曹一涵的屋裡。曹一涵見她去而復返，有些吃驚。

安若晨道：「我不是每次都能找到藉口單獨見你的，你還是把握好機會。」

曹一涵防備地問：「那麼妳這回找的是什麼理由？」

安若晨將實話告訴他，然後道：「這理由用一次就沒了，下回得換別的。」

曹一涵沒說話。

「你也不能鬧起來，以為太守夫人就願意讓我勸你了。不會的，鬧多了，他們一煩，你就更麻煩了。」

曹一涵自然明白這道理。

「我就在這兒坐一會兒，出去太快可不像勸慰人的樣子。我也不吵你，你願意說便說，不願意就算了，道理我都與你講過了。」

曹一涵還是沒應聲。

安若晨當真就是安靜地坐了一會兒。

過了半晌，她估摸著時間差不多，便起身道：「告辭了。」

就在她快要走到門口時，曹一涵忽然叫道：「等等。」

安若晨轉身看他。

曹一涵道：「我要見龍將軍，具體的細節，要見了龍將軍才說。」

「確實有另外的遺言，是嗎？」

曹一涵沒搖頭，默認了。

「你不放心透露細節，總該給我個方向。我若不能確定是否無害，不能確定你站在哪邊，我如何幫你？」
曹一涵遲疑道：「霍先生要我回南秦報信，若無龍將軍相助，我不可能活著回去。」
安若晨僵住。許多念頭在她腦子裡閃過，她走回去坐下，「霍先生是被人殺害的嗎？」
曹一涵一愣，「不，他沒……」話說到這兒，他也停下了。這兩日緊張悲痛滿腦紛亂，他只顧著按霍銘善指的方向去看，卻忘了跳出圈外看看霍銘善。
「他自己不報信，讓你報信，為何？」安若晨問他。
曹一涵無言以對。是啊，多簡單的事，既是如此重要的消息，他為何不自己回去報信？但除非整個太守府全是細作，加上龍將軍派的那兩百衛兵全是細作，不然哪裡來的刺客？根本沒人看到。
曹一涵深吸一口氣，不由得與安若晨討論起來：「也許他知道細作不會放過他，他洞察了玄機，如果他死了，細作就會掉以輕心。我不重要，沒人在乎，我反而有機會活著回到南秦。」
「那他可以假裝與你不和，將你趕走。他繼續上京，聲東擊西，細作一心要對付他，自然無暇顧及一個被趕走的小卒。他死了，你豈不是反而成了靶子？」
曹一涵一噎，確實是這個道理，「無論如何，先生的死定不是自願的。他沒理由自盡，別的不說，他知道自己一死，兩國之戰就更有可能打起來，再如何艱難，他也定不會讓自己成為兩國開戰的理由。」
一定有刺客！安若晨心裡想，可惜沒機會當場抓到他了。
「你進得屋時，發現霍先生的屍體，還發現什麼可疑的狀況嗎？」

曹一涵搖頭，這個他很肯定。先生之死，他在腦子裡想了一遍又一遍，確實沒想出什麼問題來，就連紙箋的破綻他都沒注意到。

安若晨嘆氣，她想也是如此。若是當場有發現，怕是早會嚷嚷了。

曹一涵盯著她看，「我必須見到龍將軍，霍先生留下的消息，我只會告訴龍將軍。」

「我會想辦法的。」

「必須盡快。昨日太守夫人的意思居然是辦完喪事，通函南秦，再加上請高僧做法，至少得半個月。到那時候，怕是仗已經打起來了。」

「我明白。」安若晨站起來，「我還有事要辦，我得走了，你自己多保重。」她掏出一支銀針，遞給曹一涵，「膳食飲水方面也小心些，若有細作想下手，也許會用毒。」

曹一涵接過，藏在自己的腰帶裡。

「你就假裝被我說服的樣子吧，這般我也算有些用處，日後也才好再見你。我這頭有消息了，便來找你。」安若晨言罷，轉身走了。

安若晨去找了蒙佳月，說自己與曹一涵說了說，道明喪禮對兩國關係的重要性，還有太守大人對禮數上也有思慮，大蕭有大蕭的禮俗，再加上兩國通函總得體面，事情要辦周到了才好說話，曹一涵似乎聽進去了。

「這就好。」蒙佳月道：「我再對他多照應些，望他回國後能替大蕭多多解釋才好。」

安若晨點頭，又道：「我一會兒打算去安寧寺給霍先生點盞燈，再為將軍祈福求平安。將軍在前線，也不知過得如何，我真怕真的打起仗來……」她紅了眼眶，低下頭，緩了緩情緒，接著道：「夫人想請高僧做法事，可有屬意的人選？需不需要我在安寧寺順便問一問這事？這般回頭也好與曹先生說說法事的籌辦細節，讓他知道我們並非矇騙他，確實是在辦事。」

蒙佳月覺得也好，便讓安若晨幫忙問問。安若晨告辭走了，結果快到太守府大門時被一個丫鬟急急趕來攔下來，「夫人說想與姑娘一起去。請高僧的事，她想親自問問，這般才能顯了誠意。」

安若晨微笑答應。如此甚好，剛才她還有些失望蒙佳月怎麼不約她一道去呢！

太守夫人要出門，姚昆自然派了些僕役和衙差跟著。安若晨見狀，也回紫雲樓調了隊衛兵相隨。她的理由很正當，她是沒什麼，可太守夫人與她出門若出了意外就不好交代了，自然是要多帶人的。

於是乎，兩輛馬車，衙差衛軍守衛，由南城門出城，朝著安寧寺的方向而去。

行至秀山山腳下時，忽聽得一婦人大聲叫喊：「來人啊，救命啊！快來人啊，我兒子不見了！」

蒙佳月立時讓人停車，撥開車簾往外看。

只見是位村婦，滿臉焦急，見得車隊停下，趕忙撲了過來，呼喊道：「夫人，這位夫人！」她看看了左右，見都是軍爺差爺，忙跪下了。

一旁的衙差道：「這位是太守夫人。」

村婦露出驚喜的表情，忙磕了個頭，道：「求太守夫人幫忙！我帶兒子上山挖春筍，他貪玩瘋跑，轉眼不見了人，我找了半天沒找到！這會兒是春天了，野獸該出來覓食，那孩子不懂事，又莽撞，萬一遇著什麼危險可怎麼好？漢子們都下田去了，在這兒遇著夫人可真是太好了，求夫人幫忙，求差爺們幫我找找孩子可好？」

說話的這會兒，安若晨帶著陸大娘過來了。聽得村婦所述，問她：「妳是哪個村的？」

那村婦忙道：「西邊旺村的。」

「妳孩子多大？」

「七歲，穿著藍色的衣裳，小名二牛。」村婦答著話，急得眼淚都快掉下來了。

陸大娘道：「我認得她，確實是旺村的，我去她家收過菜。」

安若晨與蒙佳月對視了一眼，安若晨湊過去小聲道：「不如我帶人上山看看，陸大娘隨她回村子裡喊人去，夫人便在此等等。她急成這樣，都攔車求助了，若是置之不理，話該傳得不好聽了。」

蒙佳月點頭，「是得幫幫她。妳也不用去，讓衙差們上去便好。」

「孩子小，看到軍爺差爺該害怕了。我也去吧，無妨的。」安若晨說罷，轉頭對那村婦道：「太守夫人關切百姓疾苦，妳的事，她會管的。妳趕緊帶陸大娘到村裡叫人，我與軍爺差爺先上山看看。妳且先說說，山上有什麼？」

村婦忙謝過蒙佳月，對安若晨說了山上有兩處獵戶搭的窩棚，東邊頂上還有座小小的庵廟。窩棚她找過了，孩子沒溜到那處玩耍。庵廟太遠，孩子該不會跑上去，她就沒找，只在周邊找遍沒有，叫喚也沒聽到應，這才急急忙下來欲喚人幫忙。

安若晨表示明白了，讓她速回村落叫人去，村民對地形熟悉更好找。她先帶著衙差上山看看，兩邊都別耽誤。

村婦忙領著陸大娘走了，安若晨則與蒙佳月招呼一聲，領著人上山去，又囑咐了衙差們守好太守夫人，畢竟山腳荒野，不可掉以輕心。
陸大娘與那村婦疾步往村子去，走得遠了，見左右無人，她便將一錢袋交予那村婦。
村婦笑了起來，「陸大姊，我裝得可像？」
陸大娘道：「二牛沒事吧？」
「他對山上很熟，玩一會兒便會回來了。」
「村裡可安排好了。」
「安排好了，放心吧。」
安若晨上了山，大家散開四下搜尋，叫著「二牛」的名字。
這時，一個衙差喊道：「找到了！」
眾人忙奔著聚過去，卻是只找到了那村婦挖筍的籃子和小鋤。
「他們便是在這兒挖筍的。」那衙差道。大家瞪他，還以為找著孩子呢！
安若晨道：「既是東西在這兒，那大家散開再找找。小孩子跑得快，也許走遠了，也不知會不會迷路。大家也當點心，莫落單，山裡迷了方向可不好。」她轉頭又對田慶、盧正道：「我們上去看看那庵廟，說不定孩子跑那兒玩去了。」
眾人又再散開，大聲叫喊著「二牛」。
安若晨領著田慶、盧正，以及兩名衛兵，往山上方向而去。

陸之章 ◆ 反擊

解先生一早便帶了五個人上山，庵門關著，並未迎客。他小心謹慎，讓那五人散開隱好身形，自己去敲靜心庵的後門。說辭他已想好，便是為昨日進廟之事道歉，大業還需師太鼎力相助，日後這類事他絕不會再犯。他的計畫是，他將靜緣師太引出來說話，然後別的人進庵裡打探。

靜緣不在時也許是做了安排，將祕密藏得好。解先生甚至大膽推測過，這個祕密會不會是安若芳？畢竟從情報來看，說是安若晨在路上得到消息，安若芳活著。可他與每個人都確認過，無人有安若芳的消息，若真有人對安若晨說過什麼，那靜緣師太的嫌疑最大。

庵裡那個有床有桌卻無物件的屋子，是可以住人的。只是靜緣師太不在，東西便收拾乾淨了，但若是靜緣在時，是不是就不會藏得這般嚴了？畢竟靜緣師太這人自負狂傲，仗著自己武藝高強，有她守著，反倒會掉以輕心。

解先生敲了門，嚴陣以待。他得多找些話題，將靜緣師太拖久一些。

無人應門。

解先生沒在意，靜緣師太性子古怪，也許不喜歡未經聯絡便上門。他走到棗樹那兒將燈籠掛上，再去敲門。

過了好一會兒，仍是不見靜緣師太開門。

解先生狐疑了，難道又不在？他在猶豫要不要進去查看，可若是進去被靜緣師太逮個正著，後頭就更不好辦了。解先生想了想，最終還是決定進去。這次他小心看了地面以防中招，遛達了一圈，靜緣師太還真是不在，與他上回來時情形一樣，那小屋空著，收拾得乾乾淨淨，庵廟裡一個人都沒有，也未發現什麼可疑之處。

解先生退了出來，沒把握靜緣師太只是出去化緣，還是根本就跑掉了。若是跑了，那還真是件麻煩事。

解先生轉頭欲下山，剛走出一段路，卻隱隱聽得山中有人叫嚷著「二牛」，這似是有人搜山找人。解先生皺了皺眉頭，囑咐那五人散開走，隱好身影，莫要讓人發現起疑。

解先生交代完，獨自一人下山，便似尋常路人一般。走到半山腰時，卻遇著了安若晨。

解先生看了他們一眼，若無其事低頭繼續走路，很快便越過了他們。

「這位公子請留步。」是安若晨的聲音。

解先生心裡一動，迅速調整情緒，轉頭將安若晨幾人打量一番，問道：「姑娘叫我？」

安若晨施了個禮，問他：「公子在山上可曾見到一位七歲左右模樣的孩童？」

解先生鎮定道：「未曾。」

安若晨看著他，故意皺了皺眉，「我從前是否見過公子？」

解先生笑了笑，「我對姑娘倒是沒甚印象，姑娘該是認錯人了。」

「是嗎？請問公子上山做什麼？」

「閒來無事，隨處走走。清晨山色迷人，便上山逛逛。」

「聽說山上有座庵廟，公子可曾見到？」

「確是有，沿著這山路一直往前便能到。不過庵門閉著，該是閒置的吧，我也未曾進去。姑娘若是想祈福拜佛，這處可不太合適，倒是山頂景色不錯，姑娘有閒情可去看看。姑娘說的孩童，我從山上下來未曾見到。」

安若晨卻是問：「公子居於何處？」

解先生卸了笑臉，端正臉色問：「姑娘這是何意？」

「公子莫惱，山中丟了孩子，公子於山野行走，我自然得多問幾句。」

解先生心中略猶豫，答道：「暫居福安縣。」他知道，他被安若晨盯上了，他說的任何地點，怕都會被查探。福安縣是比較好操控的地方，也與事實相符。說的謊越少，就越容易過關。

安若晨道：「居於福安縣，為何會跑到秀山來觀風景？」

「打算今日到中蘭城談買賣的，路過此山，覺得風景宜人，便上來逛了逛。」

「公子怎麼稱呼，又是做何買賣的？」安若晨步步緊逼。

解先生臉色一沉，暗忖正常不心虛的人此時該有不耐煩了。他擺著著惱的模樣道：「我又不知姑娘姓甚名誰，是何身分？」他故意看了看那兩名身著軍服的衛兵，「身邊帶著衙差，是官府裡的小姐？就算如此，姑娘又有何理由盤問我？我犯了什麼事？」

「山中丟了孩子，公子行跡可疑，自然要盤查詢問。請問公子姓名，做何買賣，到中蘭城與誰約談，在福安縣具體居於何處。公子所言，我們須得查探核對，那般才能放心。」

解先生臉色很不好看，低聲喝道：「我客氣有禮，姑娘也莫要欺人太甚！姑娘並非官府老爺，憑什麼路上逮著良民百姓便橫加審訊？」他轉身拂袖便走，趁著甩袖動作時暗地甩出一粒小石子擊向遠處，那方向有個他帶來的兩人正潛伏著觀察此處動靜。

解先生還沒走出幾步，就聽得安若晨喝道：「攔下他！」

盧正幾個縱躍，攔在了解先生的面前。

這時一枝暗箭「嗖」一聲射來，一名衙差中箭，慘叫一聲倒在地上。田慶大喝：「盧正，保護姑娘！」他一邊喊，一邊朝暗箭射出的方向奔去。另名一衙差反應迅速，拉過安若晨便往一棵樹後頭躲。這時忽然冒出一人，朝著安若晨的方向搭弓。衙差見著，揮劍朝那人砍去。安若晨顧不得其他，指著解先生，對盧正喊道：「將他拿下！」

安若晨的指令下得果斷乾脆，但其實她心跳得厲害，非常緊張。從正面撞上解先生的那一刻起，她的每一根神經都繃緊了。

昨日陸大娘打聽回來，說是沒什麼地方是非翻過秀山才能去的。秀山山腳下的大道修得好，通往各處，這山也沒有什麼獨特風景，故而山上才會僻靜，那靜心庵才會如此不為人知。於是安若晨想了個辦法，用幫著找孩子的藉口上山，再用這個藉口進庵查探，若是在庵內發現什麼不對勁的地方，再以拐賣孩童的嫌疑將庵堂裡的人拿下。

只要抓到手裡，就有機會慢慢審。

不要再留從前的遺憾，沒有談判，不要誘敵，直接抓回去。

尤其是在霍先生犧牲之後，抓住任何一個嫌疑犯都是極重要的破解謎團關鍵。如今情勢已是不同，戰爭迫在眉睫，不能再彎彎繞繞。

安若晨設想了許多可能性，想像了會遇到的各類場景，但她萬萬沒想到竟會這般走運，直接與這個男子打了照面。

第一次見面，他非要坐在她的雅間對面，還要敞著門，這不是欲趁她開門之際窺探室裡情形是什麼嗎？那時那刻，安若晨正是警覺時候，自然就覺得他可疑。他自稱是招福酒樓熟客，對酒樓裡頗熟悉，但酒樓夥計沒人記得他，周圍店家也沒人記得他。欲跟蹤他，竟是走走便跟丟。之後城裡再無人見到他的蹤跡，這更讓安若晨覺得他嫌疑重大。

如今他出現在可疑的地點，且被發現兩次。安若晨自認算是半個專業探子，她的所有判斷都在告訴她——他就是細作！

「拿下他！」安若晨再次大叫。

盧正拔劍，卻是衝向了安若晨。

「鐺」一聲響，盧正的劍擋住了一把砍向安若晨的刀，刺客是從一旁的樹上跳下來的。

解先生轉身便跑。

安若晨看也不看身後，抬腿就追。

「姑娘小心！」盧正大喊，卻被那刺客揮刀纏住。

解先生奔入林中，安若晨緊追不捨。

「站住！」安若晨大聲喝。

解先生並不懼她，他跑出一段路，還有餘力回頭看她。那一眼，充滿了狠戾與譏諷，似在警告她不要再追，又似在嘲笑她自不量力。

抓他？憑她嗎？解先生覺得好笑。她有幫手，但能有多少，他很快便會隱入樹林中，她根本不可能碰著他的衣角。

安若晨甩出了鏢索。解先生眼角瞅到她的動作，簡直要大笑三聲，空有餘勇，莽撞笨拙。離得這般遠，且瞧她那準頭，打算射樹嗎？

解先生不理會她，加快腳步往下山的方向跑。

安若晨的鏢索還真是朝著樹上射的，她纏繞住一根樹枝，拿出了當初躲將軍的氣力與速度，十萬火急，緊急上樹。

一轉眼便站到了粗樹幹上，安若晨抱著樹，放開了喉嚨，全力尖叫。站得高，嗓門大，那尖叫聲簡直是穿破雲霄，響徹山谷。

解先生差點沒一腳踏空摔在地上。

這是哪一招？

有誰碰她一根指頭嗎？嚇唬誰呀！

他已跑出一段距離，回頭看已看不到安若晨的身影。他不明白安若晨的用意，汙衊他將她打了，又能如何？

但再跑兩步，他明白了。

他聽到了敲鑼和呼喝吵嚷的聲音，像是回應安若晨的尖叫。

陳奎領著眾村民，二牛他娘也帶著一眾婦道人家，全村傾巢出動，包圍了秀山。安若晨的尖叫聲傳來，陳奎使勁敲著鑼，大聲叫：「出事了，出事了，真有狼！鄉親們，真有狼，拿好傢夥，注意安全！」

一個鑼敲響了，四面八方各種鑼都敲了起來。

連綿不絕地敲，前進上山。敲一聲，往東邊去。敲二聲，往西邊走。三聲向南，四聲朝北。哪裡發現了情況就以鑼報信，大家拿著鋤頭棍棒砍柴刀還有火把，組隊朝山上出發。

蒙佳月也聽到了動靜，下了馬車遙望，看到村民們組織有序的上山包抄行動，簡直目瞪口呆。以鑼代鼓，大家再扛面旗，就成軍隊了。

陸大娘向蒙佳月奔來，施了禮急急道：「夫人，村民說山上可能有狼，大家去驅狼了！夫人快回馬車，當心安全！」

蒙佳月依稀看到有人拿火把，大白天的，火把看來的確是要驅狼用的。

「可有人去報官？」

「去了，已有村民快馬進城。」陸大娘回道。

陳奎那隊人是先上山的，離安若晨的距離近些。他定是聽到了信號，才擊鑼示意。鑼聲一響，表示有事發生，陸大娘便按計劃，趕緊讓報官的人速速進城。先報城門處的軍爺，讓他們快派人手增援，再趕去衙門報太府，就說秀山出事，太守夫人還在山下。

這便是安若晨定好的計畫，若發現情況，帶上山的人手不夠用，就讓村民包抄秀山，以防細作逃跑。接著報官讓官府出面拿人，而陸大娘的任務是穩住太守夫人，讓她成為整件事的重要人證。而且，有她在，太守肯定不管三七二十一，派人火速趕到。

解先生聽到了遠處的聲響，他換了一個方向跑，還是聽到聲響。他非常驚訝，這到底是來了多少人？這般聲勢浩大，是將滿山都包圍了嗎？再仔細聽，鑼聲有序，互相呼應，不似胡敲亂打。

他隱隱明白了。安若晨，妳好樣的，當真是好樣的，這是組織了民兵圍剿他？事前毫無預兆，他半點風聲都未聽到，未拿到任何情報消息。

解先生不跑了，他的思緒飛快轉著，對方既是有備而來，將滿山包圍，那他定不可能躲開耳目悄悄下山。安若晨還帶著其他人，他們會追捕他。他要麼趁身後的追捕未到，殺出條血路逃下去，要麼回去將安若晨抓住，以她為人質，押著她一起下山。

但山下也許還有官兵，他不敢低估形勢。

解先生飛身上樹，觀察著情形。鑼聲不斷，人聲越來越近。解先生看到了，人很多，非常多，但鋤頭木棍砍柴刀，他們認真的嗎？

解先生氣笑了，他從未想過有一天會因為村民的包抄被捕。

解先生很快做了決定。他跳下樹，醞釀好情緒，往身上撲了些泥塵，然後跌跌撞撞地往山下跑去。跑了一會兒，有人發現他了。他迎著對方就奔了過去，喊道：「救命，救命啊！」

那村民一把將他扶住，「你見著狼了？狼在哪兒？」

解先生咬碎牙根，有個屁的狼！「有人，有人殺人……」他喘著氣，裝成驚慌的樣子，指著山上的方向說道：「殺人了！」

村民大驚失色，叫道：「有山匪！」

敲鑼的趕緊敲了起來——發現情況了，往東邊山上走。

其他鑼聲很快回應，越來越多的人往這個方向靠。

村民將解先生扶住，安慰道：「你莫怕，我們人多，全村都來了，不怕山匪。山下也有人，還有官兵差爺們，都在山下了，山匪們一個都跑不掉。」

真是好消息啊！解先生再次咬碎牙根。他裝成虛脫的樣子鬆懈下來，往那村民身上靠。

這時候聽到有人奔過來，大聲問：「是什麼情況？狼在哪兒？」

其他村民七嘴八舌說著有山匪殺人，大家相議著如何組織對抗。

解先生耳尖，這時候聽到了安若晨的聲音，她正往這邊走，也不知在與誰朗聲吩咐著：

「告訴大夥兒，包圍不能鬆懈，每一個面生的人都不能放過，先扣著，押到太守大人那兒發落！搜查時注意樹叢，還有樹上也莫要漏掉！」

這邊也有人聽到了，那人問解先生：「這位公子，你是哪兒來的，怎會在山上？」

解先生沒回答，他站直了，他看到了安若晨。

安若晨也看到了他。她停下腳步，直直地盯著他看，然後對他一笑。

解先生沒說話，也沒笑。此時他眼裡的安若晨，容貌姣好，一派從容淡定，頗有大將氣勢。他垂下眼眸，還是大意了，知道不該輕忽她，卻還是輕忽了。

後頭的事情亂中有序，頗多轉折，足夠旺村的村民津津樂道一陣子了。

二牛找到了，這熊娃子亂跑，爬到樹上掏鳥窩，完了回頭找不到娘，偷偷回村裡打算先烤鳥吃，吃完再找大人認錯。結果被村裡的孩子看到了，這才有人上山通知村民們。

山上沒有狼，但是抓到了山匪。有三個山匪被官兵剿殺，其中一位自稱是外郡茶行老闆，拒不承認自己是山匪的男子被逮著了。他說自己姓唐名軒，來自石西郡雲河縣，那兒盛產茶，他來平南郡是想找茶行談談茶葉的買賣，想把茶葉賣到南秦去。沒料到來了才知道平南與南秦的關貿關閉了，於是他暫居福安縣，今日是想到中蘭城再找找生意機會，路過秀山覺得風景不錯，才上山隨意逛逛的。

這聽起來沒什麼破綻，村民們信了，熱心地安慰了唐公子一番。

可又有村民跳出來問：「唐公子，你第一次來秀山嗎？」

唐軒答：「正是。真不知道這山上有山匪，我就是今日碰巧路過，覺得景致似乎不錯才上來的。這位姑娘可作證，我下山時，可是一個人啊！」

安若晨撇撇眉頭，真敢找她作證啊？

唐軒看她一眼，不信她能編出什麼來，難道她不是看著他一人下山？他再補充道：「後來突然有山匪出來殺人，我害怕得轉身便逃。逃了下來，遇著了人，便呼救了。」

這個有村民可作證，大家又熱心地安慰了唐公子一番。

可那問話的村民卻道：「你說謊，我昨日清晨明明看到你從山上下來！」

其他村民驚訝道：「陳奎，你可看清了？」

「沒錯，就是他。」陳奎還說出了昨日這唐公子栓馬藏馬的地方，說明這人對這地方是熟悉的，有村民馬上招呼人一起去那地方看看。

安若晨可用不著管馬兒如何了，「他說謊了，定是有鬼。拿下，押回府衙去細細審。」

盧正、田慶過來將唐軒綁了。這回唐軒沒跑沒掙扎，他只對安若晨道：「妳是何身分，憑什麼抓人，我們大蕭是沒王法了？」

真愛演！安若晨沒理他，村民們卻不甘休，居然敢欺騙他們，當下指著他喝問：「你就說說，你為何扯謊？」

唐軒當然說不出來，一口咬定肯定是看錯了。陳奎呸他一臉，扯謊就算了，還汙衊他看錯。說不定不止山匪呢，他定有不可告人之事，會不會是細作？對對，細作都似商賈模樣，想想當初的劉老闆……啊，還有賭坊的婁老闆，聽說徐媒婆也是。

村民們一討論，越看越覺得唐軒像細作。外地人，來路不明，行跡可疑，怎麼想都像細作。大家雄糾糾氣昂昂地跟在衙差後頭，一起押著這人下山去了。

安若晨沒下山，她往山上走，她可沒忘還有個庵廟要查看。

庵廟門都關著，沒人應門。盧正翻牆進去把後門門閂拉開，安若晨進去了。這庵廟普普通通，裡面確實沒人。有個小側院裡的房間讓安若晨留了心，有床有桌無物件，這裡住過誰？唐軒便是藏身此處嗎？他與那尼姑是何關係？

安若晨走到佛堂，看到了紙箋經文，那字跡刺目，她閉了閉眼，難掩心中激動。

終於啊，她終於找到了！

「中蘭城裡有細作。」

「安若芳活著。」

就是這個字跡，透露了這些消息。

「盧大哥。」安若晨轉身，看著盧正，「請務必一定要找到這庵廟的主人。」

等待許久，庵廟的主人並沒有出現。盧正帶著人搜山，田慶陪安若晨去詢問村民。好不容易找到兩個曾到過靜心庵上香的村婦，她們都說那庵廟裡只有一位尼姑，法號靜緣。靜緣師太約三十來歲的模樣，清瘦嚴肅，日子過得極清貧。不愛說話，給人的感覺清清冷冷的。但人還不錯，有時心中苦惱與那靜緣師太說說，她也會開解幾句，話雖不太中聽，但總能說到點子上。可也只是這樣而已，若想從她那兒聽到歡喜話，那是不能夠的。她說話硬邦邦，不是討喜的性子。

總之，在那兩位村婦心裡，靜緣師太就是個沉默樸素又直率的人。

這般真有些不像細作的做派啊！安若晨懷疑了。

不喜與人打交道，不居於市坊，不圓滑虛委，如何打探情報？

安若晨仔細打聽，卻沒人知道靜緣師太的來歷，只是幾年前無意發現山中有間庵堂。村中婦人也曾問過靜緣師太，為何會在這裡建庵立廟，這裡雖離中蘭城不太遠，可實在是不起眼，無人知道，沒什麼香火。

結果靜緣師太與她們說了一番這山脈玄奇之處，究竟是些什麼，村婦也說不清楚，就是覺得玄妙至極，這師太定是高人。她喜清靜，是為修行。這廟靈奇玄妙，自有道理，所以她們也時不時上來上個香捐點燈油錢，求福祈運。

村婦說得眉飛色舞，安若晨聽得無語。這師太胡扯瞎編的本事不小啊，最後大家只記得這小小庵廟玄奇，師太的神祕可疑大家都沒在意。靜緣師太平素去哪裡化緣，跟什麼人相識，籍薄哪裡，這些通通無人知曉。

安若晨也沒了辦法。沒找到線索，只得讓盧正安排人手繼續搜尋。這頭陸大娘也將賞銀悄悄發給幾個得力的村民。眾人的新任務是，尋找盯梢靜緣師太。

安若晨回到了郡府衙門，姚昆正等著她。

先前聽得旺村村民來報，說秀山出事，而蒙佳月就在山下。姚昆急得火燒眉毛，親自領人飛速趕到，結果到了那兒傻眼了。怎麼從丟孩子變成了打狼，又從打狼變成了抓山匪，最後還真是有山匪，不止有山匪，還有一個細作嫌疑。

這簡直太精彩了，姚昆無法形容。安若晨是屬什麼的，怎麼去哪兒隨便逛一逛就能揪出細作嫌疑來。

想找安若晨問個話，她自己倒是跑到山頂查庵廟去了。姚昆不能去，因為跟前一團亂，一堆村民英雄般的押著個嫌犯過來，他還是先處理這些。

全部帶回衙門仔細審，審完了姚昆直頭疼。

這嫌犯可疑嗎？可疑的。秀山那破地方有什麼風景好看的，且他撒謊說自己頭一次去，但這嫌犯做了什麼壞事嗎？沒有。他獨自下山，沒打人沒殺人，只是逃跑而已。

你說他扯謊是心虛，逃跑是心虛，這說得通，可要說村民認錯人，人家逃跑是遇山匪殺人害怕了，也合理。

姚昆一個腦袋兩個大，只得暫時先將唐軒扣押，等安若晨回來問清楚再說。

安若晨回來了，搶先問了姚昆：「大人，那唐軒審得如何？」

姚昆沒好氣，到底誰的官大？該誰先問話呢？看在龍將軍的分上，他不與她計較。姚昆將事情說了，末了道：「他在福安縣的暫居地，來中蘭城與誰人談買賣，籍薄是哪兒，何時來的，來做什麼，這些都答得清清楚楚。妳讓人將他抓了，又是為何？」

「我認得他，他跟蹤過我。」

姚昆一愣，嚴肅起來。

「就在那閔公子被通緝之後，我見過這人，他在招福酒樓跟蹤我，這是其一。其二，他掩飾自己的行蹤。明明不止一次上秀山，非編什麼藉口。其三，他與那些山匪是同夥。我向他問話時，那些山匪忽然跳出來襲擊，是為了讓他能逃脫。村民以為是山匪，但我覺得是細作，秀山上的庵廟也許是細作的據點。今日山上鬧了這麼一場，庵廟的主人靜緣師太就失蹤了。」

安若晨未提靜緣師太曾經留字條的事，只將唐軒的嫌疑之處說明白。

「村民沒有認錯人，我也沒有認錯人，這唐軒確實可疑。」

姚昆重視起來，「那些山匪一個活口都沒留下？」

安若晨對此也是扼腕，但聽田慶、盧正說，那三個人武藝非常高強，且是以命相搏，他們合數人之力才將這三人擊敗。兄弟們也是負傷掛彩，還死了兩人。拚殺到這種程度，想要活捉確實不容易。

安若晨將情況與姚昆說了，道：「有這般武藝的，又怎會是普通的山匪？」

姚昆同意，卻也犯愁。唐軒可疑，可沒有證據啊，不能只憑自己懷疑便將人嚴刑拷打逼供吧？如今就連要逼供什麼都還不清楚。再有，那唐軒一開口就是大蕭律法，還道在平南遭到了栽贓侮辱，他日回到石西郡定要告官，討回公道。

若他真是有一絲一毫無辜的可能性，都用不著他日回到石西郡，過一段時日，巡察使就來了。霍銘善之死已經給他惹了一身麻煩，若這唐軒也不是個軟柿子，怕也黏他一身爛事。姚昆已經能預想到自己會被編排什麼罪名了。

「這般吧，」姚昆道：「他確實有可疑之處，我先將他關押，可查案不能無憑無據，不能落人話柄。他所述的那些，我派人仔細去查探。他住的地方，談買賣的人家，還有石西郡雲河縣，我都會派人去查，一定將他的底細查清楚。這其中若是有半點破綻，我才好審訊他。」

安若晨張嘴欲言，姚昆抬了抬手攔住，繼續說道：「不然僅憑妳說他跟蹤妳，僅憑那村民說見過他下山，這些都不足夠。他一句你們認錯了人，你們又如何證明所見的就是他呢？」

安若晨反駁不得，想了想，只得提醒姚昆：「大人，每一個細作都有假身分掩飾，從劉則一案看，這些細作都有四五年的時間潛伏及招攬安排。就算在身分上說得過去，大人也請留意時間。再有，細作潛伏之深，還望大人防備，衙府當中未必全都可信。」事實上，安若晨覺得姚昆也頗可疑，但如今不靠他也沒人可靠，「還望大人加強守衛，勿讓這唐軒逃走或是被人滅口。」

「這些我自然知道。」

安若晨咬咬唇，覺得還是不周全，但還能怎麼安排，她真想不出來。

「大人，去石西郡查籍薄底細，需要多久？」

「十天半個月總是要的，若是情況可疑，查探的時日自然更多些。」

安若晨又問：「這案子的卷宗案錄可否讓我看看？」

「可以，妳請江主簿安排人為妳抄一份吧。」姚昆說著，示意一旁的江鴻青。江鴻青忙應允下來，囑咐人抄去了。

安若晨仍不滿意，她要求見一見唐軒。

姚昆皺了皺眉，還是答應下來。欲讓人將唐軒提堂，安若晨卻要去牢裡見，於是姚昆親自領著安若晨去了。

唐軒暫被扣押，但未定罪，甚至是何嫌疑都說不清，故而姚昆將他單獨囚於一室。那牢室乾淨通風，於監牢而言，條件還算不錯。安若晨走得慢吞吞的，仔細打量著牢獄的環境。

唐軒見得他們來，正眼都不看安若晨，只對姚昆喊道：「大人，我所言句句屬實。大人將我這般的無辜百姓無故關押，違了律法，悖了情理，怎麼都說不過去。大人如何與自己頭上烏紗帽交代，如何與黎民百姓交代？」

姚昆不理會他，安若晨卻走過去，隔著牢房柵欄，站在唐軒的面前。

她看著唐軒，唐軒盯著姚昆。

安若晨道：「靜緣師太告訴了我一些事。」

唐軒眨了眨眼睛，終於把視線轉到安若晨臉上，「靜緣師太是誰？」這麼拙劣的試探伎倆，誰會上勾？靜緣師太還告訴妳事情，沒給你們幾劍就不錯了。

「解先生，我知道的，遠比你想像的還要多。」

解先生？

唐軒盯著安若晨半晌，苦笑，「解先生又是誰？姑娘，妳認錯人了，我未曾見過妳。」

安若晨不理他這話，又道：「我知道你在秀山上為何不動手，就是為了如今這般。你一旦動手，便脫不得關係。束手就擒，反而有脫罪的可能。」

「我原本就是個無辜路人。」

「可是，光靠『無憑無據』這個理由，你定不會安心在牢裡。世上沒有不透風的牆，紙是包不住火的。你既是帶了同夥上山，定有圖謀。那庵廟是個線索，靜緣師太是人證，福安縣裡藏著許多破綻。你連中蘭城都不敢住，閔公子被我們查了出來，如過街老鼠，你引以為戒。」

唐軒盯著安若晨，忽地對姚昆叫道：「大人，這瘋姑娘究竟何人？你找不到關押我的理由，便找個瘋子來胡言亂語，故意誣陷我嗎？」

姚昆不說話，他明白安若晨的用意了。唐軒的反應確實可疑，安若晨是想讓他親眼看一看，這種懷疑的感覺確確實實扎入心底是怎樣的。

安若晨不理會唐軒的反應，她繼續道：「你冒了風險，是覺得在牢裡比在山上殺出一條血路更安全。為何安全？你在城裡有內應？會有人替你周旋，為你掩蓋，將你放了？」

牢裡寂靜無聲。

「你的如意算盤打錯了，有姚大人在呢！無論你的幫手是誰，無論你背後有什麼人，姚大人都會牢牢盯住你，你根本不可能從這牢裡脫身！」

姚昆心裡一動，等等，原來不是讓他看看唐軒可疑的態度，而是防著他。這麼一頂大帽子扣下來，堵住他疏忽放跑唐軒的可能。他看看安若晨，再看看唐軒。

唐軒這時候道：「太守大人明查秋毫，自然會查出我是無辜之人。」

姚昆皺起眉頭，頗有自己被這二人夾在中間猛捅刀子的感覺。

「你在這牢裡待得越久，你的同夥在外頭就越擔心。姚大人確實是明查秋毫，所以他會查出你的底細，找出你的破綻，從你這兒找出你同夥的線索。你活著，就是對你同夥最大的威脅。」安若晨平板板地道：「你們最擅長刺殺了，想殺誰就能殺誰，是不是？」

唐軒腦子裡第一個浮現的，就是靜緣師太那張臉。她若回來，發現庵廟被官府封了，會如何？別人就算了，靜緣那婆娘瘋起來還真是什麼都敢做。

姚昆看著唐軒，不知他會不會被安若晨威脅住。若是唐軒自己能鬆口，那自然再好不過。大家都省事了。於是他配合著開口道：「唐公子若是重要人證，我自會派人嚴加保護。」

唐軒的目光從安若晨臉上移開，對姚昆笑道：「大人說笑了，我做人證，只能證明自己無辜被捕，還被一個瘋子打擾。這些都是大人放任的，大人須擔責。」

「若被你逃脫，大人才須擔責。」安若晨麻利接話。

得！姚昆簡直頭頂冒煙，又感覺自己被夾在中間猛捅刀子了。

「大人，我的話說完了。」安若晨很瀟灑地捅完刀子走了，還不忘與姚昆施禮。

姚昆皺眉再看唐軒，從唐軒盯著安若晨背影的目光中讀出了算計。

這個人，確實太可疑了！

姚昆嚴查唐軒，他將唐軒所說的那些相關人等——茶莊、茶樓、飯館老闆、夥計等人都找來問話，又派了人去福安縣唐軒的居所查證。所有人的供述都與唐軒說的差不多，都說唐軒是個茶商，石西郡雲河縣人，與他們商談茶葉的買賣，還帶了雲河縣的特產茶葉給他們品嘗，又與他們打聽了平南郡茶葉生意的狀況，問官府對關貿管制的情況等等。

大家都對唐軒茶商的身分無任何懷疑，因為唐軒聊起茶來頭頭是道，大蕭各郡的茶葉狀況、行情價格他也清楚，且也能品出茶的好壞，確是幹這一行的。

姚昆問不出什麼疑點，但他入官場二十多年，太守也做了十七年，什麼案子沒見過。這案子裡確實有一個安若晨指出的疑點，那就是時間。

所有人證裡，最早確認見到唐軒的，是在去年十二月底，至今不過月餘。這個時間，也正是他們開始通緝細作閔公子的時間之後。說是「確認」，是有兩家茶老闆說唐軒說了兩年前曾來過與他們洽談買賣，茶老闆因每年見的人太多，對唐軒並無印象。但唐軒與他們敘話時，能說出兩年前茶葉行情狀況，這般想來，他兩年前確實應該來過。

只是這個對姚昆來說不算實證。記不得這人，只憑這人說的話來推斷他來過，再推斷他數年來一直是做茶葉買賣委實有些牽強。姚昆派人拿了衙門查案的公函去雲河縣衙門查證唐軒的身分，接著又審了一次唐軒，問他另一個疑點：「既是想通過關貿將茶葉賣到南秦，又想與中蘭城裡的茶行做買賣，為何要住到福安縣去？」

唐軒苦笑，答得很鎮定：「大人，若大人找那幾家茶老闆問過話，該是知道，草民的買賣並未談成。中蘭是郡城，處處花費皆高，我欲多逗留些時候，自然不能一直住在中蘭。福安縣就在隔壁，往來也是方便，我住在那兒更便宜些，再者中蘭商機不大，我也想爭取爭取福安縣的機會。」

聽起來算合理，姚昆找不出什麼破綻，但他偏向安若晨的判斷，覺得唐軒可疑。於是他想出個辦法，在全郡發了懸賞令，若有人能提供唐軒身分行蹤舉動的有用線索，有賞。

這一賞賞出了動靜，市坊各類人等都開始絞盡腦汁在回憶裡琢磨「有用線索」，車夫說他載過一個圓臉細長眼中等個頭的男子，年紀也是相仿的。賣燒餅的說他賣過兩個燒餅給這模樣的公子。種田的說曾經見這公子在哪兒哪兒走過……衙門負責接待記錄的文書先生忙得不可開交，一日下來，得到的全是沒用的東西。

姚昆的疑慮更深了。一個外來的商人，在這城中留下了蛛絲馬跡，卻沒有紮紮實實的蹤跡。人生地不熟前來找買賣機會，總要住個客棧，與人交際，攀攀關係，找個人脈靠山。只是意思意思找茶行老闆們聊一聊便算完了？一個多月，他為自己的買賣做的事也太少了。再有，年底才來到中蘭城，大過年的，這時機可不是太好。

姚昆覺得這般查下去，定會有所斬獲，可這時候他接到帖子，錢裴約他見面。姚昆非常意外，想起蒙佳月提過安若晨的疑慮，心裡頓時有了不好的預感。

錢裴約他在一家酒樓見面，姚昆輕裝便服前去，以免惹人注意。

錢裴見了他，笑道：「原是遺憾你我師生情誼淡薄，如今看來，我們還是有默契的。」

姚昆可不想與他套近乎，只問：「這般找我，所為何事？」

「想幫幫你。你雖已不叫我一聲先生，我卻還惦記著曾經教導過你讀書識理。」

姚昆聽得這話，態度稍緩，道：「你想想這些年你的所作所為，錢大人多少次為了你的事來找我想辦法。我們能護你的都護著了，你半點不顧及我與錢大人的聲名與官職，這聲先生確是難叫。」

錢裴道：「人生苦短，若不及時行樂，豈不白活？」

姚昆不想再白費口舌與他理論，當下轉回正題：「這回又是何事？」

錢裴又笑，「你總想著你護著我，可別忘了我也幫你不少。」他從懷裡掏出一張紙來，遞給姚昆，「看看，這回我又幫你了。」

姚昆一頭霧水，接過一看，卻是安之甫寫的狀紙，狀告他姚昆和龍騰護國大將軍強搶民女，干預他為大女兒安若晨定下的親事，還強行將女兒從他安家除籍，是為霸官欺民。

姚昆沒好氣，這是哪門子的陳芝麻爛穀子的舊帳？且這罪名也編排得太牽強了。強搶民女從何說起？他與那安若晨半點關係都沒有。且他干預民間親事，那是因為安若晨自己來擊鼓報官。再有，安若晨破了細作案，那也是記錄在案，明明白白的。她出了安家，入軍效力，都是擺在檯面上的事。

姚昆笑道：「安之甫是被我罰了幾棍子，打算再來誣告一次朝廷命官嗎？」

錢裴也笑，「說起來他也是蠢的，平白無事的，跑去狀告什麼商舶司。劉德利那一身爛帳，有他什麼事？」

姚昆白他一眼，將那狀紙塞到懷裡，「安之甫是被你拖累，別當我不知曉。我說過了，我睜一隻眼閉一隻眼，也是有底線的。你的錢財夠花了，莫要再折騰那些不乾淨的事。劉德利那頭我未逼著問你的事，你就莫往前湊了。」

他頓了頓，繼續道：「這狀紙與你是否也有關？你打的什麼主意？欲報龍騰奪妻之恨？莫傻了。一來安之甫有誣告案錄在衙門，他再告誰，這事都會被拿出來編排一番。何況龍騰大將軍，那是二品大將，為國立下的戰功寫成單子怕是比安之甫家的財產單子還長。再有安若晨破了細作案，也是拿得出來稱頌的。他憑什麼告？當初解除婚約和出籍文書都有他的簽字按印，如今翻臉反咬一口，是嫌板子吃得少了？他不清楚利害關係，難道你不懂？莫攪和，當心引火焚身。」

錢裴道：「我是清楚利害關係，是擔心太守大人糊塗。這狀紙送給大人，就是想給大人提個醒，除個後患。大人覺得自己堂堂正正清清白白不怕告，可大人莫忘了，巡察使要來了。巡察一出，嚴查酷審。別管大人有理沒理，安之甫跑去鬧一鬧，再被有心人利用，大人真能篤定自己沒麻煩？」

「有心人？」姚昆看著錢裴，「你便直說吧，要做什麼？你找我來，可不是要給我什麼狀紙。狀紙這東西，這張沒了還有下張，後患從來都是人，可不是什麼狀紙。」

錢裴哈哈大笑，「大人是聰明人。既是如此，那大人便該將唐軒公子放了。」

姚昆一愣，板下臉來，「你瘋了嗎？」安若晨對錢裴的指控立時浮現在他腦子裡，「錢裴，你到底做了什麼事？你是不是參與了叛國之事？幫著細作辦事嗎？」

錢裴嘖嘖道：「你緊張什麼，我日子過得好好的，為什麼要幫細作辦事？那位唐公子可不是細作。」

姚昆瞪著錢裘，見他淡定自若，疑慮更深，「那他是什麼人？與你是何關係？」

「他是雲河縣的茶商，與我有生意上的合作。你也知道，做買賣想賺到錢銀，就得有這樣那樣的手段，總不能太乾淨，但那些都是些小事，且不是在平南郡發生的，只是你若追究太甚，搞什麼懸賞，有心人見利心喜，編排出什麼罪狀來，一來你被錯的口供迷惑辦了錯案，二來鬧到雲河縣去，唐軒回去後無端被翻查老底，惹下麻煩，買賣不好做了，我也有損失。」

姚昆可不信，「若是他與你有生意上的關係，為何在供述時半個字都未曾提過你？」

「這不是有安若晨在嗎？他原本清清白白都能被安若晨疑心編排罪名，若是知道這人與我相識，還有合作關係，那有理沒理，有據沒據，罪名都得板上釘釘了。」錢裘帶著些許譏笑，道：「自龍將軍來後，太守大人可不似從前威風了，照我看，頗是被將軍牽著鼻子走。龍將軍奪妻之仇，我是不敢與他計較，但他可有不與我計較的樣子？他不計較，安若晨卻是恨意難消。她編排我多少事，時時找我麻煩，你又不是不知道。」

「我知道，可這唐軒又如何知道？」

「這不是男人間多喝了幾杯，便說了些渾話。唐軒知道了我與安家姊妹的恩怨糾結，又聽得我說安若晨的姿色與叛逆，便好奇了。他是見過安若晨，但那可不是跟蹤。他與我提過，去招福酒樓吃飯時聽著別人喊安大姑娘，便多看了她幾眼。安若晨被龍將軍寵得上了天，自以為是，又時時想著抓細作討好龍將軍，所以看誰都像細作。我估計便是這般，她覺得唐公子多看她那幾眼是有所圖謀。」

姚昆瞪著錢裘，「那他幾次上那秀山，又是如何？」

「安若晨前一段日子總往尼姑庵跑，我猜是不是她把安若芳藏起來了。她脫了安家籍薄，安若芳卻沒有。若是能將安若芳找到，我打算再迎她進門，難不成龍將軍要再奪我一妻？」

姚昆氣得指著錢裴，好半天才擠出一句：「你怎麼就這般混帳？」

錢裴不理他，理直氣壯地道：「我讓人替我在各庵堂打聽了，後聽說秀山上也有庵廟，於是讓唐軒路過時幫我上去瞧瞧，他是生面孔，沒人會注意。這般我能瞞過安若晨把安若芳找到，便能好好報復她了。」

姚昆忍不住拍了桌子，「你這般年紀，就不能修身養性，多思量些賢德之事？怎麼非一頭扎在這淫性女色裡？你這是損了多少陰德？我與你說過了，莫要再與安若晨鬥氣，你為何非要糾纏她？」

錢裴施施然道：「她欺我如此，半點不將我放在眼裡，我如何嚥得下這口氣？」

「她馬上就要嫁給龍將軍了。」姚昆警告他。

「說起這個，龍將軍自己掂量著吧。強搶民女，霸官欺民，奉皇命駐守邊關，卻被女色所迷，耽誤軍情，釀成大禍。巡察使一來，他可是麻煩大了。」

「巡察使梁大人可是站在龍將軍那邊的。人家在朝中一直與龍家交好，對龍將軍視為自家後輩，關懷有加。」

錢裴冷笑，「龍將軍若沒麻煩，那就是大人有麻煩了。」

「你……」姚昆氣不打一處來。

「總要有人擔責，梁大人既是要護著龍將軍，那有任何麻煩自然就得往大人身上推。大人如今還悠閒得意，未曾思危，我也是替大人著急。安家是個大麻煩，安若晨是個大麻煩，安若晨誣陷唐公子是細作更是大麻煩。大人查了兩日，可查出什麼實證來？我不出面，便是知道我辦的事不體面，不想拖累大人，用心良苦，大人當能體會才是。」

姚昆氣得直瞪眼，體會個屁，他還有臉說知道自己辦的事不體面。

錢裴也不等姚昆回話，接著道：「我們是升斗小民，犯的小錯受些罰便罷了，大人可不一樣。大人仔細想想，若是梁大人查得大人你隨意拘禁良民，辦了冤假錯案，再認真追究起來，從前的事情也深挖細究，一不小心，查到十七年前……」他故意拖長了話音，沒再往下說。

姚昆臉色一白，氣焰頓時滅了。

「旁的便罷了，我只是擔心大人的夫人知曉真相，傷心難過。」

這話如同給了姚昆心窩一劍，姚昆抿緊了嘴，半晌說不出話來。

錢裴看著他，慢悠悠地道：「所以，大人還是將唐公子放了吧。唐公子清清白白，除了些買賣上的事，大人不可能再查出什麼問題來，但唐公子這人是個刺頭，我是知道他的。他會抓住機會討回公道，我可勸不住他。屆時梁大人正愁沒人替龍將軍擋禍，這白送上來的機會，他不用才怪。」

姚昆瞪著錢裴。

錢裴道：「大人幫了我，未阻斷我的財路，我自然也會為大人守口如瓶。」

姚昆靜默半晌，錢裴耐心等著。

姚昆咬咬牙，道：「唐公子有所隱瞞，安若晨自然疑心。她定會告訴龍將軍，我若無周全對策，將人放了，如何交代？」

錢裴笑起來，「所以我說大人糊塗了，大人是一郡之首，怎會無周全對策？十七年前的事，大人都有對策，何況今日？」

姚昆僵坐當場，沉臉不語。

◆ ◆ ◆

安若晨每日都到衙門打聽唐軒一案的審案進度，看到姚昆發布了懸賞令，心中頗寬慰。這般一來，不論拿到的線索是真是假，都能以此為理由將唐軒多扣押些時日。她相信只要時間足夠，定能找出破綻來。

可惜的是，這三日秀山靜心庵一直沒有動靜，衙差們搜山無果，而靜緣師太就似憑空消失了一般，再無人見過她。

安若晨擔心這個重要人證遭了毒手，她讓陸大娘悄悄囑咐好全城的探子祕密查探，同時也盼著龍騰的回信。她需要將軍的指點，非常迫切。

而此時離秀山不遠處，有座江定山，山腰上有個結實的木屋。一身村娃打扮的安若芳，正在撿柴火。靜緣師太也作村婦裝扮，坐在屋子門口沉思。

安若芳抱著柴火回來，靜緣師太拿出帕子給她擦汗。

安若芳仰著小臉乖乖讓她擦，問道：「師太，我們要在這兒待到何時？」

「待到城裡的麻煩結束。」靜緣師太道。解先生被捕了，那表示細作之事在城裡很快就要解決。待風波平靜，她去將錢裴殺了，把安若芳送回安家，之後便能安心遠走。

靜緣師太說不清自己的心裡是難過還是不難過。夜裡她與安若芳擠在一個鋪上睡時，安若芳夢見了母親。她抱著靜緣師太的胳膊，鑽進她懷裡，嘴裡無意識地喊「娘」。靜緣師太心如刀割，睜眼至天明。那夜起，她就決定還是將安若芳送回安家。只要細作組織瓦解，她再殺了錢裴，安若芳回到母親身邊便安全了。

「別著急，我會送妳回家的。」靜緣師太撫著安若芳的頭安慰著。

◆　◆　◆

錢世新看準了機會，到牢獄裡去見唐軒。

四下無人，他道：「先生且再耐心等等，我會想辦法的。」

唐軒道：「這事你莫插手。任何人與姚昆說情放我，都會惹他猜疑。」

「可總得想法子讓先生出來。」

「已有人去辦了。」

錢世新皺眉，「誰？」

唐軒眨了眨眼睛，未答。

錢世新反應過來自己越界了，遂道：「此事不好處置，我是擔心那人辦得不妥當。若是有我能幫忙的地方，先生但說無妨。」

唐軒道：「暫時不用大人做什麼，對這事大人越不知情越好。」

錢世新仍覺不妥，「我不是總有機會進來的。」換言之，出了問題，他也不是總能第一時間知曉安排。

「大人放心，大人身分重要，後頭有更要緊的事需要大人辦。在此之前，大人切勿引得任何疑心為好。之後時機適當時，大人自然會知道誰辦妥此事的。」

「好吧。」錢世新道：「先生有把握便好。」

唐軒笑了笑，似乎胸有成竹。他道：「只是有另一事得拜託大人。有關屠夫，我得與大人說說，大人於官方著手處置方便些。」

錢世新附耳過去，唐軒如此這般與他說了一番。

◆　◆　◆

姚昆回到太守府後，有些魂不守舍，蒙佳月兩次喚他，他都未有反應。

蒙佳月問：「大人有何煩心事？」

姚昆想了半天，道：「夫人，霍先生在平南喪命，無論如何，這責任我們大蕭得擔下。想來不日便得打仗了，要不，夫人帶著文海到外郡避一避吧？」

姚文海是他們的獨子，蒙佳月婚後四年才得一子，對其相當寵溺。姚昆心疼妻子，不再讓她生育，也未納妾，一往情深的姿態，令許多人對蒙佳月羨慕不已。

蒙佳月吃驚地看著姚昆，「大人這是怎麼了？如若當真開戰，我也定是陪在大人左右，哪有自己躲開的道理？」

姚昆心虛地避開她的目光，輕聲道：「我只是顧慮文海，他畢竟年紀小。」

「他已經十二了，你當他是稚童小兒？這年紀該是懂事明理的時候。如若開戰，大人領著我們母子堅守中蘭，這才是給百姓做表率。哪有仗還未打，便想著逃跑脫身？大人是一郡之首，是頂在前線將兵身後的堅實靠山，大人若有一絲一毫的膽怯畏縮，前線將兵當如何？我平南郡百姓又該如何？」蒙佳月說著說著有些生氣，扭身坐到一旁。

姚昆忙哄道：「我不是為我自己，是考慮你們母子。我既是平南郡太守，自然是與平南郡共存亡的。」

姚昆說完這話愣了愣，想起最後這句是當初蒙太守常說的話。他生前的最後三年，也是大蕭與南秦開戰的三年。那三年，龍老將軍領兵，從尋江鎮一路打到四夏江。那時候還沒有駐防大堤，江東大戰，鮮血染紅了四夏江。邊境數縣的難民湧入中蘭，石靈崖上被火燒得寸草不生，石靈縣一度被南秦攻占，福安縣築高城牆，拒馬槍林立，為中蘭城作最後屏障。

姚昆想起當年自己熱血為國，捨命奔走，想起蒙太守帶著十六歲的女兒蒙佳月登高一呼，對百姓承諾：「中蘭在，我蒙家人便在！平南就算只有一鎮一村尚存，我蒙家便絕無一人退逃！你我齊心，共護家國！」

可是，後來怎麼會發生那樣的事呢？是他被迷了心竅！

一念之差，許多事便會改變。

也許今日他便不會是太守了，但他的良心會舒坦許多。

「佳月。」姚昆柔聲喚著妻子，卻沒臉看她，「我……我只是個自私的人。」

「大人確實是自私的。」蒙佳月咬牙，「大人自己甘願為國捨命，卻是瞧不起別人！」

姚昆看都不看她一眼的樣子讓她更生氣，「大人，我也不配陪著你走到最後一步，是嗎？只能陪你共富貴，不能陪你同患難！大人心裡是為別人好，可也想想別人的感受！」

姚昆心煩意亂，沒領會她的意思，「妳這是說到哪裡去了，什麼配不配的？」

「當初戰亂，大人故意以無出之名休掉髮妻，讓她回鄉去了。大人想保她的平安，寧願傷她至深，如今大人也要這般對我嗎？」蒙佳月太過氣惱，脫口而出，說完看到姚昆吃驚愣愣的表情，又有些後悔。

姚昆的原配妻子駱氏，是蒙佳月心頭的刺，她對她又羨慕又愧疚。羨慕的是當初姚昆對駱氏情深意重，寧背負惡名也想保她平安，愧疚的是如今她成為了姚昆的妻子，享有了駱氏原本擁有的幸福。

蒙佳月認識姚昆時才十三歲。她幼時喪母，蒙雲山忙於仕途操勞公務，一直未再娶。當時姚昆二十五，受蒙雲山賞識，提拔為主簿。姚昆輔佐蒙雲山的公務，也幫著照應蒙佳月。他教導她詩書琴畫，為她排憂解悶。蒙佳月一直被父親忽視而寂寞內向，認得姚昆後漸漸開朗起來，可是當時姚昆已有妻室，蒙佳月芳心雖動，但深藏心裡未透露半分。

後來兩國開戰，時局不好，人心惶惶，姚昆與其他一眾官員一般，向蒙雲山宣誓以命保平南護大蕭，至死方休。但他轉身便以無出為由將妻子駱氏休回老家，讓她離開了平南郡。夫妻二人別離時執手相看淚眼。休妻後，蒙佳月無意撞見姚昆偷偷傷心抹淚的模樣，便覺這男子情深令人動容。後來，聽說駱氏要改嫁了，姚昆幾乎是散盡家財，全給了駱氏當嫁妝。蒙佳月當時心中羨慕至極，此生得一人如此相待，足矣。

蒙雲山死後，蒙佳月傷心欲絕，虧得姚昆時時陪伴，讓她振作。後姚昆抓到凶手，又擔起重任，與南秦和談，促成兩國和平。蒙佳月與姚昆日日相處，互相扶助，最後終是表白心跡，與姚昆結成了夫妻。這一路走來，頗多坎坷。故而聽到他以開戰為由讓她帶著兒子避禍，蒙佳月心裡是極不舒服的。

姚昆也想到了駱氏，他長長一嘆，哄道：「我就是隨口說說，妳多心了。我是如何待妳的，妳還不知道嗎？」只是他心中的愧疚與不安，他希望她終此一生都不知道。

夫妻二人各懷心事，暗自嘆息。

安若晨這頭與姚昆截然不同，她是另一番心情的。

她收到了龍騰的信，信裡指示，驚聞霍先生離世，他有許多問題待查，又顧念前線情勢可能轉眼即變，不知何時才能相見，故而讓安若晨與曹一涵一起到四夏江見他。

安若晨大喜。將軍啊將軍，果然不負她心中所託，他明白她信裡的意思了，又也許他的主意原本就與她相同。總之，她可以理直氣壯地帶著曹一涵去見將軍了。

安若晨高興地轉圈圈，後又坐下細斟酌。霍先生喪事還未辦，曹一涵可否會執著在這事上？太守也定會有自己的算盤，她得想好應對的說辭。

姚昆也收到了龍騰的信，信裡說了說前線狀況，後面的內容就與安若晨的信差不多，只不過一個是對外人的口吻，一個是對內人的口吻。若是這信早一天收到，姚昆定會覺得曹一涵不能走，他留他下來是有用意的，握在手裡的籌碼怎能輕易放出，如今想法不一樣了。

姚昆囑咐蒙佳月為曹一涵準備行囊，要送他去四夏江軍營見龍將軍。

蒙佳月很驚訝，姚昆只道：「龍將軍開了口，不好推脫。」

「不與其他大人商量商量？」

「又不是什麼緊急事務，龍將軍關切霍先生之死，想當面問問曹先生罷了。問完話就沒事了，這還要商量？」

蒙佳月不語，有些憂心姚昆近來壓力太大，情緒不太對勁。

安若晨被姚昆叫來，聽得姚昆所言也驚得愣住，白準備了半天辯駁之詞了，結果不用她勸說，反而是姚昆主動要她與曹一涵一道去，姚昆甚至還幫他們想好了理由，「正好頭七，行過禮，明日火葬。骨灰先供在我這兒，我夫人會請高僧繼續辦法事。這般就表示曹先生還會回來，你們路上也能安全些。」

安若晨簡直要對姚昆刮目相看，大人中邪了嗎？居然丟掉他那套為官避禍的做派了？

安若晨的疑心病又犯了，她問：「大人，那唐軒一案，可有什麼新進展？」

「還未得到有用消息。妳先去見將軍吧，我會繼續查的。」姚昆答得若無其事，安若晨終是放下心來。此時此刻，能去見將軍是最重要的事，她有太多的話要跟將軍說。

曹一涵卻有些抗拒，「先生生前留在大蕭，便像是被你們押著的人質。如今人死了，遺骨卻還要做人質。」

姚昆沒說話，安若晨聽得也是難過，但她覺得姚昆說的有道理，霍先生的遺骨留在這兒，細作便不會太在意曹一涵的離開。

曹一涵和安若晨啟程了，由蔣松領兵護送，一路平安。馬車行得慢，他們花了兩天兩夜順利到達了四夏江。曹一涵一路沉默不語，低落抑鬱，安若晨受其影響，也很不安。

臨到四夏江時，曹一涵忽然悄聲對安若晨道：「若我出了什麼意外，或是回不去了，妳能否幫我保管霍先生的骨灰？若我不死，定會回來接他。若我死了，可否麻煩妳將他送回去？」

安若晨用力點頭。曹一涵告訴她一個地址，說是霍銘善想安葬之處，安若晨記下了。此後曹一涵再無話，一直發呆到了四江夏。

四江夏的兵營比中蘭城外頭的總兵營簡陋，但氣氛更緊張嚴肅，防務顯然也周密些。安若晨和曹一涵等了好一會兒才得龍大將軍召見。

龍騰先見曹一涵，安若晨在外頭耐心等著。等了半天，忽聽得曹一涵厲聲大叫：「是你害死了霍先生！」緊接著劈里啪啦一頓聲響。曹一涵叫罵聲不斷，似是被制服了。

安若晨吃驚地瞪著軍帳，帳外衛兵更是刀已出鞘，就等將軍一聲令下往裡衝。

結果，帳門揭開，龍騰將曹一涵丟出來，對衛兵道：「將他綁了關起來，等我發落。」

曹一涵嘴角帶血，顯然是被打了，嘴裡卻還在罵：「我做鬼也不會放過你的，我要為霍先生報仇！」

龍騰不理他，又丟出一把匕首，讓衛兵收好，這是曹一涵的東西，接著囑咐衛兵道：「仔細搜他的身，免得還有什麼凶器。」

安若晨眼尖，看到龍騰手背上有條血痕，似是被傷到了。她第一反應是使勁瞪曹一涵，但曹一涵看也不看她，罵罵咧咧地被衛兵押走了。

龍騰這時候才轉向安若晨，四目相對，安若晨撇了撇眉頭。

龍騰笑起來，對她勾了勾手指，「妳進來。」

安若晨跟著進去，還沒跟龍騰說話，龍騰先讓衛兵拿布巾藥品清理了一下手上的傷。待弄妥了，衛兵退了出去，安若晨才拉過他的手仔細看。

「曹一涵剛才那樣，是假的吧？」

「妳指示我必須見一見他，不是知道差不多會是這狀況嗎？」

安若晨抬頭，一臉無辜，「我信裡明明是請示。」

「想我嗎？」龍騰低頭問。

「還行，我可忙了。」安若晨一副公事公辦的口吻。

龍騰掏出一封信來，遞給她，「妳自己看看。」

安若晨看了，那是她寫給龍騰的信。為了掩飾她的「請示」，她寫了一大堆肉麻的思念之意。現在重看一遍，雞皮疙瘩又起來了。

「念念看。」

安若晨嬌嗔地瞪了將軍一眼。念什麼鬼，好不容易來一趟，明明是認真嚴肅的行程，可是看著將軍的眼睛，她自己又忍不住笑了起來。見到將軍了，通體舒暢啊！

她上前兩步，抱住了將軍。

龍騰嘆息一聲，伸手也將她抱住。

「我真的很忙。」安若晨道。

「我也是。」

龍騰嫌棄的口吻讓安若晨笑出聲，她心一軟，道：「我想你。」

「我也是。」

語氣更嫌棄是什麼意思？安若晨偷偷掐了將軍一記。

「將軍，我有重大軍情稟報。」

龍騰額頭抵著她的額頭，「我猜也是。」

安若晨道：「我找到了那個寫字條的人，還抓到了一個人，我覺得他就是解先生，或許不是那個代號了，但就是這身分的人。」

龍騰愣了愣，直起身子。

安若晨有些小得意，將事情一五一十與龍騰說了。看著龍騰讚賞的目光，她滿足得不能再滿足，就說這是一趟認真嚴肅的行程吧。她越說越來勁，把她對錢裴的懷疑、霍銘善之死的疑點、唐軒的嫌疑、姚昆的古怪，全部都細數一遍。

龍騰沒插話，認真聽著。聽到了後頭，他的表情變得嚴肅。

「將軍，我該怎麼找出唐軒的破綻，怎麼證明他是細作呀？」

龍騰沉思片刻，道：「若是妳回去發現唐軒已經被放走，妳就得想辦法離開中蘭城。」

安若晨一愣，呆住了。

龍騰又道：「別以為離開很容易，離開的方式不對，便是殺身之禍或招來囚禁之危。」

安若晨覺得這個囑咐下得太突然，半天擠出一句：「可你還在這裡，我怎麼走？」

龍騰認真答：「當然是坐馬車。」

安若晨緩過神來，白了他一眼。這種時候還亂開玩笑！

「為何要走？」她問。

「若是唐軒被釋放，那就表示姚昆靠不住。他若不是細作，就是被細作拿捏住的木偶。妳能抓到唐軒，純屬意外，大概所有人都未料到。若唐軒是解先生那種身分，統管安排著中蘭城內細作活動，那他被捕，會掀起軒然大波。」

「我離開的時候，城中還挺平靜的。姚大人很積極在調查唐軒，我每日都會去問進展。

他找了許多人問話，還發了懸賞令，有專門的文書先生接待記錄大家相報的線索。這般大張其鼓，不像是準備息事寧人。」安若晨看了看龍騰的表情，有些洩氣，「當然，我就是覺得我們走的時候姚大人的態度有些怪。將軍，我是不是疑心病太重了？」

龍騰答非所問：「妳想想，當初妳查到了劉則一案，之後發生了什麼事？」

「李長史死了，江滿死了……」安若晨思索著，「是在滅口、嫁禍，處理善後之事。」

「城中的細作組織整個大清理。妳可記得我從前教妳的，徐媒婆死後，她那些姑娘們就都不敢再用了。一個聯絡頭子與其下面的探子結成的關係是需要時間和條件的，要確認能把人拿捏穩了才敢用。一旦聯絡頭子出了問題，探子方面多少都要清理調整。有些棄而不用，有些滅口清除。妳再想想，劉則死後，閔公子暴露了，他就再沒有出現。」

「這我知道，將軍說過必得再換個掌事來。」

「那個時候，南秦和東凌使團在茂郡被刺殺了。」

安若晨懂了，「出了亂子，就用更大的亂子來轉移注意，趁機清理調整。」

龍騰道：「所以，若唐軒真是解先生，那很快就要打仗了。」

安若晨皺起眉頭，「曹先生告訴將軍有用的情報了嗎？」

龍騰握著安若晨的手，與她認真說緣由。

二十多年前，南秦皇帝考慮傳位，當時有兩個爭位非常激烈的皇子，一個是輝王，一個是宣王。據說皇上有意傳位給宣王，於是輝王利用老皇帝對大蕭嚴控鐵石資源的不滿，提議發動戰爭，爭奪礦區，滅掉大蕭。這個提議正中南秦皇帝的下懷，他轉而對輝王青睞。那一戰他們布局數年，一面假意與大蕭結盟交好，一邊暗自練兵準備，然後毫無徵兆突然宣戰，揮兵直入。大蕭並未設防，被打了個措手不及。

一開始時大蕭吃了虧，平南郡的守兵被打得潰不成軍，連連敗退，平南太守蒙雲山連發八道奏摺請兵求援。時任主簿的姚昆也表現英勇，他與蒙雲山演了個聲東擊西的好戲。蒙雲山假意談判投降，姚昆帶數位精兵潛入生擒對方軍將，扣為人質，拖延了時間。南秦防著武將，卻沒留意小小的主簿，計畫得以成功。平南郡拚到最後一刻，尋江鎮失守，南秦大軍逼到福安縣，僵持之時，龍軼終於帶著龍家軍趕到。

姚昆那時再立大功，他站出來願為龍家軍的精兵先鋒帶路，走僻道密林，繞到後方奇襲南秦軍。龍家軍前後夾擊，一場苦戰，將南秦兵一路打回了四夏江。

那仗打了三年，南秦以敗局收場。大蕭因著是被南秦無理入侵，對南秦怒極，便令龍家軍攻入南秦，奪其領土，報仇雪恨。南秦搬石頭砸了自己的腳，輝王欲藉此立功討好取得皇位的計畫失敗，宣王與丞相霍銘善趁機主張議和。之後議和成功，宣王登基。

五年前，老皇帝駕崩，宣王秦昭德年幼，據傳輝王又有意再奪權。當時朝中的臣子分了兩派，一派支持輝王，一派扶助秦昭德。

「……當時帝位之爭發生了不少事，我聽說有重臣竟想買通殺手行刺輝王，結果引火焚身，反被殺手滅門。那事也鬧得大，驚動各國。之後霍先生引咎請辭，令輝王一派鬆懈，其他支持者趁機挖出幾位逆臣的把柄，斬斷輝王羽翼，成功讓秦昭德登上皇位。」龍騰頓了頓，繼續道：「那時候他們並沒有找到輝王謀反的證據，輝王也信誓旦旦向小皇帝表了忠心。當時朝廷動亂，小皇帝不敢再動輝王。結果時間久了，竟也覺得輝王確實是無辜的，與輝王的關係日漸親近，輝王也表現出叔侄之情，赤膽忠心。」

「是假的？」

龍騰點頭，「霍先生的遺書裡稱，輝王是所有事情裡的幕後主使。他回不去了，希望曹一涵能安全回到德帝身邊，把信給他看，告訴他真相，及早剷除逆臣，保全性命。」

安若晨明白了，「所以五年前輝王爭位不成就記在心裡，他仍想通過戰爭再奪皇位？」

「按細作潛伏的時間推算，他從那時候起就開始盤算安排。且他這回學聰明了，一來不敢發動無名之戰，二來南秦吃過二十年前的苦頭，德帝也希望以和為貴，這看霍先生領命而來就能看出，因此輝王安排細作，希望惹怒大蕭，讓我大蕭先發兵。如若大蕭不動，那種種意外挑釁，南秦聯合東凌向大蕭討回公道，也算師出有名。」

安若晨傻眼，「他這一輩子費盡心思，只想當個皇帝？那打仗流的血、犧牲的性命，都不算什麼嗎？而且，想誘我們大蕭先發兵，那南秦哪來的勝算？」

「邊境戰亂，國都亦受影響。朝中派系爭鬥，無形的刀光劍影，輝王也許會趁亂奪權。兵將沒有勝算有何妨？對輝王而言，他拿到了皇位就好。哪怕到時再和談，甚至割地賠款，他當上了皇帝，這些都沒關係。」

「怎會有如此歹毒之人？」安若晨忿忿，「可是我們大蕭的奸細又是為何？」她想了想，咬咬牙，「好吧好吧，榮華富貴什麼的，我懂。」

龍騰道：「霍先生自殺，定是被逼的。」

「我也是如此想，我還想過刺客早早藏在屋裡，刀子架在霍先生脖子上逼他寫了遺書。霍先生死後他再藏回原處，大家發現屍體後亂糟糟的，因為是自殺，故而無人搜查，衛兵們也會退去，刺客再趁機逃走。但這事裡有個不合理的地方，就是刺客沒可能給霍先生寫第二封信的機會。如今若說姚大人也有可疑，那我猜也許屋裡沒刺客，姚大人或是別人逼迫霍先生，讓他那日必得自盡，不然就如何如何。霍先生沒了辦法，那麼多人盯著他的屋子，他沒辦法躲開耳目再與別人接觸，只得偷偷寫下了另一封真正的遺書交給曹先生。」

「可既是能偷偷寫下另一封遺書，為何他不寫出是誰逼迫他自盡，卻只寫了幕後之人是輝王。」

安若晨一愣，確實有道理。

「他略過了真凶，也許是真凶會看到這信。」

「曹先生？」安若晨太驚訝。如果是這樣，那他也太會裝了。

「不，曹一涵不可能，他的身分、他的目的都不對。輝王的嫌疑原本就大，用不著這樣栽贓誣陷。況且從南秦的勢力派系來看，也只有輝王有能力奪權。」龍騰沉吟片刻，問：「妳說那筆跡出自靜緣師太？」

「對，村民說是三十來歲的模樣，瘦高，不愛說話，不喜與人親近，可我沒找著她。」

「唐軒帶著殺手上山，自然也有其目的。」

安若晨反應過來，「他想去殺靜緣師太？靜緣師太向我們報信，她是叛徒？」她馬上又想到了，「若是如此，那我四妹真的還活著。」

龍騰道：「我想起一人。」

「誰？」

「南秦第一殺手，鄒芸。她名聲響亮，大蕭也是知道她的。當初欲買通殺手刺殺輝王的黃大人，便是被她滅門。南秦通緝她，然而這些年一直沒有她的消息。我也是聽得江湖傳言，未曾見過她。」

安若晨眼睛發亮，「將軍，你再多與我說說南秦的事，什麼輝王，什麼奪權，還有這個殺手。如今線索繁雜，都是我們猜測，最直接的法子就是我回去找那個唐軒，用這些套他的話，迫他說出真相來。」

柒之章 自誤

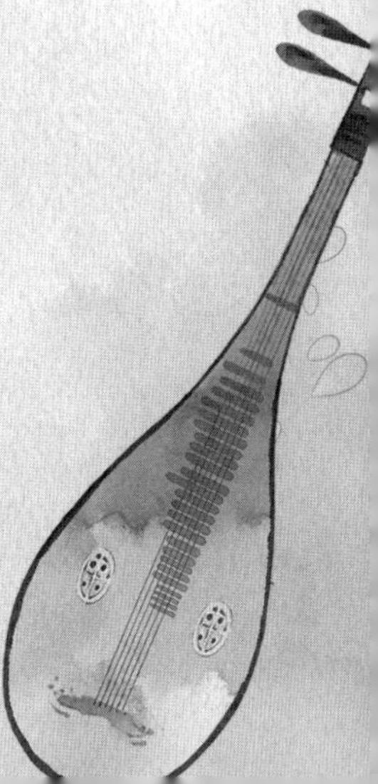

姚昆走進牢房，將獄卒遣走，然後走到了唐軒的牢房前。

「太守大人。」唐軒鎮定地微笑。

姚昆沒有笑，他板著臉道：「錢裴來找我了，要我將你放了。」

唐軒笑道：「給錢老爺和太守大人添麻煩了。」

姚昆不理他的虛偽客套，又道：「他若不來找我，我對你就只是懷疑，但他來找我說了那些話，我便能肯定了。你是細作，錢裴也是。」

唐軒面不改色，「太守大人誤會了。唉，我就說嘛，我要是說多了，對錢老爺不好，錢老爺說多了，對我也不好，這就是看太守大人的心情了。錢老爺與我提過，說他與大人有師生之情，是能說得上話的。這次我倒楣，被安姑娘冤枉，還不好自證清白。錢老爺定是為我抱屈，才找了大人說情。」

姚昆道：「你彎來繞去，是想避免被我套話。我與你說明白好了，我知道你是細作，用不著找證據。殺你還是放你，確實是看我的心情。」

唐軒不說話了。

姚昆道：「若要殺你，也不難，將你與盜匪地痞關一起便好。你知道的，牢獄裡蛇鼠混雜，時常發生些口角，動手打架也是常有。一不小心，有些意外……」

唐軒想了一會兒，道：「大人若是打算這般對付我，就不必來與我說這些了。」

「我若是打算將你放了，也不必來與你說這些。」

唐軒問：「大人究竟是何打算呢？」

「我想與你談談條件。」

唐軒失笑，「被關在牢裡的人可是我。」

「沒錯，所以，我說的話，你要認真聽清楚，好好考慮。」姚昆冷著臉，自帶一股官威，「我且問你，錢裴能幫你做什麼？」

唐軒苦笑，「大人還是將我與盜匪地痞關一起吧。」

姚昆也不著急，道：「這個不好答嗎？那我換一個問題好了。你覺得，我與錢裴，哪一個更有用？」

唐軒愣了。

「或者我該這般比，我與錢裴父子，哪一邊更有用？」

唐軒搖頭，「錢大人古板守舊，對錢老爺諸多不滿，若錢老爺的買賣被他知道了，恐招來麻煩阻礙。我與錢老爺合作的是正當生意，大人莫要誤會了。」

「真可惜。」姚昆道：「居然是做正當生意的。那我有心將錢裴取而代之，怕是不能夠了。」姚昆看著唐軒，後退了一步，「我這就囑咐下去，將你轉到盜匪的牢房去。錢裴威脅我的事，我自己解決吧。」他說完，作勢要走。

「大人！」唐軒叫住他。

姚昆回頭，唐軒盯著他半晌，「錢老爺威脅大人了嗎？我真是不知情，我只與錢老爺做茶葉買賣。錢老爺說錯了話惹大人不高興，拖累了我，我是不樂意的。我確實是無辜的，想離開這裡，大人且說說有什麼條件。」

姚昆道：「我是太守，全郡上下，所有縣鎮鄉全歸我管，所有的官員全聽我的吩咐。若是前線開戰，龍將軍只顧得上禦敵，而我在這中蘭城裡，讓全平南做什麼，官員也好，百姓也罷，全得聽我的。」

唐軒的表情嚴肅起來。

「城中發生的案子，如何調查，什麼結果，我說什麼便是什麼。」姚昆不急不緩，話說得頗有氣勢。

唐軒看著他，姚昆也看著他。

「錢裴那蠢貨，以為教我念過幾天書，便能對我呼來喝去。把柄誰沒有？逼急了我，倒楣的可是他。而你呢，你是細作，殺你還是放你，也是我一句話的事，但你需要做個選擇。」

唐軒已知是什麼，但仍忍不住問了：「選什麼？」

「我，或是錢裴？」這回換姚昆對他微笑，「趁著安若晨不在城裡，你快些做決定。」

唐軒沉默半晌，搖頭嘆息，「看來錢老爺果真是把大人逼急了。」

姚昆也搖頭，「不是逼急了，是逼狠了。我不急，反正快死的不是我。」他頓了頓，加強了語氣，「你死他死，或者你活他死，只這兩個選擇而已。」

唐軒道：「我自是不想死。」他頓了頓，「只是我要如何知道大人不會秋後算帳？」

「你從牢獄中脫身，也許我再找不到你，你說究竟誰吃虧？」

「那般換來錢老爺的守口如瓶，大人也不算吃虧。」

姚昆冷笑，「我做這太守做了十七年，你當只是靠著息事寧人躲閃退讓便能成事？十七年！我將平南郡從戰火餘灰中救了起來，讓老百姓安居樂業，貿易繁華，防洪築堤，農收安穩。雖不是人人稱頌，好歹也算百姓擁戴，也曾受過皇上封賞，得過同僚讚許，你以為我是傻子？錢裴自大狂傲，我念著師生之情，念著與錢大人同僚情誼，已然對他厚待，他卻不知天高地厚，三番五次給我難看，居然還敢對你炫耀宣稱能拿捏我。他看輕我，他錯了，你莫犯他的錯。」

唐軒被斥得無話，於是問：「那大人想如何？」

「你們想如何？」

唐軒閉了嘴。

姚昆喝道：「莫耽誤時間。從現在起，我問的問題你若不答，那我們便不用談了。」

唐軒道：「大人也莫當我是傻子才好。」

「知道你有祕密，不是什麼事都能說，但這件必須說，不然我怎知我能不能配合得了？又怎知我們有沒有條件交換的可能？你們想做的事，其實我猜到八九，你說出來不過是個證實罷了，你不吃虧。」

唐軒琢磨了一會兒，道：「若兩國開戰，必得和談。要和談，就會有條件。」

「所以你們弄出一樁樁一件件，就是想有籌碼談條件而已？」

「不然似如今這般，使節上京還得看大人的臉色，半點好處撈不著，處處受壓制，也不是長久之計。」

「好。」姚昆很痛快，「只是想這樣而已，那便該早早找我，找什麼錢裴？使節被殺之事已經發生，我想你們也做好了開戰的準備。你們打你們的，我的條件是，第一，你出去後要幫我殺了錢裴。第二，真打起來時，莫太傷我平南。若是可以，從茂郡打起吧。這些最好能商量商量，然後和談之事，我來推動，和談條件，我會幫著拉扯。」

唐軒沉思。

姚昆又道：「你不答應，便做好死在獄中的準備。你若答應，我今日便放了你，兩日內我要收到錢裴的死訊。這案子我會壓下來，你可以繼續在平南郡光明正大地談你的『買賣』，可如果沒完成我交代的事，那我就全郡通緝，你就如那閔公子一般，在平南如過街老鼠，廢物一樣，時時擔憂自己的性命。到時候，無論你們有什麼計畫，什麼都做不成。」

唐軒問：「錢裴死了，錢世新那頭如何擺平？錢裴是他的父親，他不站在我們這邊，定不會善罷干休。若他糾纏下去，也是麻煩，大人打算如何拉攏他？若不能拉攏，難道還得再滅口？父子二子皆喪命，鬧大了對我們的計畫可沒好處。」

「是他官大還是我官大？」姚昆冷笑問：「你只要沒蠢得動手時留下什麼把柄，我自然能處置妥當。錢大人什麼都不會知道，披麻戴孝一段時日，事情就過去了。錢裴沉迷淫色，樹敵眾多，他的死太容易找理由了，好辦得很。」

「大人說得輕巧。這般好辦，大人為何自己不動手？」

「我若動手，還有你什麼事？你於我半點用處都沒有，我留著你做什麼？」姚昆冷冷地盯著唐軒，「這便是你死他死的選擇了。」

唐軒被噎住，自然也明白姚昆的意思。總之，他是一定要殺錢裴，所以放不放他，就看他是不是自己人了。

「大人願意留我一命，是希望保住平南？」

「既是有好處，當然不能讓錢裴都占了。」

唐軒不語，看來姚昆真是被錢裴惹得火大，受刺激了，這倒是他沒想到的。錢裴確實很有把握說能拿捏住姚昆，但看來正如姚昆所說，錢裴看輕他了，威脅這種事向來是雙面刃。

「你有一點時間可以考慮。」姚昆道：「在我走出這個門後，條件就不用再談了。我會囑咐獄卒將你移到大牢去，你好好想想吧。」

姚昆說完，轉身就往牢房大門走去。唐軒皺起眉頭，不敢肯定姚昆是否故作姿態。

一步、兩步、三步……姚昆的步子走得很穩，一點都沒有放緩的意思。就在他伸手要拉開大門時，身後傳來唐軒的叫聲：「等等！」

姚昆回過頭來，唐軒道：「我答應你。」

◆ ◆ ◆

安若晨向龍騰問起十七年前蒙太守遇刺身亡的案子，她是覺得，每個人做事都是有緣由的，總要圖點什麼。姚昆庇護錢裴，只是師生之情，她總覺得勉強。因為姚昆談及錢裴時，態度頗是厭惡，且他直呼其姓名，連聲先生都不叫，可卻又對錢裴時時照顧。龍騰既是說當初姚昆立過幾次大功，坊間又傳說錢裴也因立功自傲，所以他們之間到底還有些什麼？

可惜龍騰所知也有限，說的還沒有蒙佳月詳實周全，不過兩人所說內容倒是一致。

安若晨告訴龍騰自己會追查這件事。

龍騰揚著眉毛，「妳可莫輕忽了我的囑咐。」

「將軍的什麼囑咐？」將軍說的話她可是都認真聽的，每一句都牢牢記住。

「妳回去之後，若是姚昆已將唐軒放了，妳便想辦法讓自己安全離開中蘭，離開平南。」他說著，一邊寫了個地址給安若晨。

安若晨接過一看。

玉關郡蘭城西大街正廣錢莊，孫建安。

「孫掌櫃是我龍家人，妳若是離開中蘭，便去找他。我已囑咐過他，他會照應妳。」

安若晨沒在意這人的身分，她只著急道：「我不能走，我要在中蘭幫你查案子抓細作。你在前線拚命，後頭沒人支持怎麼行？我抓到細作，拿到證據，南秦皇帝便有把柄對付輝王了。你不是說過這是最重要的？為了不用打仗，不用讓無辜的人流血犧牲。」

龍騰張口欲言，安若晨沒給他機會，麻溜地繼續說著：「怎麼能看到一點危險就跑了？那可不行。如若太守有問題，幫著細作，那我就對付他。錢裴是細作，我便對付錢裴。唐軒是細作，我也對付他。無論遇到什麼，都不能認輸放棄。」

「若有太守幫妳，妳還有幾分勝算，若連太守都是細作，妳在中蘭孤立無援，只有被擒來威脅我一途，妳留在那兒做什麼？」

「這事我們不是商量過了嗎？」

「商量什麼了？」龍騰瞪她。

「擒我威脅你，你莫要理會啊！你就告訴他們，大丈夫何患無妻！」

「安若晨姑娘。」龍騰繼續瞪她，皮癢了是吧，這是拿來開玩笑的事嗎？

「不是這麼定的嗎？我怎麼記得確實是如此？當時是說如果細作拿我四妹威脅，我不能屈從，好像是提到若是拿我威脅將軍，將軍也不會屈從。說到這個，我想起來了，方才才分析過的，我四妹可能真活著。我還要找到靜緣師太救四妹，我不能走。」安若晨語氣很是肯定，可是看到龍騰瞪她的眼神也很有勁兒，她趕緊換招，放軟語氣，抱著龍騰的手臂道：「最重要的是，將軍在這兒。人家不是都說夫唱婦隨，所以將軍在哪兒我就在哪兒。將軍在平南郡守邊關，我便在平南郡待著。」

「夫唱婦隨在咱們身上並不適用。」龍騰道：「日後咱們成了親，妳便是將軍夫人，妳得在京城掌家。」

安若晨愣了愣，眨了眨眼睛，終於意識到這個問題，她小心確認：「成了親，回京城後，我就只能在京城待著了？」

「不全是。妳若想回中蘭，也是可以回來省親，想去哪處玩也可以。只是大多時候，當然要在家裡待著。妳是長嫂，要打理龍府諸事。」

「可將軍若是像如今這般去邊關駐防，我也在京城待著？」

「自然。」

安若晨瞪圓眼睛。對呀，男人外出跑生意，妻子確實是在家中侍奉老人照顧孩子。

「那做將軍夫人，還沒有做將軍管事來得舒心呢！」

安若晨沒過腦子，心裡話脫口而出，被龍騰戳了腦門，「說的什麼亂七八糟的！」

安若晨撇了嘴，心裡很不服氣。她喜歡將軍，想一直跟他在一起。就算不能像以前一樣面對面，那像她在中蘭城而將軍在四夏江這般的距離也行啊，起碼在她想他的時候，她知道在哪裡能找到他。

可若是成了親，就不能這樣了。或者該說，等他們回了京城，就不能這樣了。

安若晨忽然覺得有些難過。

龍騰又戳她一下，「胡思亂想！」

安若晨乾脆抱住龍騰的腰，把臉埋在他懷裡，嘟囔道：「能不亂想嗎？我整日除了想細作的事，就是想將軍了。」

「不許甜言蜜語啊！」簡直是攪亂軍心。

「所以我還是不能離開中蘭城，那裡好歹還能想想細作，去了別處，只能想將軍了。光想著見不到，多難過。」安若晨抬起頭來，眼神楚楚可憐，淚光隱隱。

「這藉口完全沒說服力。」

「這不是藉口，這還是甜言蜜語。」安若晨晃腦袋，耍賴地繼續抱緊將軍。

龍騰嘆氣，將她抱住，「有時候真是覺得我們相遇的不是時候，一大堆的事情等著辦，想好好聽聽妳說話都不行。」

他低下頭，親親她的髮頂，「我又何嘗不想妳？」所以才會將她的信放在懷裡。她寫的那些肉麻情話，明知道是為了掩飾真正的內容才寫的，但他看著就是歡喜，「我會擔心妳。那些什麼不會被威脅之類的，都只是狠話而已。若真遇上了這樣的事，我肯定傷心痛苦，明明可以避免，妳難道忍心讓我遭受這些？」

安若晨也嘆氣，嘆得比龍騰還大聲。將軍這般真是太犯規了，英勇威猛的武將，怎麼可以用苦肉計呢？可是她聽到這些話，真的會感到心疼。

「對了，那個薛公子是怎麼回事？他說將軍讓淨慈大師哄騙他母親，頗是惱怒呢！」

龍騰戳她額頭，「妳這話題轉得太生硬了。」

「疼！」安若晨撒嬌，拿著龍騰的手指點在自己眉心的位置，「將軍莫換著位置戳，只戳這兒便好，這般戳出血洞來才能好看。」

「又搞怪！」龍騰摟著她，幫她揉額頭。他練武勁大，也許真的很疼。

「薛夫人去妳家提親了？」

「是啊，我二妹挺中意這親事，不過薛公子不樂意。他說是將軍從中搞鬼，他不願屈從。我還想著問將軍呢，究竟是怎麼回事，能用他來對付細作嗎？」

還真是滿腦子不是細作就是將軍了。龍騰失笑，將情況與安若晨說了。

原來他初入城時，就依慣例會將城中的各大戶或是名聲響亮的人物都暗地裡查探一番，以掌握城中局勢，而薛家自然是在查探的範圍內。這一查查出薛書恩有幾樁買賣做得妙，竟然扛得住錢裴和其同夥的搗鬼及攪局，硬是把生意搶了過來，做成了買賣，利潤頗豐。可薛書恩為人謙遜，性子溫和，看著不似暗地裡能下手的人。這引起龍騰的注意，若是表裡不一，必是可疑。

再繼續查探，卻原來是薛書恩的獨子薛敘然的施為。薛敘然自小體弱，又是獨子，於是薛書恩夫婦將他寵到天上，有求必應，要什麼給什麼。薛敘然不方便出門，整日悶在家裡讀書擺弄小玩意兒。表面上看著沒什麼，但龍騰手下一群對付細作的密探，探究明白一個公子哥兒還是可以的。

薛敘然身邊有群護院，又有數位先生教導功課，但其實那是他私養的死士和謀士。他用這些人暗地裡幫著薛家做事，掃清障礙，連他父母都瞞下了。

「他是商賈戶，有護院可以，卻是不能私養成隊的武士。」安若晨一下就明白薛敘然的祕密是什麼，「且商賈戶供養謀士，容易被扣上以財供權、協同造反的名聲。」

為官者養謀士門客可以，人家公務需要，商賈做這些就意圖不清了。嚴格查起來，官府認真追究，這些事真是會惹大麻煩。

「他對造反沒興趣，他大概成日無聊，想著動動腦子吧。再者，他嫌棄他父母太過老實，只會經商不會謀略，會被人欺負。這薛公子品性是好的，就是傲氣些，自小被寵著，頗有幾分脾氣。」

龍騰是查實了這些，才放過薛家，但安若晨成日為安若希的事頭疼，還想到外郡談親事，於是他想到了薛敘然。若是親事能成，薛敘然自會去對付錢裴，這般省了他們的麻煩，徹底將安家丟給薛家去修理了。就算親事不成，他們也沒什麼損失。

安若晨聽完，簡直是太佩服將軍了。這借東打西的點子，究竟是怎麼冒出來的？

「薛公子沒同意親事。」安若晨擦拳摩掌，很有幹勁，「我會安排好的。」既是能對付錢裴，那一定得把二妹嫁過去，「將軍，我上回與你說的事，如何了？」

「何事？」

「我錢銀不夠花。」

龍騰：「……」

安若晨回視他的目光，一臉無辜。確實是不夠花啊，她還欠著趙佳華好幾兩銀子呢，都緊著先給其他線人了，趙佳華那頭，她是用了將軍對付她的法子，她對趙佳華道：「我雖不是挾恩於妳，但我對妳有恩是事實。」趙佳華看她的眼神就跟如今將軍看她的一般，都挺嫌棄的。

龍騰打開抽屜，掏出一疊銀票遞到她手裡。他堂堂護國大將軍的未來夫人說錢銀不夠花，簡直笑掉人家大牙了好嗎？

安若晨兩眼發光，接過銀票細細看。

「瞧妳那財迷樣。」龍騰真想按她到腿上打兩下，她看他的時候可曾有這樣兩眼放光？

「不財迷。」安若晨理直氣壯，「君子愛財，取之有道。」

有這麼形容的嗎？龍騰沒忍住，抓她過來啃了一口。

「俸祿自然不是隨身帶，但錢銀定不會少妳的。」龍騰捏捏安若晨的臉，看她揉臉呼疼又喜笑眉開的模樣，頭回感受到贍養娘子的喜悅心情。他道：「這是龍家錢莊的銀票，我讓孫掌櫃派人送過來的。妳若是缺銀子花了，便找他要。中蘭城裡情勢不對，妳就趕緊去找他。方才給妳的位址記下來了嗎？記好就撕了，莫教別人知道。」

等等！安若晨這才意識到方才寫給她的位址人名是如此重要，管錢的呀！

她趕緊拿出來再看一遍。

蘭城的正廣錢莊，孫掌櫃。還真是錢莊啊，龍家居然還開錢莊，金光閃閃！

「妳找他時有暗號，得說自己是賭坊老闆，最喜歡骰子六個點。寫信時也是如此，他便知道是妳了。」

安若晨猛點頭。對，是得有暗號，不然隨便一個姑娘過去說認得龍大將軍，想要錢，那他們龍家多吃虧。

「骰子六個點是說買大買小嗎？龍大的意思？」

「嗯，京城之外或是不相熟的人通常只知我姓名。」

「那在京城大家都叫將軍龍大嗎？」

「通常是叫將軍，不然就是後面加個爺字。」

「那將軍的弟弟叫什麼？」

「二弟龍躍，三弟龍飛。」

「龍二、龍三嗎？」

「龍二爺和龍三爺。」

安若晨哈哈大笑，「旺村裡有戶人家，老大叫大牛，老二叫二牛，老三叫三妞。」她想像了一下英武貴氣的龍家三兄弟一字排開，結果頭頂龍大、龍二、龍三，忍不住又笑起來。

原來京城裡的人跟他們邊城村落一般不講究呢！

龍騰忍不住又在她臉上啄一口，「這有什麼好笑的？妳也不必叫他們爺，妳是嫂子，管他們叫二弟、三弟。」

安若晨臉紅起來，趕緊轉移話題：「那錢莊是我想拿多少銀子都行嗎？」

龍騰板起臉，「安若晨姑娘，妳這財迷的模樣頗讓人不放心，妳是打算攜款逃婚嗎？」

「哪能啊，我才不會做撿了金蛋丟掉雞的蠢事。」

龍騰戳她的額頭。誰是雞？還會下蛋？

◆　◆　◆

唐軒走出牢獄的大門。姚昆果然說到做到，放不放人，確實是他一句話的事。

他慢吞吞地走著，感覺姚昆一直盯著他。他沒有回頭，一直走到轉角，拐了個彎，那後背火辣辣被盯著的感覺才消失。

唐軒繼續走，他得雇輛馬車回福安縣。他得見錢裘，但他還沒想好要怎麼說。

姚昆跟他原先預料的不一樣，也許他真能利用他與錢裘之間的怨仇將他招攬過來，但是不能殺錢裘，他並沒有蠢到為了幾句話就捨錢裘就姚昆，幾年的深交合作可比一個懷恨在心的一時衝動穩妥多了。

唐軒決定與錢裘商量商量這事，也許可以讓錢裘受些委屈。在後頭的計畫成功之前，若有姚昆相助，會方便許多。

他這時候發現有人在跟蹤他，看了看，是兩名穿著平民衣裳的捕快。看來姚昆的確打算盯緊他的行蹤舉動。他是怎麼說來著？兩日內要見著錢裘的屍體？

唐軒走到城門處，那兒停著招攬活計的馬車。唐軒問車夫：「福安縣，去否？」

車夫爽快應聲，唐軒上了馬車。

馬車跑了起來，唐軒往外看，那兩個捕快並沒有追上來，他們若無其事地停在那兒說著話。馬車出了城門，往福安縣的方向行去。

唐軒吐了口氣，放鬆地往後靠了靠，問車夫：「太守讓你來的？」

車夫笑了笑，「是。到了縣裡，會有別人繼續盯梢。」

唐軒彎了彎嘴角，「他不知道衙門裡每個人的樣貌我都認得嗎？」

「我未告訴他，他自然不知道。」車夫笑著甩了甩馬鞭。

衙頭名叫侯宇，官不大，算不得威風，總捕頭都比他聲望大，但他管著衙門裡所有衙差捕快的排班值崗，誰做什麼，哪天有空，他清清楚楚。這次跟蹤盯梢唐軒的人手安排，也是他與捕頭一起商議定的。

「你覺得太守大人如何？」唐軒問侯宇。

「算得上勤政愛民吧。」

「與錢裴老爺之間如何？」

「未曾聽他提起過，倒是偶爾閒聊時，提過別的文人雅士儒商，顯露過讚賞之意。看他招呼這些人時，也是恭敬客氣的。」

唐軒失笑，暗想錢裴果然是太過囂張跋扈，招了姚昆的怨嫌。唐軒不再說話，閉目養神，他得仔細想想這事情究竟要如何處置。

唐軒回到福安縣的居處，洗了個澡，回到房裡時看到桌上有封信，信裡讓他酉時到月光湖泛舟去。唐軒把信燒了，收拾乾淨，倒頭便睡。一覺醒來，看看天色差不多，便打了壺酒，買了些下酒菜，悠閒地往月光湖去。

月光湖是福安縣的一處景致，自然形成的圓形狀，寬闊的湖面望不到頭。曾有詩人在附近山上十五賞月時，看到天上明月皎潔，地上一盤水波粼光應和，遠遠看著，似天上地上各有一個月亮，於是寫詩讚頌，福安縣的月光湖因而得名。

如今是二月出頭，湖水寒涼，並不是遊湖的好時節，遊客不多。唐軒站在湖邊看，遠遠看到一兩艘小船在湖面輕搖。他沿著湖邊走，路過兩艘攬客的小船沒停，繼續走，再看到一艘攬客船時，停了下來。

唐軒走過去，船家問他：「公子遊湖嗎？」他看到唐軒手上的酒菜，又笑道：「在湖上看著黃昏夕陽，喝著美酒，再愜意不過了。」

唐軒沒推拒，上了船。船家搖起槳來，船很快滑到了湖裡。唐軒看著岸上有名捕快目送船遠走，心裡暗笑。他假裝未曾留意有人盯梢，在船頭坐下，望著湖面。

過了一會兒，船駛到湖中央，左右皆無其他船隻，空闊安靜，除了船家搖槳的吱呀聲響，再聽不到什麼，於是他走到船艙裡去。

錢裴正坐在裡面閉目養神，聽到唐軒在他面前坐下，這才睜開眼睛。

唐軒看桌上已有酒菜，再把自己帶的也打開放在一起，不客氣地吃了起來。

錢裴微笑問他：「姚昆去見你了？」

「對。錢老爺好手段，太守大人可是氣壞了。」

錢裴哈哈大笑，「我說過了，我想讓他做什麼，他便會做什麼。」

唐軒吃了幾口菜，試探道：「既是如此好用，可否讓太守大人也聽命於我們。前線開戰，這後頭也是需要有人照應的。裡應外合，事情就好辦多了。」

「如今不正是裡應外合嗎？」

「可這回已經惹惱了太守，他可是打算對付錢老爺了。不止錢老爺，就是我，他也盯得緊緊的，這不，派了人從中蘭城一路追蹤到福安縣來了。若不將他安撫擺平，他與我們較起勁來，處處針對，可與從前不一樣了。」

錢裴沒說話。

唐軒又道：「有一個中邪似的緊盯不放的安若晨已是麻煩，再來一個處處箝制我們的太守，那想在這平南郡做什麼事就不方便了。」

錢裴道：「待到前線開戰，便將安若晨抓過來，龍騰那頭就不足為懼。巡察使一到，姚昆縛手綁腳，自身難保，我們也沒什麼不方便的。」

「說的極是，但在這些事都妥當之前，我們得確保不會節外生枝。」

「就似你被捕這般的節外生枝？」

唐軒被譏了一句，頗是不快，但他忍住了，答：「是的。」

錢裴問：「姚昆與你說了他有何打算？」

「他希望取你性命，殺人滅口。」

錢裴哈哈大笑，又問：「你是如何答的？」

「自是答應了。」唐軒撇撇嘴，「不然你就得替我收屍，還說不出什麼來，然後轉頭你兒子得替你收屍，也找不到破綻來。我當然得用這緩兵之計，先出來與你商量。兔子急了會咬人，姚昆這次是真的怒了。他忍你多年，怎地這回竟是忍不住了？」

「他做過什麼髒事，他自己心裡清楚得很。從前不用我說，他自然避諱著，但這次我不能讓你在牢裡暴露了，才與他明白點出不聽話的下場會是什麼。他會急會怒也是正常，畢竟十幾二十年了，當官當久了，便覺得自己真的了不起了。」

唐軒問：「那我們如何應付？」

錢裴反問：「你的意思呢？」

唐軒其實已有腹案，這時候卻還要故作思慮，接著才道：「為防變數，在所有事情都妥當前，我們還是應該穩住姚昆。他是個聰明人，放我之前並未問我組織的細節，細作人手和計畫等都沒問。他知道我不會答，若問得細了，交易便不成了。由此可見，他是個識時務的。他是個愛民的好官，所以他的家人是他的軟肋，平南郡百姓是他的軟肋。他有兩個條件，一是殺了你，二是開戰時顧全平南的安危，最好是能從茂郡打。其他的事，他願意配合。」

錢裴冷笑，「他壓根兒不知道我們要做什麼。」

「這是自然，我們也沒必要真的讓他知道，便讓他自以為是下去。只要他配合著睜一隻眼閉一隻眼到巡察使來，我們安穩拖到事情辦成，就再沒他什麼事了。」

錢裴問：「開戰之事都好說，真打起來了，可商談的餘地便大了，但是第一條，取我性命之事，你要如何與姚昆交代？」

唐軒道：「你上山狩獵，佯裝被野獸拖走，實則是離開暫避，我便能與姚昆交差，說是我安排的，將他穩住，讓他先對付安若晨，牽制龍騰。」

「你做了這一步，便是被他拉攏成了自己人，他會向你繼續問細節，問各處都有誰人聯絡，都做了什麼事。你要對付安若晨，想讓他牽制龍騰，他自然會有各種理由推脫。他故意讓你幾步，你便走進他的陷阱裡了。你怎麼有把握他會聽你的話？」

「我手上有他的把柄。再者說，聽不聽話，推不推脫，總是需要冒險的。我也不是傻子，對他抱了十二分的防備。他問我的話，想讓我做的事，我自會小心應付。衙門裡也有人接應，他的一舉一動盤算計畫，我都知道。」唐軒看了看錢裴的臉色，又道：「最糟糕的情況，無非是我們的計策被他識破，一切打回原樣，我們也不算吃虧。」

錢裴低頭沉思，片刻後道：「你說的有道理，我倒是未曾想到他會被激怒成這般，竟想取我性命。若是你出來後毫無動靜，他定不會善罷干休。」

唐軒忙道：「確實如此。」

錢裴給自己和唐軒倒了杯酒，「那便這般定吧，我好好想想詐死之事如何安排。來，先喝杯酒，先生在獄中受苦了。」

唐軒還真是餓了，獄中那些吃食哪能填肚子，如今這頓才算是真的飯菜。他見錢裴願意配合，很是高興，一口氣喝了幾杯酒，吃了好些菜，與錢裴就計畫商議起來。

過了一會兒，錢裴往窗外看，道：「太陽下山了。」他走了出去，站在船頭看風景。

唐軒也跟了出去，站在他的身邊一起看。太陽確實下山了，天邊一抹橘紅，有些消沉的明媚。錢裴似看得出神，有些憂心的模樣。唐軒勸道：「錢老爺不必煩心，詐死之事只是暫緩之計，錢老爺只需到城外遊玩一番，再回來時，姚昆已經入套，脫不得身。」

錢裴轉頭看他，道：「我不煩心。」話音未落，忽地伸手用力一推。

船是小船，船頭狹窄，唐軒與錢裴並肩站在船邊上，對錢裴毫無防備，萬沒料到他會突然有此舉動。當下一驚，卻是撲通一聲，落入了水裡。

「你這是做什麼？」唐軒喝著，雙臂划水，欲朝船上攀來。剛動兩下，身子猛然往下沉。他的雙腳也不知被什麼纏住，將他往水裡拉。

唐軒大驚失色，這時候才意識到了危險。他低頭一看，竟是有人拉住他的腳。眼前一花，身後又游來一人，箝制住他的雙臂，阻止他掙扎。

唐軒嗆進了幾口水，奮力掙扎，但在水裡終是不敵，被拉下去，漸漸沒了力氣。

錢裴冷靜地看著唐軒一邊掙扎一邊往下沉，冷冷地對著他在水裡的陰影道：「我冒險救你出獄，可不是想聽你指手畫腳。你在牢裡待的時間越長，露餡兒的機會就越大。不是你自己有危險，是會把其他所有人都拖累。你不明白，還以為自己多重要。你上了姚昆的套，我卻不願上你的套。」

湖面慢慢平靜，再看不見唐軒，錢裴笑道：「都說了多少回了，別看輕我。閔東平這般，你這般，姚昆也這般。這下好了，若是毫無動靜，姚昆不會善罷干休，所以就弄點動靜給他看吧。打他幾個耳光，他便明白形勢了。」

錢裴的船悄悄回到岸邊，四下無人，他的馬車正在路邊等著。

錢裴上了馬車，車夫驅馬駛出了好一段路，離開月光湖的範圍，很快轉進了另一條小道，復又停了下來。

過了一會兒，侯宇出現。確定周圍沒人，才上了馬車。

「確認他斷氣了。」侯宇道。

錢裴滿意地點頭。

「太守那邊如何辦？他定會猜到是你。」

「猜到便猜到，他能將我如何？」錢裴冷笑，「他也是個會算計的，你當他傻，以為三兩下就能拿捏住唐軒？他知道怎麼回事，自然沒把握唐軒會不會殺我，這不過是招險棋。殺不殺我，就看我重不重要，有多重要。唐軒不過是他順水推舟，試探形勢的棋子。」

「那如今唐軒死了……」

錢裴道：「姚昆自然就明白，我與唐軒之間，我才是占上風的那個。」

侯宇問道：「這般他會不會想辦法對付你？畢竟這回已將他逼成這般。」

「不必擔心，大家按計劃行事就好，一切照舊。姚昆那頭，我知道怎麼對付他。我從他小時看到他如今，快認識他一輩子了。給他一些甜頭嘗嘗，他便覺得自己成竹在胸，但其實壓根兒還摸不著門道。無事，大家都耐心點，事情很快就會有進展了。」

侯宇想了想，點頭答應。

侯宇走後，錢裴在車上坐了片刻，然後囑咐車夫：「去中蘭城，安府。」

◆　◆　◆

安若晨在四夏江的軍營裡待了一天就啟程回去了，軍營重地，又是戰時，她不宜久留。

這一日她只在龍騰的帳中待著，哪兒也沒去，但她不覺得悶，只有歡喜。她對將軍有說不完的話，甚至不說話坐在一旁看將軍批卷宗也歡喜。能在一起的時間太少，她不捨得睡。她將別離的日子裡發生的事，點點滴滴全與龍騰說了。龍騰認真回話，點出每件事裡的問題，幫她出主意，教她謀對策。

後來安若晨還是睡著了，醒過來的時候，發現自己在龍騰的懷裡。他正看著她，見她醒了，對她溫柔一笑。這一笑暖如春風，安若晨的心怦怦地跳，結果龍騰對她道：「一定會開戰的。若妳見著狼煙起，莫慌張。我身經百戰，不會有事的。」

安若晨寧願自己沒有醒，若一直在將軍懷裡做著沒有戰爭沒有細作的美夢該多好。

可是，她醒了，她知道她該走了。

「我會照顧好自己，將軍莫擔心。」

龍騰摸摸她的頭。

「我們約好了，只攻不退。我會等將軍平安歸來，帶我回京成親。我還等著挑剔將軍家裡府宅太大，二弟三弟不夠聽話，還要哭哭鬧鬧，跟將軍要錢銀買新衣首飾。」

龍騰哈哈大笑，「聽起來真是不錯。」二弟三弟不夠聽話，他繼續笑，好想看看他家安管事為人嫂子會是什麼樣呢！

安若晨走了，走之前去看了曹一涵。

曹一涵不方便與她說話，只是看著她。安若晨看到他臉上的傷，知道曹一涵吃了苦頭。他受的苦，是為了他的命，為了他還有命能回到南秦皇帝身邊報信。安若晨明白他的意思，她對他點頭，承諾要為他辦的事，一定辦到。

安若晨上了馬車，龍騰沒來送她，曹一涵沒能露面，她隨著搖晃的馬車朝著中蘭城出發。不在一處，不同方向，但安若晨知道，他們大家都把對生活的美好願望融在了努力裡。紛亂凶險不算什麼，她見過了將軍，渾身充滿幹勁。她有許多計畫，回去後便要與唐軒較量，從他這處入手，定要找出破綻來。

安若晨上路後一日，半途中忽聽得衛兵大喊：「看，是狼煙！」

安若晨鑽出馬車，跑到高高的山坡上眺望。不是四夏江，卻是另一個更遠的方向。灰煙瀰漫在高空中，似猙獰的利爪。

「是石靈崖，南秦選擇先攻石靈崖。」蔣松看著遠處那些煙，對安若晨喊道：「上馬車，我們得趕緊回去，四夏江很快也會開戰了！」

安若晨飛快跑回車上，還未坐穩，車子已經駛了起來。

安若晨說不清自己此刻的心情。

開戰了，這個許久以來一直鑽在腦子裡掛在嘴邊的事，居然真的發生了。

這個時機跟細作有關係嗎？跟唐軒被捕有關？還是因為曹一涵見到了將軍？霍先生之死竟然也沒能爭取到太多時間。安若晨很難過，但她不慌張。

從前她想過無數次戰爭若發生時她會如何，現在她知道了。她不恐慌，她可以辦到的。將軍在前線禦敵，她在中蘭為他把細作抓出來。

這一日，姚昆在太守府裡沉著臉思慮，而錢裴坐在安府裡，與安家眾人吃喝談笑。

龍騰這頭自然也知曉了軍情，烽火突燃，灰煙刺眼。

龍騰聽得衛兵稟報後，不急不緩地步出營帳看向天際，道：「開始了。」

果然不出所料，他們選擇了他不在場的石靈崖。想來只是試探，還未到大戰時候。

「將軍。」朱崇海領著將官們整裝待發，只等龍騰一聲令下。

「去吧。」哪有坐著挨打的份，總要有所回應才好。他雖不願戰，但也不懼戰。

很快，四夏江上駛出一排船，朝著南秦的方向而去。越靠近對岸，陣形就越排得清楚，竟是斜成長長一條直線。南秦那頭發現這船陣，朝著船上放箭，但因船陣是斜的，後排的船與前面的船距離甚遠，離對岸就更遠，普通弓箭根本射不到。

南秦能擊中的只有少量駛在前方的船，但船上沒什麼人，只有數面戰旗飄揚，掌舵人該是躲在船艙之中。南秦大將緊皺眉頭，不明白龍騰賣的什麼關子。沒運兵將，這船靠近了南秦又有何用？

船隻越靠越近，南秦派數船迎戰，要將蕭國的船隊擋在江中。

兩軍靠近之時，變故突然發生了。

「咚咚咚」一陣鼓響，號角吹起，只見刷刷刷的一排動作，龍家軍的船隊居然將船板掀至江中。那些板子寬大，是事先設計好的，一塊貼著一塊，一船連著一船，很快排成了一座浮橋，一批水兵井然有序卻又極快速地踏著浮橋衝向了南秦的戰船。

一時間，箭羽齊飛，火彈發射，轉眼功夫，龍家軍已經趁亂攻上了南秦的戰船。南秦軍措手不及，慌忙應戰，但失了先機，陣腳已亂。落水的落水，死傷的死傷，南秦將領大聲呼喝：「撤！」

朱崇海一馬當先，雙刀舞得虎虎生風，一口氣砍倒十餘名南秦兵。見得南秦大將的船居然要退，反手取了背後弓箭，搭箭拉弓，嗖一聲，一枝箭帶著一封信射在那大將所在之船的船舷上。

南秦船隊迅速撤退，龍家軍也未追趕。這一役時間不長，但他們擄獲了三艘南秦軍船，俘了近百人。俘虜由浮橋扣回了龍家軍的船上，然後浮橋收起，龍家軍退回江邊。

南秦大將拔下朱崇海射來的箭，看了上面的信，頓時氣得七竅生煙。

上面寫著：小打小鬧，不成敬意。犯我蕭國，吾必誅之。落款署名：龍騰。

南秦小心戒備，但龍騰這邊似小試牛刀後養精蓄銳，再沒進犯，只是戰旗飄揚，剛才那一役並不是做夢。

入夜之後，南秦接到了突襲石靈崖的軍隊報告。那邊打得頗是艱難，但傷亡不重。若強軍猛攻，應該是有機會。退兵之後，大蕭兵將並非追擊，躲在崖後不動。

南秦眾將商議，看起來原先的判斷沒錯，石靈崖是比四夏江好打。

◆ ◆ ◆

安若晨因第一日走得稍慢，結果第三日才到中蘭。蔣松於近城時便領兵往總兵營而去，前線開戰，他這處也有許多事務要辦，安若晨的車子便在盧正和田慶的護送下駛進城內。

進了城門沒走多遠，突然聽得馬車外頭有位婦人尖聲大叫：「安若晨，妳這個賤人，妳還我女兒命來！」

兩匹馬兒一陣嘶啼，馬車猛地晃了一下。車夫大聲罵道：「妳不要命了！」想是來人衝到車前，險被馬兒撞上。

安若晨吃了一驚，坐穩之後反應過來，這聲音她認得，是四姨娘段氏。

段氏在馬車前哭喊：「我是不要命了，我女兒被安若晨這賤人害死了，我還要什麼命？安若晨妳出來，妳還我女兒命來！」

安若晨揭了車幕簾往外看，段氏穿著喪衣，舉了個寫著紅字的大白布巾。

安若晨心裡一震，難道她離城這些日子四妹找到了？她死了嗎？

田慶在馬車旁對安若晨道：「莫出來，交給我們處置。」

安若晨道：「問清楚怎麼回事。」

田慶點頭。

段氏叫嚷泣哭，她那身驚人的打扮和聲嘶力竭的姿態引來不少人看熱鬧。段氏連哭帶嚎，指著馬車叫罵。圍觀的人越來越多，盧正拍馬上前，對段氏喝道：「此乃護國大將軍衙府馬車，速速讓開！」

盧正這般說，段氏嚎得更淒厲了：「將軍怎麼了，將軍便可強搶民女，便可謀害他人性命？我女兒才十二歲，還是個孩子啊！將軍和那賤人殺了我女兒！安若晨，妳給我滾出來！

今日不是妳死便是我亡！我不怕將軍，我要讓妳以命抵命！」

人群裡有人大叫：「怎麼回事，快出來說個清楚？」

「是殺人兇手？快報官吧！」

「真是可憐，快攔下來，交給官府！」

「前線打仗了，跟那個有關係嗎？發生什麼事了？」

「快出來！」越來越多的人在喊。

馬車裡的安若晨聽得周圍的叫嚷，突然明白了。來來去去叫得最大聲的只有幾個聲音，其他喧雜都是鬧不清楚怎麼回事的，這與她讓村民圍山用的招數一樣。

馬車被推得晃了起來，盧正領著衛兵在車前攔著湧上來的人群，田慶在車旁趕人，而車後門這時卻猛地被人拉開。

一個男人趁亂闖進馬車，一把拽住安若晨就往外拖。他手掌有力，動作敏捷，眼神犀利，一看就是練過武的。

事情發生得太突然，電光石火之間，安若晨只能憑本能放聲尖叫：「有細作！抓細作！」她腦子裡只有一個念頭，若她被拖入人群，怕是會迅速被掩掉蹤跡，田慶、盧正如何救她？

安若晨被拖到車邊，她放聲大叫：「細作！這人是細作，抓細作！」一邊喊一邊乾脆在馬車邊上一踹，借力撲向那人，伸手指戳他眼睛。

那人沒料到安若晨如此潑辣，眼睛一痛，慘叫一聲，鬆開了手。可另一人也撲了過來，朝著安若晨抓去。

安若晨欲再戳眼這招，這人卻有防備，一把握住安若晨的手腕，反手一轉，將安若晨的手臂擰到身後，再壓她肩膀，將她制住。安若晨曲膝後踢，踹向那人胯部。也不管踢到哪裡，反正一邊猛踹一邊大叫：「南秦細作抓人了，南秦細作抓人了，別放走他們！」

那人被踹中要害，「啊」一聲慘叫，安若晨迅速轉身，再給他眼睛來那麼下。

又有兩人撲來，安若晨戳完便退，朝著田慶的方向跑，「抓細作！」

周圍老百姓終於反應過來，這兩天城裡正熱議打仗呢，細作什麼的可比凶手嚴重，於是紛紛大叫：「有細作！」

田慶排開眾人趕到，一劍刺向抓住安若晨的兩名男子，那兩人扭身躲開。盧正也趕到，那幾人見再無機會，掉頭要跑。人群將他們攔住，那幾人足尖一點，幾個縱躍，跳到旁邊鋪子頂上，飛奔而逃。

盧正要追，田慶喊道：「小心調虎離山！」

車前頭的衛兵和車夫已將段氏抓住，段氏大喊大叫，車夫往她嘴裡塞布，將她綁住。

安若晨喘了喘氣，理了理頭髮衣裝，走到車前查看狀況。盧正和田慶小心護著她，防備地看著四周。安若晨看向段氏，段氏看到她，頓時又唔唔唔地掙扎，目光凶狠。

「妳見著四妹了？」安若晨問她。

衛兵取下段氏嘴裡的布，她又破口大罵，翻來覆去就是那幾句，卻不答安若晨的問題。

安若晨皺眉頭，擺擺手讓衛兵再堵住她的嘴。周圍人見此情景，議論紛紛。有一村婦打扮的人在人群中看著這一切，悄悄退了出去。未有人注意她，大家的注意力都在段氏這邊。

聽著眾人的議論，安若晨也知道這動靜鬧得太大，還是得安撫善後才好，於是她站到馬車上，對四周大聲道：「各位鄉親父老，如今邊境開戰，城中細作猖狂，他們欲奪我們大蕭家園，殺我們大蕭百姓，方才那四人利用瘋婦攔街，欲擾亂城中秩序，製造危情。大家莫慌，仔細想想，可有人瞧清楚模樣了，若有線索，請速報官。下回若是再見到他們，也請速速報官。我們不上前線打仗，卻也能在城中守衛。細作必須剷除乾淨，中蘭城方有安寧。」

她聲音響亮，話說得清楚，又極有氣勢，眾人趕忙點頭應和。

安若晨再轉向段氏，大聲吩咐盧正、田慶：「將她抓回去報予太守大人，細細盤查。」轉身又吩咐了幾個衛兵，再對圍觀人群道：「事關重大，我們得報官處置。有誰見到這婦人如何出現的？她是否有同夥？方才那些劫人細作又有誰曾見過？還請大家幫忙，若有線索，請與我一道去衙門報官。」

衛兵們進入人群中打聽，還真打聽到了些。有人看到段氏是有轎子送到那路口，一直藏在轎中未現身。待安若晨的馬車到了，段氏才拿著紅字白巾衝到路中間攔車，但等事情鬧起來，最後再看，那轎子卻又不見了。

段氏被扭送至衙門，安若晨帶著人證，擊鼓報官。

姚昆聽說是安若晨擊鼓，大感意外，待聽得緣由，見到段氏，又聽了一眾人證之言，靜默沉思。他讓衙差去將安之甫抓來，又將人證證詞記錄畫供，而後他帶著安若晨到了後堂。

安若晨未等坐下就迫不及待問：「大人，唐軒一案可有進展？我問過將軍了，有些事我可以與唐軒對質，逼他供詞……」

姚昆緊鎖眉頭，打斷安若晨的話：「安姑娘，是這般的，我把段氏那頭先放下，就是想先告訴妳。」他說到這兒，卻又停下，似在琢磨該怎麼說。

安若晨頓時有了不祥的預感，「大人想告訴我何事？」

姚昆道：「姑娘走後，我審訊唐軒無果，人證方面也無進展。去雲河縣取證需要時日，我恐耽誤軍情，於是想了個辦法，假意將唐軒放了，讓人暗地跟蹤他，看他會與何人接頭，希望由此找出線索，將他同夥抓到。」

安若晨的心沉了下去，無故放人，傻子都知道有詐，怎會給他線索？她問：「大人是以什麼理由釋放唐軒，唐軒服氣嗎？之前便說要去雲河縣核實身分，如今還未核實，為何放人？」

姚昆似未聽到安若晨的質疑，自顧自往下說：「唐軒出獄後就回了福安縣，酉時左右出門，買了酒菜，獨自去了月光湖泛舟。可待船駛回時，只有船夫一人。船夫道，船到了湖中，唐軒讓他停船莫打擾，他便坐到船尾去了。而後聽著聲音似唐軒在喝酒吃肉，隱隱有哭聲，聽不真切，而後安靜了許久，接著唐軒突然跳江了。」

安若晨吃驚地瞪大眼睛，猛地站了起來，「什麼？」

姚昆道：「安姑娘，唐軒死了。船夫下水救人，未救上，搖船上岸報了官。錢大人派人去撈，第二日，也就是昨日，在湖中找到了屍體。我讓仵作驗屍，他確實是溺亡了。」

安若晨目瞪口呆。她想起了龍騰的交代，若是太守放走唐軒，就表示太守是細作，或者被細作控制著，那她就得離開中蘭。

安若晨眨眨眼，努力鎮定，可是現在姚昆既沒有關著唐軒繼續嚴審，也沒有「釋放」他。他是試圖在誘出線索時，讓唐軒意外身亡了。

安若晨搖搖頭，再搖搖頭，竟然一時也辨不清這裡頭的門道。究竟怎麼回事？難道唐軒不是解先生，而是一個小細作而已，所以可以隨便死一死是嗎？可如若這樣，誰又是閔公子之後的聯絡人？誰有權力決定唐軒的生死？

安若晨瞪著姚昆，不知道自己還能不能相信他。假意釋放，誘敵之計，這聽起來合情合理，雖魯莽，但稱不上錯。可他們明明說得好好的，她走之前，他也沒與她說打算用這個計謀行事。就算突發其想，難道等不得幾日？

安若晨咬咬牙，她沒有資格，亦無立場譴責太守。人家貴為太守，而她不過是平民。就算她已嫁給將軍，官員家眷又憑什麼斥問太守行事？所以，當夫人還不如有個一官半職。

安若晨深吸一口氣，將煩躁和怒火壓下，問姚昆：「大人派人跟蹤，並沒有找出什麼線索，是嗎？」

「對。」姚昆點頭。

「唐軒是被滅口的，那船夫不可疑嗎？」

「我親自審了那船夫，他不會武。若唐軒是細作，定是會武的，船夫不會是他的對手。我再審了其他以湖謀生的相關人等，那船夫在湖邊掌船二十餘載，是本地人，為人老實，附近百姓皆認得他。我已派人日夜盯梢，看他有無可能與可疑人物接觸，但目前並無發現疑點。」

安若晨不說話。

姚昆又道：「如今有些市坊傳言，說唐軒是正經商賈，被汙罪名，關進牢獄，獄中受辱，心裡難平，被釋放後一時想不開，投湖自盡了。」

安若晨話都不想說了。

製造傳言，引發坊間言論猜測從而影響事態，這些都是太常見的手段了。

「這些傳言，對妳我皆是不利，對龍將軍也很不利。」姚昆道。

安若晨很努力才忍住冷笑，最重要的線索沒了，還要考慮民間傳言對自己利不利的小事嗎？將軍在前線作戰，而平南郡卻還亂糟糟的，安若晨心情也很糟糕。

姚昆等了一會兒，見安若晨完全沒有要搭話的意思，於是話題轉回今日之事上：「妳四姨娘帶人劫妳，這事蹊蹺，我會好好審審安家。我先前曾聽說，妳四妹失蹤後，妳四姨娘有些瘋癲。不知她去哪裡找的那些人，也許也是被別人利用了。」

安若晨還是不理他，姚昆無奈，只得自己分析：「若是妳四姨娘想為妳四妹報仇討命，當命人直接刺殺妳。欲將妳劫走，確實更像是細作所為。她一內宅婦人，是如何與這些人接觸的，需要細細查究。」

安若晨看了他一眼，終於開口：「除了細作，還有一人有嫌疑，便是錢裴錢老爺。他想報復我，將我抓回去解恨，這是眾人皆知之事，大人要去查查錢裴嗎？」

「好，我會查到底，絕不姑息。」

安若晨發現不對勁了，今日姚昆的態度有些不一樣，她多疑的心再次蠢蠢欲動。

「如今前線開戰，我接到軍報，軍情還好，想來南秦還有顧忌。只是安姑娘與龍將軍關係密切，還是要多多小心，提防細作對妳下手。若妳為人質，龍將軍的仗便不好打了。」姚昆道：「姑娘平素少出門，若要出門，也多帶些人手。」

「大人放心。」安若晨故意道：「我不會因思慮過重壓力太大而自盡的。」

姚昆沒什麼表情。

安若晨又道：「若我自盡，定是他殺，還望大人莫要放棄追凶，定要還我公道。」

「我記住了。」姚昆回道：「若姑娘遭遇不幸，我定不會被表面蒙蔽。」

「其他人的不幸，也望大人能如此想。」

姚昆點點頭，「我實確是如此想的。同樣的，若我有不幸，也絕非意外，無論旁人如何說，望姑娘堅持追查。」

安若晨一愣，這是出的哪招？

姚昆若無其事，似方才沒說什麼奇怪的話，只道：「我要再去審妳四姨娘一案了，姑娘可願一起？唐軒之死雖有遺憾，但有事發生就是線索，無論如何，都要好好查下去。」

安若晨皺眉頭。

若是演戲，這也演得太好了！

捌之章 ◆ 激將

安若芳站在小屋旁，伸長脖子等著，一看到靜緣師太回來，便歡喜地迎上去，「師太，城裡如何了？我可以回家了嗎？」

靜緣師太搖頭。

安若芳的笑臉斂起，小心問：「發生什麼事了？」

「妳娘要殺妳大姊，鬧到官府去了。」

安若芳吃驚地瞪大眼。

「再等等吧。」靜緣師太有些煩心，往屋裡去，一邊走一邊嘟囔：「這般有精神瞎鬧騰，就該丟到戰場去，殺殺敵就老實了。」

安若芳僵立那兒，滿心焦急，卻也不知如何是好。

而姚昆確實是認真仔細地審段氏半路攔車一案。他派了捕快衙差一堆人去安府緝了安之甫過來，又將安府團團圍住，不許進出。對四房及府內管事、各房姨娘逐一盤算問話。安府頓時如炸了鍋，這才知曉段氏做了什麼事。

安若希更是如遭晴天霹靂。自見了薛敘然，她便滿心惦記上了，若能嫁到薛家該是多好。每聽到一次爹娘提「錢老爺」三個字她就心打顫。前兩日錢老爺還在他們安家住了一晚，他臉上的笑容讓安若希想起他扎在她耳邊的匕首。

她想離開這個家，若能嫁給薛公子便好了。越是這般想，她就越覺得薛公子好。大姊說這事交給她，可過了這些日子也未見有動靜，連薛家都沒有再來了。她那日厚著臉皮又跑到喜秀堂佯裝買首飾，想看能不能再碰到薛夫人或是薛公子，可惜都沒見著。

安若希日日焦心，好不容易有了大姊的消息，卻是四姨娘半路劫她。

安若希想起那包毒藥，打了個寒顫，卻又覺得這事有些古怪。四姨娘若是敢這般半路攔人撒潑早就去了，大姊帶著丫頭到處走，有時候還會隻身出來，這些在安府都是偶有相議。四姨娘明明知道，那會兒不去劫，為何等著大隊衛兵和護衛的時候劫什麼馬車，她瘋了嗎？

段氏還真是表現得真瘋了。姚昆審訊，問她為何如此，她說安若晨誘拐了她女兒，還將她殺了。問她哪裡來的消息？她說這還用問，就是安若晨殺了她女兒。問她可見過她女兒，她說女兒被安若晨殺了，她哪裡見得到。問誰告訴她女兒被安若晨殺了，她答說安若晨說的。

安若晨坐在堂上，看不出段氏的破綻，她瘋得很真實，真的似篤定就是如此，事實真相就是如此，可安若晨自然是不信的。

姚昆也未信，他問段氏何人唆使她如此做，何人為她寫的布條，何人送她去那兒，同夥都有誰。段氏一臉茫然，只說是安若晨。

安之甫跪在一旁聽審，直氣得發抖，忙插話喊道：「大人，求大人明查，小人並不知這愚蠢婦人做了何事，不是小人指使的！小人再有十個膽子，也不敢唆使家人到街上擄劫將軍衙府的馬車！那些細作，小人也不知道，小人現在才知道出了這等事！」

姚昆正愁找不到人開刀，當下怒喝：「安段氏乃是你的妾室，內宅婦人有何見識，若無人教唆囑咐，她能幹得出這事來？她不識字，如何寫布條？如何知曉安大姑娘的行蹤？你不知情，何人知情？」

安之甫驚恐地愣著，表情比段氏還茫然。他怎麼會知道這些，他真的不知道啊！

安之甫答不上來，連想瞎編些什麼線索向太守交交差都沒辦法。說不出來，自然就得罰。

姚昆從桌上籤筒抽出令籤往地上丟，喝道：「各打十大板，打完再來說話！」

段氏嚇得嗷嗷大哭，安之甫也大呼冤枉，但衙差可不管這些，聽了大人的令，拖了兩人下去行刑。很快十板打完，段氏已昏了過去，安之甫發現後也想裝昏，但來不及，又被拖回了堂上。

安之甫伏在地上，身邊是閉眼昏迷的段氏，安之甫一邊偷眼看她的慘狀，一邊驚恐得抖若篩糠。

姚昆重又把所有問題再問了一遍，安之甫一把眼淚一把鼻涕，哭著發毒誓求饒。姚昆見得時機差不多，命人將他們二人收監入獄，來日再審。

安若晨安靜地看著姚昆審案，不插話沒動作，只耐心看著。段氏被衙差拖起時，睜開了眼睛，一睜眼就在找安若晨。安若晨冷靜地看著她，段氏卻忽然對她冷笑了一下。那笑容似厲鬼索命，彷彿對拿下安若晨的性命胸有成竹似的。

這細微的一瞥姚昆也注意到了，待堂上清靜了，他問安若晨：「姑娘如何看？」

「那個地方，離城門不遠。」安若晨道。

「嗯。」姚昆點點頭。

「城門處有大批的兵吏守衛，若出了事，他們會速速趕到。事實上，我大喊抓細作，沒多久確實有城門兵士過來查看了。」安若晨想了想當時的情形，「我的馬車有衛兵隊護送，人手雖不多，但比那四人多出許多。不計他們混在人群中煽動搗鬼的，我的護衛人數上的確占上風。仔細想想，我雖遇著凶險，但對方劫人的計畫並不周詳，所選地點亦不恰當。」

事實上，安若晨如今回過神來，已是後悔。她不該嚷嚷找細作，不該煽動百姓認為這是細作劫人。當時圍觀的眾人回去相議，恐怕也會意識到這一點。這不合理。細作選這個地點這個時間劫人是腦子出了問題？若再有人蓄意相議，那她以後再指控細作，這可信程度自然大打折扣。這一招，她在安之甫身上用過。

姚昆沒說話，他也覺得這事做得手段太粗糙了些。不似從前什麼解先生、閔公子、劉則他們的做派，所以，有人故意利用段氏辦了件蠢事，但是為什麼？

姚昆將心中疑慮說了，安若晨沒說話。她不知道姚昆有沒有注意到她剛才自責後悔的那事，她現在擔心這些就是細作的目的。因為先前的案子證據不充分，對唐軒的指控更是只憑猜測。若有人能證實她安若晨總是誣陷別人是細作，總是將事情都說成是細作行事，那麼從前努力查到的結果，就有可能被全盤否定。如此一來，將軍對她的重用，與她之間的感情，都會成為強搶民女、瀆職欺民的罪證。

而能說動段氏幫著對付她的，她只能想到錢裴。若錢裴真的是這個目的，那他有可能在幫細作，也有可能在製造報復將軍的機會。

安若晨對姚昆並不放心，當然不會提醒姚昆這個。兩個人乾坐著，姚昆熱臉貼了冷屁股，也覺尷尬，於是道：「那今日就這般，姑娘先回去。我若查到什麼線索，再通知姑娘吧。」

安若晨客氣應了，走得很乾脆。

到了夜裡，姚昆還真拿到了線索。郡丞和捕頭從安家回來，說全都審了一遍，原是沒什麼結果，後來二小姐房裡有個小丫頭神情有異，嚇唬嚇唬便招了。說是今日聽得門房說來接段氏的轎子，其中一個轎夫似是福安縣錢老爺家的。於是他們再審門房，便確認了。確實有個轎夫門房依稀認得，先前抬過錢老爺來。

姚昆沉默不語。眾人知曉大人與錢老爺的關係，正想著如何給大人臺階下，姚昆卻命人備馬車，連夜去了福安縣。

姚昆先見了錢世新，與他仔仔細細將今日的案子說了。錢世新聽完先是吃驚，而後大怒，當即差人去將父親請來。錢裴未到時，姚昆問錢世新近來可有注意到錢裴有何動靜，錢世新皺著眉頭說前線開戰，自己忙著公務，沒怎麼留心父親的事。他交代過管事，若父親又鬧麻煩，定要告訴他，也未見有人來報。只是他知道前兩日父親是在中蘭城過的，今日才回來。

姚昆聽罷點點頭，也未說什麼。

錢世新嘆了口氣，道：「不能讓他肆意妄為了，他這般下去，會給我們倆惹下大麻煩的。如今開戰了，巡察使也快到了，我定得好好管教他才好。」做兒子的說要對父親施管教，他似乎又覺不妥，苦著臉看了姚昆一眼。

姚昆道：「你既是也這般想，那有些事我真得認真辦他了。你說的對，起碼別讓他給咱們惹麻煩。」

錢世新忙點頭稱是。

不一會兒，錢裴來了。錢世新厲聲斥責，錢裴裝模作樣聽完，一臉驚訝，「竟有這等事？可我轎夫換過好幾個，那門房說的是誰？」錢裴將管事找來了，說自己記不清，讓管事答話。

姚昆耐著性子說了轎夫姓馮，那門房只記得姓馮。

管事答姓馮的轎夫因為手腳不乾淨早被攆走了，不在府中做事。至於他的去處，他們只管攆人，並未打聽。他是賣身進府，未曾在中蘭成家，老家聽說是在外郡。

姚昆不說話，錢世新瞪著管事。

管事一板一眼地答：「若是大人需要，小的可找當初那位人牙子再問問。」

錢裴囑咐管事：「不如帶大人去看看府裡的人名冊子，下人進府出府都是有記錄的，讓大人看看安心些，也莫怪罪到自己父親頭上才好。」他說完又補一句：「我在這兒與太守大人說說話。」

錢世新皺眉，這是要把他支開的意思嗎？

他看了姚昆一眼，姚昆對他點頭道：「麻煩錢大人了。」

錢世新前腳一走，錢裴就對姚昆微笑，「沒想到竟出了個小亂子，害太守大人白跑了一趟，還真有些不好意思。」

姚昆道：「你不害我，我自然就會護著你。」

錢裴笑道：「大人是我的學生中最有出息的，我驕傲都來不及，怎會害大人？再有，大人莫忘了，若不是我，大人怎會當上太守？說起來也是教人傷心，我一直相助大人，卻換來大人的謀害。所幸我運氣不錯，想害我的人，內疚難過，竟自盡了。」

姚昆道：「你當我不知嗎？你能這般為唐軒出面，他又怎會殺你？他是細作嫌疑犯，你不讓我查他，我可以不查，但為了平南安危，自然也留他不得。現在我們兩清了，如何？」

「不如何，你借刀殺人，怎麼算都是我吃虧些。吃虧便罷了，還是吃暗虧，教我心裡如何舒坦？」

「吃點虧不是壞事。」姚昆道：「想想你後頭還會犯的案子。你需要我，咱們互相逼迫，破罐破摔，最後都沒好處。不如通力合作，就似十七年前那般，不是挺好。」

錢裴不說話。

姚昆再接再勵，問他：「你想要什麼？」

錢裴答得飛快：「安若晨和安若芳。」

「安若芳死了，安若晨倒是可以。」

「安若芳未死，安若晨心裡明白。」錢裴看著姚昆，忽笑道：「這般吧，你若是能幫我將安若芳弄到手，再幫我抓住安若晨，我會將十七年前發生過的事都忘了，如何？」

姚昆皺眉，「安若芳的事我完全不知道，幫不了你。安若晨不能動，安若晨出了意外，龍將軍如何安心打仗？你等打完仗吧，到時我幫你。」

「好吧。」錢裴盯著姚昆看，終於點頭，「那我們就念著師生情誼，相安無事吧。」

這晚姚昆沒拿到任何錢裴參與劫人的證據就回去了，回到衙府將主簿喚來，先記案錄。寫上他今晚去了福安縣錢府，查出那轎夫早已離開錢府，沒有任何證據顯示錢裴與此事有關。

第二日安若晨來太守府，找蒙佳月要霍先生的骨灰。她說曹一涵心有怨恨，在軍營大罵龍將軍，龍將軍軍威受損，只得將他扣下。她想著先拿上霍先生的骨灰，日後若有機會再去軍營，就把骨灰還給曹一涵。

蒙佳月細問了前線軍營一事，又擔心曹一涵的安全，關切一番後，把骨灰給了安若晨。

姚昆聽聞安若晨來了，將安若晨叫過去，主動與她交代案情。

安若晨聽得查到轎夫，然後轎夫又與錢裴沒關係，火氣騰地上來了，反正他就是想幫著掩蓋真相就對了。安若晨克制著怒火，這般煩躁生怨不好，她告誡自己，要有耐心。

「要有耐心。」

安若晨聽到這話嚇一跳，還以為自己漏了口說出來了呢！

姚昆見安若晨望過來，繼續道：「我知姑娘對唐軒一事不滿，我確實有疏忽，但姑娘切莫消沉。」

「那大人打算通緝轎夫嗎？」安若晨如今對官府查案那套頗是熟悉了。

「不。」姚昆答。

要有耐心！安若晨對自己再說一遍，然後又問：「那麼大人打算如何查究？」

「我昨日與錢裴問話，他說了些事，我覺得很有意思，故而答應不再追究他這事，這般穩住他，才好繼續追查。」

安若晨忍不住譏道：「這種事我做過了，結果證人死了，證據死了。」藉口啊，全是藉口。姚昆就是在拖延大家的時間，模糊事情的重點。

「錢裴說他知道姑娘的四妹活著。」

安若晨一愣，這下是真有相當有耐心了。

「他如何知道？」

「他沒說，他想找到姑娘的四妹。」

「他與大人說這事還真是奇怪啊！」

姚昆僵了僵，這安若晨也太敏銳了。他道：「我斥責他逼婚之事，他就提起了。我是想著，他既然知道姑娘四妹的消息，也許再查探查探，就能知道他的消息來源。若這事與細作有關，唐軒也與細作有關，而唐軒住在福安縣，死在福安縣，錢裴也在福安縣，那唐軒的事，錢裴是否又知道呢？」

安若晨坐直了。怎麼辦，她真覺得有什麼事在太守大人身上發生了。

「錢裴對姑娘、對我，甚至對自己的兒子都是提防的，但他對姑娘的父親卻無防心。」是啊，安若晨認同這個。她父親又壞又蠢，錢裴根本沒將他放在眼裡。她昨晚就想好了，要利用這個案子將她想辦的事情處置了。段氏被誰利用，這個很明顯，而安之甫入獄也給了她打交道的機會。可是難道太守大人也有這意思，要從安家下手？

「錢裴利用瘋癲的段氏對姑娘不利，自然還會想法繼續利用安家。動作越多，就越有機會找到破綻，姑娘覺得呢？」

安若晨覺得很好。太守大人，你動作越多，就越容易讓人看出破綻。與錢裴關係緊密又讓錢裴看不起的何止安家而已，太守大人你自己也是，你不覺得嗎？

「大人想我如何做，儘管吩咐便是。」安若晨道。

安若晨去了女囚獄房，見到了段氏。

段氏面容憔悴，但換過衣裳整理過頭髮。安若晨知道姚昆派了大夫給她治傷瞧病，大夫診斷說段氏得了癔症。

安若晨不確定段氏究竟有沒有病，她懷疑她是裝的。此刻段氏看著她的眼神，銳利、仇恨，然後似乎還有些得意。確實像是瘋的，但安若晨覺得正常的段氏看到她也會這般。

「四姨娘，四妹還活著。」安若晨開口的第一句話就是這個。

段氏頓時兩眼放光，「我就知道妳會這麼說。」

「妳怎麼知道的呢？」

段氏沒說話，眼裡現出了防備之色。

「是不是告訴妳的那個人還交代了妳，不能對外說？」

段氏還是不說話。

安若晨問：「如若說了會怎樣？殺了妳？」

段氏沒什麼表情。

安若晨看了看她，又道：「我猜四姨娘不怕死。聽說四姨娘曾經鬧過上吊，後來被爹爹幾鞭子抽下去，不敢死了。」

段氏眼睛動了動，她回憶起了那時的情景。

「既是死都不怕，為何怕鞭子？」

段氏抿緊了嘴。

「我也怕鞭子。」安若晨道：「活著受苦，比死了難過，所以我對自己說，為了不挨鞭子，不受折磨，一定要逃出去。」

「逃出去」這三個字將段氏刺激了，她厲聲大叫：「妳這毒心腸的，妳害死了芳兒！妳說，妳究竟做了什麼，為什麼要害死芳兒？她怎會不見，怎麼去的？我連她最後一面都未曾見到！」叫到最後，又哭了起來。

安若晨冷靜地等著，等段氏稍微平靜了，說道：「四妹也怕鞭子，也怕被折磨。她年紀小，在家裡也算受爹爹喜愛，她沒挨過幾次打，但她看挨打這種事看多了。爹爹不高興起來，想打誰打誰，打丫頭，打僕役，打我，打四姨娘妳，四妹看在眼裡，她怎麼想？」

段氏不哭了，她睜著淚眼看安若晨。

「四妹沒有死。」安若晨道：「我得到消息她沒死，但我還沒找到她。錢裴也得到了消息，錢裴也想找到她。」

段氏的表情動了動。

「錢裴告訴妳四妹死了，他在說謊。」

段氏沒有否認，安若晨確定了就是錢裴，又道：「四姨娘，妳不該做這樣的事。」

段氏緩過神來，厲聲道：「怎麼不該做？你們空口白牙說什麼都行！芳兒未死，又在哪裡？就算她活著，她也必是在受苦，而妳這賤人呢？妳自己享受榮華富貴，可憐我的女兒！妳不該過得好，安若晨，妳不配過得好！妳應該就被錢老爺抓去，日日被他凌辱，妳受盡了折磨，我才能歡喜！」

安若晨平淡地道：「那妳可曾想過，若四妹沒有逃，如今在錢府裡日日被凌辱，受盡了折磨的，會是誰？」

段氏一愣，瞪大了眼睛。

「妳怕鞭子，四妹難道不怕嗎？而這世上還有比鞭子更可怕的東西，四姨娘不知道嗎？」安若晨盯著她的眼睛，「四妹怕得被錢裴摸了一下便吐了，她躲起來，她害怕被找到。我找到她，她抱著我哭，她求我帶她走，求我不要讓她被那個噁心殘暴的老頭糟蹋，四姨娘知道嗎？」

段氏喘著氣，淚水又濕了眼眶，「妳說謊，是妳慫恿芳兒逃！芳兒這麼小，怎麼敢逃？當時妳可是說得清清楚楚，是妳慫恿芳兒的！」

「我若不這麼說，挨鞭子的會是誰，被鎖起來的會是誰？」安若晨道：「四姨娘，妳是四妹的親娘，我不相信四妹沒有與妳訴說過她的恐懼。妳看，妳記得當初的每一件事，那妳可曾記得四妹與妳說過的話？」

段氏的淚水湧出眼眶。

她記得，她當然記得。女兒抱著她哭成淚人，她說她害怕，她不想嫁給錢老爺。

「妳怎麼回應她的我不知道，我只知道，在她絕望之時，她選擇了向我求助。老實與妳說，四妹要逃的事，是四妹自己提的，我當時與妳一樣驚訝。」

「不可能！不可能！」段氏哭叫著。

「我那時被爹爹鎖在屋子裡，沒辦法帶著四妹逃。四姨娘，妳想想，四妹那時候是有多害怕多恐懼才敢自己離家出走。妳怕鞭子，怕得連死都不敢了，四妹呢？」

段氏哭得上氣不接下氣。

「我一直在找四妹，從未放棄。我得到消息，四妹活著。四姨娘，妳莫幹傻事，妳若有個三長兩短，四妹如何回家？妳們如何團聚？」

段氏哭得脫力，坐在地上繼續哭。

安若晨蹲下，眼睛與她平視，「四姨娘，妳有沒有想過，我有衛兵隊護衛，大街之上，人來人往，城門近旁，官兵威立，周圍這麼多眼睛看著，大家全能做人證，妳鬧這一場，能把我怎樣？可是妳若進了牢裡，或是在眾目睽睽之下出了什麼事，這些消息定會傳遍大街小巷，四妹也許會聽到，她會焦急，會擔心，會想盡辦法來看妳。她一現身，會落在誰的手裡？」

段氏瞪著她，似才醒悟過來。

「妳做這事，能得什麼好處？」安若晨問她。

「有人會趁亂將妳抓走，妳將不得善終。」

「妳覺得能成功？」

段氏不說話，安若晨耐心等著。在安府裡，勾心鬥角，人人算計，段氏能爭寵能過得不錯，自然也不是笨蛋。就算報仇心切，安若晨相信她也不會完全沒有思慮想法。

段氏終於開口：「就算這次不成，可妳的名聲臭了，龍將軍不會要妳，中蘭城人人厭棄妳，妳還會有這麼多的護衛嗎？」

安若晨微微一笑，「四姨娘將對付我的心用一半在保護四妹上頭，該有多好。」

段氏咬著牙，瞪著她看，一直瞪著。

安若晨走出牢房時，遇著譚氏與安若希，兩人正往男子牢獄去，想來是去探望安之甫。

安若希看到安若晨，心狂跳，想衝過去問一問薛家的親事如何，還有希望嗎？可惜她不能這麼做，而安若晨只對著她冷笑一下，轉頭就走了。

安若希被這冷笑笑得難受，聽得母親罵：「那賤人這笑是什麼意思？看我們笑話嗎？」

安若希忙拉著母親寬慰，也安慰著自己，是因為母親在姊姊才故意有這表情的，明明說好了，她不會丟下自己不管的。這般想又更悲哀，親生母親就在身邊，她卻指望著一個「外人」莫要丟下自己。

安若希與母親進了牢裡，安之甫狀況很不好，打板子的傷只是草草處理，衣裳頭髮亂成一團，同室的還有兩個犯了偷盜的小賊，看到美貌的安若希進來，頓時露出猥瑣的表情。

安若希別過頭去當看不到，聽著母親與父親敘話。譚氏寬慰著安之甫，太守大人昨日去了福安縣，查了那轎夫。錢老爺與這事無關，當然更沒證據表明安之甫與這事有關，而大夫也作證說段氏有瘋病，所以定會無事的，只要再忍耐忍耐，很快就能出去。

安之甫又憤怒又焦急，是錢裴的轎夫，還與錢裴無關，那與誰有關？他道：「既是錢老爺能擺平此事，那妳們速去找他幫忙。我在這處，簡直度日如年。」

「去了，去了。」譚氏忙道：「今日一早打聽清楚消息，榮貴就趕緊去福安縣了。老爺放心，很快就能出來的。」

安榮貴確實是去了福安縣，但沒有見到錢裴，門房說老爺一早就出門去了，不在府裡。安榮貴忙問何時回來，門房的回答讓安榮貴目瞪口呆。

「老爺帶著行李，坐了馬車，聽說是出去遊玩數日，也沒說何時回來。」

安榮貴當場傻在那兒，他錢府的轎夫帶著四姨娘犯了事，拖累了安家，而他居然遊玩去了？這把關係撇得再清，也不能遊玩去啊！

門房看他表情，問他是否有急事，然後將管事叫來。

管事淡定地道：「貴府的事我聽說了，太守大人昨日確實是來審過案，但老爺不在，有何事我也做不得主。我給公子出個主意，不如去找找錢大人。這案子他也清楚，昨日是一道跟著太守大人查的。」

安榮貴想了想，想起當初錢世新對他們父子和藹親切，也確實是交代過有事可找他去。安榮貴心一橫，拐個彎，轉到縣衙門找錢世新。這個時候，錢大人應該是在衙門處理公務。

◆　◆　◆

安若晨回到紫雲樓，陸大娘來報事，趁四下無人，將話題轉到正事上。

首先，安若晨昨晚交代她去與薛夫人說的事，她一早去辦好了。薛夫人聽得安若晨這頭有動靜很是高興，滿口答應下來。

「我問了薛夫人的意思，她說薛公子未答應也未有不答應，這事她會好好勸，不會辜負姑娘相助的好心。」

安若晨點點頭，陸大娘又報了另一事。她說李姑娘看到錢裴一早大包小包地拿著行李上了馬車，又呼喝僕役，言語間聽著似是要外出遊玩。至於去了哪裡，李姑娘就不知道了。又聽了些錢府八卦，說是錢裴昨日夜裡打傷了個丫頭，與錢大人吵了一架，具體如何並不清楚。

李姑娘是陸大娘在福安縣新招攬的一位線人，中年貨郎，常在錢府周圍活動。看到了這大動靜趕緊就留信在縣郊樹洞。另一線人見到樹上綁著布巾信號，便去取來送予陸大娘。

安若晨聽罷，細細琢磨。這種任性的事似錢裴的做派，可姚昆說了不追究他，他安枕無憂，不必擔憂被查辦。她爹爹和姨娘在牢裡，而她剛遭過一劫，自然會走動追查，且事情涉及了四妹。無論是放線釣魚也罷，看看熱鬧也好，錢裴毫不理會這邊的狀況跑掉，這又不像他的做派了。

安若晨試圖跳出事情的細節看大局，這是龍騰指出過的她的毛病。

唐軒死了，有幾個可能：一是唐軒就是解先生，所以解先生死了。二是唐軒不是解先生，所以狀況是解先生殺了唐軒滅口。三是唐軒不是解先生，而解先生沒打算殺他，他是被協力夥伴殺的，比如錢裴。

無論是哪一種，錢裴的位置都讓人起疑。他不是解先生的重要幫手，就是壓根兒沒把解先生放在眼裡。

事情就在福安縣發生，唐軒捨中蘭城而居於福安縣，避追查風頭自不必說，重要的一點是，福安縣安全又有人脈，細作不會跑到一個孤立無援的地方安家。

唐軒就是解先生，是閔公子的接手人，安若晨覺得這種可能性非常大，他是外鄉人。閔公子被通緝得在城中無法施展拳腳，於是來了唐軒，唐軒又死了，總得再來一人。前線剛開戰，這裡的細作作用何其重要。所以唐軒之死，總得有人交代。姚昆不追究，南秦卻是一定會問的。

問誰呢？

安若晨忙翻出地圖仔細看，認真想了一遍，她去找了趙佳華。

趙佳華聽得安若晨所言，挑了挑眉梢，「妳想讓齊徵和李秀兒去？為何？」

「因為齊徵熟悉各地菜貨種類價格，去嘗菜挖廚子談起來才像個識貨做這事的。可他年紀小，李秀兒見多各官家夫人，善應酬懂說話明世故，她照應著齊徵一起相談會更好。」

趙佳華擺臉給安若晨看，安若晨作恍然狀，哦，原來不是問這個嗎？那重新解釋一下。

「因為我推測錢裴往茂郡去了。茂郡既是發生了使節被殺一案，又有東凌虎視眈眈，那裡定是也有細作。我不知道錢裴是否會在茂郡都城通城與人見面，或是在沿途的城縣。總之，我列出來了。齊徵和李秀兒速速出發，快馬加鞭還有可能追上。依錢裴的性子，定不會虧待自己，沿途吃好喝好是必須的，所以只要往好店去，就有機會查探到。就算見不到人，能打聽到他與什麼人接頭也是好的。」

趙佳華繼續擺臉，「安大姑娘啊，我們的狀況妳也清楚，受妳恩惠，幫妳任何事都義不容辭，可是我們沒錢啊。別說去品菜挖廚子了，到那些好店裡坐坐喝杯水也得要錢。招福酒樓一直沒錢賺，我們還常常倒貼妳錢銀……」

安若晨掏出幾張銀票。

趙佳華立時閉嘴，拿過銀票看了看，一臉驚奇，「妳不是比我還窮嗎？居然有錢了！」

她趕緊將銀票收入懷裡，「放心吧，這事一定幫妳辦好。」

安若晨細細叮囑：「留心錢裴，亦要留心衙門的人。」

安若晨從招福酒樓離開後，很快另一位客人也離開了。

那客人急急奔走，到了一條街外的香品鋪子裡。

薛敘然正坐在鋪子裡慢吞吞挑著沉香，見得來人，輕聲問：「跟上了嗎？」

自從與安若晨結下樑子，薛敘然便開始留意起她來。聽說她入城時被劫，他暗暗好笑，又好奇被劫後她會做些什麼。那什麼劉則案當真是她破的嗎？還是市坊之言誇張了？

薛敘然派了人去打探，且這般巧自己今日難得出門，卻遠遠見到了安若晨。他索性在香品店坐下，讓手下去查探。薛敘然喜屋裡熏香，對香品要求高，得親自挑，店家是巴不得他坐久些，那般買的更多。

坐了好一會兒，薛敘然終是等到了消息。

「安若晨去了招福酒樓，點了些點心茶水，招福酒樓老闆娘親自招呼她，別的倒沒看到什麼可疑的。」

薛敘然有些失望，想了想，讓人備轎，準備回府。這安若晨剛被劫完怎麼沒啥動靜呢？她不忙亂些就有空擺弄他的事，真是煩得很。今日一早，她可是讓人來跟娘又說親事的事了。都怪他太心軟，不忍心讓娘太難過。也許不該拖著了，跟娘說些硬氣話，娶誰都好，不是安家的姑娘就成。

薛敘然一邊想著一邊走出店鋪，一抬眼卻看到了安若希。她正低著頭，無精打采地站在一家鋪子外頭。薛敘然仔細一瞧，譚氏在鋪子裡買東西，想來安若希是在等她娘。

不是故意來與他偶遇就好，薛敘然這般想時，安若希正好轉頭。

一見到薛敘然，兩隻眼睛明顯放光。

那光芒讓薛敘然直嫌棄，撇了撇嘴，給她一個大白眼。

安若希愣了愣，未意識到自己眼中的光芒，自然不明白薛敘然在嫌棄什麼。她不服氣了，不過是不經意看了你一眼，怎麼了？

安若希本能地也一個白眼回敬回去，白眼給的流暢自然熟練。她於安家自小磨練，嬌蠻跋扈的表情很是到位。

薛敘然一愣，皺了眉頭。

安若希也下意識皺眉頭。等等，她剛才幹什麼了？

薛敘然見她皺眉，更不高興了。這是他做什麼表情她便學著做什麼表情嗎？諷刺他？報他上回拒婚之仇？

薛敘然氣呼呼地上轎，火速走了。沒正眼看她，他一點都不想看到她。小心眼的姑娘，表情還真多。

安若希愣愣地看著薛敘然遠去的轎影，很想捶胸頓足。眼睛啊，你為什麼白他一下啊？薛公子，你聽我解釋，我真不是故意的！

◆　◆　◆

稍晚時候，姚昆等到了錢世新。

錢世新表情不太好看，有著疲態與無奈。

「昨日夜裡大人走後，我父親又犯了渾，弄傷了個丫頭，還打罵了好幾個家僕，摔了一屋子東西。我說了他幾句，他不痛快了，一早便置氣出走，說是外出遊玩，不礙我的眼了。」錢世新搖頭嘆氣。

「那轎夫的事可有眉目？」姚昆表面上不追究，實際還是拜託給了錢世新。錢家裡頭的人與事，錢世新自然更方便問到真切的消息。

錢世新再搖頭，「沒有新消息，不止府裡，我今日在縣裡還提審了些相關人等，沒人有那轎夫的消息，也沒人知道那轎夫勾結了什麼人。」

姚昆也嘆氣，「不著急，慢慢查吧。這麼些大活人，總不能憑空消失了去。找到他們，證實與錢老爺無關，這才能不落人口實。不然傳到坊間，轎夫是錢府的轎夫，百姓可又會說閒話了。」

姚昆未告訴錢世新，他派了人盯著錢裴的舉動。錢裴與錢世新大吵一架離家遊玩的事，他全知道。他的人會一路跟著，看錢裴究竟要到哪裡去。

錢世新與姚昆又敘了話，說了些公務，然後提到今日安家的公子安榮貴來找過他，為自己的父親求情，說父親確實不知道段氏做了這樣的事，平素跟那轎夫也無往來，更不知道那些劫人的漢子是何人物。安家除了那瘋癲的段氏被人利用，確實是冤枉。

「他大概是想著事情是被我父親的轎夫拖累，讓我念於此幫著說項。」

姚昆道：「嚴格說起來，安之甫管教不嚴，應當擔責。轎夫追查不到，安家還不好好懲處，如何與百姓交代？」

錢世新應道：「大人說的是。關上幾天，待風聲過去，再放了吧。」

姚昆正是此意，點了點頭。

錢世新與姚昆說完事情，告辭離開。至衙府大門近處，看到了衙頭侯宇。

錢世新神色如常走過去，侯宇對他施了個禮，招呼道：「錢大人。」

錢世新點點頭，而後飛快地道：「鈴鐺沒了，你可有消息？」

唐軒死得太突然，一點都沒交代，錢世新有些心急。

侯宇道：「沒消息，但既是沒新指示，那自然就是一切照舊。計畫沒變，耐心等待。」

錢世新頷首，若無其事地離開了。

這天晚上，安若晨寫信給龍騰，交代她回城後發生的事。在軍營時，龍騰與她定了些暗語，所以寫起信來她放心許多。只是事情比較紛亂，她猜疑的心思重，也不知該怎麼說好，於是這信寫了許久都沒寫完。這時卻聽得丫頭報，說太守府方管事求見。

安若晨忙讓人備茶迎客。方元仍是那副有禮淡定的模樣，他道：「我家夫人想起還有幾件曹先生的衣物漏了，囑咐我送過來。」

安若晨伸手接過去，卻覺得沉甸甸的。

方元道：「十七年前的案錄卷宗不好找，過了十多日才翻出來，希望沒耽誤姑娘辦事。」

安若晨大喜過望。雖不知這案錄有沒有用，但釐清從前的案情，心裡才會踏實。她明白方元定是費了許多功夫才將東西拿到手，她拿了些銀子想給方元以示謝意，方元卻拒了。

「姑娘，我家大人和夫人都是忠義之人，姑娘與他們一般，值得敬重。區區小事不足掛齒，姑娘拿銀子出來，還真是折辱我了。」

安若晨聽得汗顏，連聲道歉。

「姑娘認真查案，說起來也算是為大人解憂，我替大人謝過姑娘。」

安若晨更汗顏了，她的嫌疑名單裡太守赫然在列。真希望是她懷疑錯了，不然她有些沒臉見一直這麼幫助她的方管事。

方元接著又告訴她一個消息，說是方才太守收到驛兵的報信，巡察使隊伍再有十日左右會到。梁大人會直接前往茂郡，其屬官白大人來平南。姑娘若有事，可提前準備。素聞梁大人與白大人都是剛正不阿、嫉惡如仇的好官，定能幫上忙的。

安若晨再次感謝方元，送走方元後，她又琢磨上了。

剛正不阿的好官到了這裡，對細作們該是重大打擊吧？所以唐軒必須死，他在牢裡就是個禍端，遲早會被嚴審出來。太守放他出去釣大魚是碰巧了？他若在牢裡待著，會比在外頭待著安全。細作若想在牢裡下手，冒的風險太大了些。牢獄進出之人，可是都被記錄過的。

安若晨寫完給龍騰信，又將暗語夾在日常報告裡說明局勢，言明唐軒已被滅口，疑點叢生，她不能離開。

而在四夏江軍營裡，曹一涵與南秦俘兵被囚在一起。幾日相處下來，曹一涵與那些兵士已混熟。大家見他是霍先生侍從，又是文人，對他還算照顧，發放食物和水時會讓一讓他。

這晚，大蕭兵士忽地過來敲柵欄高聲道：「今晚會將你們轉至石靈崖，一會兒上囚車都安分些，稍有動作，格殺勿論。」

南秦眾俘均是驚訝，一領頭的喊道：「為何去石靈崖？」

那大蕭兵士冷笑道：「你們南秦不是能打嗎？對著自己人看還能不能下得了手！」

那兵士說完就走，留下南秦眾俘們一臉震驚。

「什麼意思？是石靈崖軍情告急，所以要用我們去做人盾嗎？」

「他娘老子的，我就說大蕭人心狠手辣！」

「我去他娘的龍騰，龍家軍的威名竟是這般來的嗎？他是打算將咱們的屍首掛在石靈崖上威懾咱們南秦軍嗎？」

眾人七嘴八舌地罵了起來，有一兵士突發其想，「咱們把軍袍脫了，就算掛上了，未有軍袍誰知道是不是南秦兵，那我南秦軍看到屍體也會不為所動。」

大家紛紛應和，有人喊脫了會冷，有人喊冷死也比受辱強，接著大家開始脫軍袍。

曹一涵幽幽說了一句：「人家真想這麼幹，弄些衣裳有何難的？要給屍體穿什麼，甚至啥都不穿，不是簡單得很嗎？掛了屍體就是威懾，管你死的是誰。我南秦將士看到，又怎會無動於衷？戰爭殘酷，誰又會不知道呢？」

眾人頓時停下脫衣的手，可別沒被掛出去就什麼都不能穿了。

「剛才是誰提這餿主意的？」

兵隊長坐在曹一涵身邊，道：「曹先生，我們雖為階下囚，但軍魂是有，義膽仍在。霍先生是為我南秦犧牲，被大蕭所害，這事一定得讓皇上知曉。無論如何，我們會護著你的。」

曹一涵心裡真的感動，自身難保，竟還想著護他。他們南秦的兵士心地多好，霍先生說的沒錯，權貴玩弄權術，苦的是這些樸實勇敢的兵將與勤勞謀生活的百姓。

曹一涵哽咽點頭，「我一定盡力，一定盡力……」他想霍先生了，這麼善良的人，怎麼就這般去了？他想念他，他甚至沒能帶上他的骨灰和遺物。他若不能完成所託，如何有臉見先生？

曹一涵忽然悲從心來，伏膝大哭。

當晚，這一百零三名俘兵加上曹一涵，被運往石靈崖。臨出發前，曹一涵與眾俘看到了龍大將軍上馬。只匆匆一瞥，他們的囚車便駛起來了，但大家都明白了，原來竟是那位傳說中的龍大將軍親自押他們去石靈崖嗎？那之後他會在石靈崖督戰？大家頓時更緊張了。

中蘭城這頭，一連兩日都沒有什麼大事發生，安若晨被劫的事在市坊間的談論度低下來了，但另一件事悄悄升溫，事情還傳到了譚氏的耳裡。譚氏認真打聽，頓時氣不打一處來。原來竟是早有這事了，她竟然不知道。

譚氏去衙獄裡探望安之甫時，忍不住將這事說了。

「什麼？當初薛家來提親，安若晨那賤人居然敢從中作梗？」

「可不是嗎？也是丫頭聽到傳言與我說的，我便讓她去問了，結果確實有此事。那賤人定是瞧著薛家不錯，見不得我們好，欲報復呢！只是她不清楚當初可是我們拒了薛家的，她的如意算盤打錯了。」

安之甫咬牙，卻是不這般想，「我們拒了薛家的事，媒婆間定然也是知曉的，安若晨又何必再派人去與她們威脅喝阻？」

「老爺的意思是，薛家那頭還想再繼續議親來著？」

「定然是如此，媒婆肯定是拿了薛家的主意想繼續談這事。那賤人聽聞了消息，才會做出如此下作的事，只我們家傻傻地以為拒了便是了結了。」

譚氏氣不過，道：「當真是賤人！如此說來，咱家那些不順遂的事，指不定哪些是她在背後做手腳！」

這時，有個聲音傳了過來：「爹爹和二姨娘在說哪個賤人呢？我嗎？」

安之甫與譚氏轉頭一看，還真是安若晨。

安若晨確認譚氏已收到消息，又聽到她來探監了，便也認真打扮，光鮮亮麗地過來示威。她特意帶著田慶與盧正進來，後頭還跟著兩位獄卒。那真是威風八面，非常囂張。

安之甫愣在那，喝問：「妳來做什麼？」

「來看爹爹啊！」安若晨一臉無辜，「我們父女許久未見，爹爹好不容易坐趟大牢，我來看看牢裡的爹爹怎麼個狼狽可憐，怎麼受報應！聽說爹爹挨板子了，舒服嗎？」

安之甫怒極，譚氏也氣得指著安若晨，正要開罵，盧正一劍橫了過來，差點削掉她的指頭。譚氏嚇得後退兩步，安若晨微笑道：「二姨娘，別指指戳戳的，妳的禮數呢？」

盧正收回劍，退回安若晨身後。田慶與獄卒低語兩句，獄卒點頭，轉身去搬了椅子來。安若晨道了謝，四平八穩地坐在安之甫的牢房前。

譚氏忌憚盧正，不敢大罵，但掩不住目光凶狠，滿臉怒氣。安之甫也是氣急敗壞，從前這個任他打罵，只會哭求說「女兒錯了，求爹爹責罰」的大女兒，已在他面前如此張狂了。

安若晨道：「就算不舒服，也該習慣了。上回爹爹狀告商舶司劉大人，也了挨板子。」

「安若晨，妳待如何？」安之甫一口老血差點吐出來。

難不成上回那事，也真有她動的手腳？

「不如何。」安若晨慢吞吞道：「就是來氣氣你，沒想到二姨娘也在，那就一起氣吧。」

譚氏咬著牙，確實是被氣到了，她與安之甫對看一眼。

「如今看你們過得不錯，我就安心了。大牢好坐嗎？真是託錢老爺的福啊，你們該好好感謝錢老爺才對。上次挨板子是因為他，這回也是。錢老爺真是安家的貴人，爹爹記得多拜拜他。啊，對了，差點忘了告訴你，我聽說一件有趣的事，薛家居然向二妹提親呢！真是太傻了，是不是？怎麼會想著跟安之甫做親家呢？我一時好心，便去找了薛夫人。她說是有高僧批命，說二妹的八字好，能扶薛家公子的命數。我就笑她傻，天下的姑娘這般多，怎麼可能只有二妹的八字好？安家的人，怎麼可能好？」

安之甫與譚氏簡直氣得七竅生煙，這是什麼意思？

「當然，除了我之外。我是好的，將軍說要娶我，婚書都定好了。等打完仗，我便隨他回京城做我的將軍夫人去。至於二妹嘛，薛家這麼好的人家，輪不到她，你們等著看吧。」

譚氏又驚又怒，「安若晨，妳要做什麼？」

他們拒婚是一回事，但被別人故意攪黃了又是另一回事。

「我不做什麼啊，我就是要讓安家的女兒嫁不出去罷了。安老爺、安夫人，你們不就是想把女兒賣個好價嗎？我告訴你們，一個銅板都賣不掉。聽說爹爹拒了薛家，做得太好了，就該這般，只不過薛家居然還未死心。你們放心，我會讓他們別再來煩你們。你們讓二妹和三妹好好在家裡待到老吧。轉告她們，我這做姊姊的真抱歉，也不是針對她們，誰讓她們有你們這樣的爹娘。不止薛家，以後不會有任何權貴富商人家再跟安家提親。想用女兒換利，醒醒吧！」

安若晨說完，起身揚長而去。

安之甫與譚氏瞪著她的背影，待再看不到了，譚氏對安之甫道：「老爺，這事不能忍，絕對不能忍。」

安之甫也是恨得咬牙，先前薛家來提親他是拒了。按錢裴的意思，薛家與他們不對盤，如今有事相求倒是厚著臉皮來了，這親事結了之後也定是從薛家拿不到好處，還是拒了好。他那頭有更合適的親家人選，由他來安排。

安之甫先前什麼都聽錢裴的，如今真出了事，還是錢裴惹出的事，他拍拍屁股遊玩去了，壓根兒沒顧及到他這頭受難，還有那什麼更合適的親事在哪兒呢？連影子都未曾見過。

安之甫越想越氣，誰說從薛家拿不到好處？如今薛家求著他們，彩禮聘金還不是由著他們提？安之甫心一橫，不行，不能這般窩囊，不能教那賤人太囂張，不能教錢裴將他們看低了，薛家這親事要結！

「妳快去打聽打聽，別讓丫頭去市坊聽那些閒話，作不得準。當初薛家帶哪個媒婆過來的，直接找她問清楚。安若晨那賤人說什麼不止希兒八字合適，她要做什麼？再探探薛家的意思。這些事那媒婆肯定都知道。待知曉那賤人做了何事，我們再行對策。」

譚氏匆匆回府，趕到女兒房中，見安若希正在練字。她愣了愣，這女兒近來倒是變了樣，安靜乖巧許多。之前總悶在屋裡繡這繡那，如今又改好，想念書習字了？

譚氏先不管這些，她問安若希最近有沒有見著安若晨。

安若希垂了眼，低聲道：「姊姊已經不再見我了。之前每次去也探不得什麼消息，總被她冷嘲熱諷，我也不愛去了。」

譚氏氣得狠，「這賤人，當真欺人太甚！」

安若希的心怦怦狂跳，也不知姊姊做了什麼。譚氏掉頭走了，安若希想了想，繼續練她的字，一邊寫一邊想著薛敘然給她的白眼。哼，他給她眼色她也沒怪他呀，她不小心白過去他便惱了，真是小心眼！她要把字練得美美的，日後寫給他看。

薛敘然在家裡一連打了好幾個噴嚏，坊間傳言他當然也聽到了，他還是沒狠心對母親放狠話徹底拒絕。憂她傷心是一方面，另一方面他也好奇事情最後究竟會如何。安家就算想賭這口氣，難道錢裴會答應？他可是也聽說了，錢裴說了要幫安家二姑娘張羅親事。這話是從安家傳出來的，有兩家富商在打聽安若希的親事，覺得她這般搶手，八字定是富貴扶運的，想問問他家還有沒有機會。

薛敘然想起那個一下子在他面前裝乖巧可憐，一下子又沒把持住原形畢露給他白眼的安若希，就這般的姑娘，還能成香餑餑了？

◆　◆　◆

齊徵與李秀兒趕了兩天路，終於找到錢裴。他果然住的是最好的客棧，吃的是最好的酒菜。齊徵與李秀兒以姊弟相稱，也住進了同一家客棧。

這是茂郡與平南郡相鄰的田志縣，客棧名為貴升。齊徵查過了，錢裴交了三日的房錢，看來是打算在這處多住幾日。李秀兒很快與跑堂的混熟，她如今對酒樓菜品也是通曉，幾番話下來，跑堂被她逗得哈哈笑，直誇她人美又有本事。

齊徵與李秀兒點了許多菜，真的擺出一副要細品的模樣來。跑堂和廚子招呼著，廚子相當賣力，希望能得誇獎。齊徵與李秀兒吃好了菜，私底下給了跑堂和廚子賞錢，與他們閒聊。齊徵道菜品很不錯，確實與他們中蘭有些區別。他家酒樓想比別家強，菜品上換些新口味是必須的，只是又擔心中蘭的那些老爺們不喜歡。

跑堂的便道，不必多慮，他家的這些菜色，老爺們吃過好的，都識貨喜歡著。李老爺、陳老爺和錢老爺都是從中蘭那頭來的，吃過菜都讚不絕口。尤其是錢老爺，這幾年時不時來這兒住上幾日，對他們這裡可是滿意得很。而且很巧，這錢老爺正住這兒。

「這幾年常來，總住你家啊？」齊徵一臉驚奇。

「對，有三四年了。自打第一回來過，便說我們這兒好，菜也好吃。」跑堂很驕傲。

齊徵與李秀兒對看一眼，這時間怎麼這麼巧，又是數年前開始的？

「看來這位老爺真是相當喜歡你們這兒。他總有機會來，是在這兒做生意嗎？」

「也沒做生意，未曾聽他那些僕役說過什麼買賣事，也不見有人來談事，倒是周邊的山水都遊遍了，應該是來玩的。我們這兒，老爺們愛玩的地方可多了，比如松林山，有水有山，景致好得很，船亭也是一處景致。還有啊……」跑堂似乎還想說什麼，看了李秀兒一眼，又不好意思說了。

李秀兒心裡有數，與齊徵再套了些跑堂的話，誇了誇廚子，給了賞錢。

齊徵與李秀兒回到房裡商量，覺得錢裴在這裡也許真有什麼事。時間上有疑點，且總來一處，說不定有什麼接頭聯絡的人。

「小二說了，無人來議事。」

「那就是在別處。方才小二一臉不好意思，我猜他想說花樓。」

齊徵裝老成地摸下巴，「確實有可能，錢老爺好色，那種地方龍蛇混雜，尋歡作樂，也顧不上看別人在做什麼。就像賭坊似的，盯著骰子都來不及，有時連身邊站的是誰都不知。」

兩人商議了一番，白日裡先去打聽別的，夜裡錢裴若是真去了花樓，齊徵便混進去打探，看看他與誰接觸。

而譚氏這頭，請來了媒婆打聽薛家的親事。她說先前薛家來談過，他們沒敢答應，就是怕薛家公子命不長，女兒嫁過去受苦，而且左思右想，對方要靠女兒來救命這種事實在稀奇，所以她還是想再打聽清楚，省得日後惹了麻煩。

媒婆快言快語，也不瞞譚氏：「確實有高僧幫薛家公子批命，說要靠女方的八字來扶。按理說，說親不好拿這事來說，但薛夫人有顧慮，怕二姑娘嫌棄薛公子命短，這才說了。這不是想著二姑娘嫁過去後，薛公子病便能好，命數便能長，就無短命之憂了。不過妳家不答應，自然也能理解。夫人也不必發愁此事了，我聽說薛夫人已經在找其他八字合適的姑娘了。」

譚氏一聽，忙問：「找著別的合適姑娘了？」

媒婆道：「實話與夫人說吧，薛夫人為了兒子，找遍了咱們平南郡的媒婆，也花了大價錢到處請人拿姑娘八字。最後咱們這平南郡也有別的姑娘八字相合，只不過嫁的嫁了，或是身分不合適，只二姑娘最有可能。可二姑娘這親事不成，薛夫人已往外郡去找了。」

「外郡？」

媒婆尷尬地笑了笑，「說起來，我也是聽說貴府大姑娘找過薛夫人，建議她莫要乾耗時間，說妳家不想結親便算了，再找別人，所以薛夫人一是讓我們繼續找著，二是安管事那頭在幫她聯絡外郡的夫人，幫襯著這事。我又聽坊間傳，大姑娘放下話了，讓大家不許幫安家談親事。」

譚氏咬緊牙關，恨得說不出話。什麼坊間傳，明明就是妳們媒婆相議，坊間才知道的。好妳個安若晨，妳果然幹了這等齷齪事！

譚氏連找了兩個媒婆，質問究竟是否收過安若晨的話，結果都是一樣。安若晨是讓婆子找過幾個媒婆，讓她們互相轉告。這不，一傳十，十傳百，差不多所有媒婆都該知道了。

其中一個姓林的媒婆還道，有戶人家來與她打聽安二姑娘的情況，因為聽得高僧批命說她旺夫，也想議議親，可第二日又來說不議了。她細問緣由，那家也不好說明白，只道聽說不合適便罷了。林媒婆道：「若是不合適，自己不知道，還得聽說著不合適？」

譚氏一聽便知這裡頭定是有安若晨搗的鬼。不止是薛家，竟連別的家議親她都想插手毀了。譚氏再去了趟衙獄，與安之甫商議此事。安之甫聽得譚氏如此這般一說，氣得直跺腳，「那個賤人，當真是賤人，就這般見不得我們好！不行，她欲毀了這事，我們偏偏還要做了！妳速去處置，找那薛夫人說說，把親事定下來，讓希兒便嫁進那薛家，狠狠打那賤人的臉！」

◆　◆　◆

李秀兒和齊徵這一日未探出什麼有用的消息，正如小二說的，這縣裡有幾處略有名氣的景致，還有一處頗有名氣的，便是他們這兒的花樓，叫點翠閣。

白日裡錢裴一直在客棧休息，未見任何人，也未出去遊玩，但他的僕役出去一趟，但兩手空空出去，兩手空空回來。出去是從錢裴房裡出發，回來第一時間又進去了。齊徵見慣了這些下人的舉止，當初賭坊裡老闆囑咐牛哥辦事，牛哥也是這般姿態，齊徵覺得這僕役定是去安排什麼事去了。

傍晚錢裴沒在客棧用餐，李秀兒和齊徵便覺得他晚上看來是要出門的。果然，天色黑了之後，錢裴打扮齊整，出了客棧。

齊徵與李秀兒不敢直接跟著，怕被發現。錢裴走了好一會兒，齊徵才趕緊出門。到了點翠閣，看到錢裴的馬車，不由鬆了口氣。他年紀小，自知沒貴公子氣度，身邊也沒人撐場，於是耐心等了等，等到一個老爺前呼後擁進點翠閣大門，便急忙跟了上去，混在那些僕役身後，看著也像是這家的小僕。

齊徵進去後，找了個機會，塞了些錢給個小鴇公，說他家老爺想知道平南郡來的錢老爺在哪間房，一會兒想去攀交。小鴇公痛快地報了，說是二樓桃花間，又提醒齊徵與老爺說，晚一些再去，錢老爺屋裡有客人。

齊徵大喜過望，找了個僻角站著。等了等，趁無人注意，摸上了二樓。桃花間在樓上轉角靠裡，頗為隱密。齊徵想從門縫偷看，可樓道常有人走動。

這時，有人來桃花間送菜，齊徵慌忙敲隔壁房門，假裝自己是這屋的。送菜的敲桃花間的門，與齊徵僅隔幾步之遙，還看了齊徵一眼。

齊徵對他笑了笑，佯裝鎮定地推開面前的門。

這一推，居然開了。

桃花間的門也開了，送菜的跑堂進去，齊徵聽到桃花間裡有錢裴的說笑聲。齊徵想邁步過去偷看，卻見跑堂的人正好出來，齊徵趕緊閃身躲進他推開的門裡。剛才火速瞧了一眼，簡直是天助他也，這間房裡剛好沒人。

齊徵在門後偷看，心裡有些著急。桃花間的位置雖偏僻，樓道卻是一覽無遺。樓道人來人往，他若在門口窺探，定會被抓住。齊徵轉身看了看身後房間，那邊有扇窗戶。

齊徵過去把窗戶打開，看了一下，樓下是條後巷，而隔壁桃花間的窗戶半開著，若他能爬過去，也許能見著錢裴與誰在一起。

齊徵心一橫，仔細看了看窗戶的狀況，見有窗框可上手，樓壁上也有裝飾的格子，於是他先轉身回去把門閂上，然後小心翼翼從窗戶爬了出去。待抓穩窗框，踩著樓壁格子後，就向隔壁桃花間的窗戶那邊探過身子。

剛探頭就見著那房裡有人身形在動，齊徵忙縮回去。聽說話動靜，似有人敬酒。他屏氣聽著，隱隱聽到太守二字。齊徵心跳得快，聽不清，只得再往那頭靠了靠，有個男子正道：「從前留著安若晨是為了從她那兒得到龍騰的情報，如今龍騰打仗，離得遠了，前線軍報從她這邊拿不到，她沒用處了。」

齊徵聽得大驚失色，難道安姑娘就是細作？可是安姑娘明明是查細作的人啊！

這時候錢裴道：「所以嘛，我就說……」

才說到這兒，樓下忽地厲喝：「你是誰？在做什麼？」

錢裴立時消了音。

齊徵轉頭一看，沒想到點翠樓後院竟然還有打手巡查。

如今人家抬頭看見他，正指著他大喝，他嚇得差點摔下去。

（未完待續）

作　　者　汀風
封面繪圖　畫措
責任編輯　施雅棠
國際版權　蔡傳宜
行　　銷　艾青荷　蘇莞婷　黃家瑜
業　　務　李再星　陳玫潾　陳美燕　杻幸君
編輯總監　劉麗真
總 經 理　陳逸瑛
發 行 人　凃玉雲
出　　版　晴空
城邦文化事業股份有限公司
104台北市中山區民生東路二段141號5樓
電話：（886）2-2500-7696　傳真：（886）2-2500-1967
發　　行　英屬蓋曼群島商家庭傳媒股份有限公司城邦分公司
104台北市中山區民生東路二段141號2樓
客服服務專線：（886）2-25007718；25007719
24小時傳真專線：（886）2-25001990；25001991
服務時間：週一至週五上午09:00~12:00；下午13:00~17:00
劃撥帳號：19863813；戶名：書虫股份有限公司
讀者服務信箱：service@readingclub.com.tw
晴空部落格　http://blog.yam.com/readsky
香港發行所　城邦（香港）出版集團有限公司
香港灣仔駱克道193號東超商業中心1樓
電話：852-25086231　傳真：852-25789337
E-mail：hkcite@biznetvigator.com
馬新發行所　城邦（馬新）出版集團【Cite (M) Sdn Bhd】
41, Jalan Radin Anum, Bandar Baru Sri Petaling,
57000 Kuala Lumpur, Malaysia.
電話：(603) 9057-8822　傳真：(603) 9057-6622
Email：cite@cite.com.my
美術設計　洸譜創意設計股份有限公司
印　　刷　沐春行銷創意有限公司
初版一刷　2016年10月13日
定　　價　250元
I S B N　978-986-93253-8-7

漾小說 174

逢君正當時 3

國家圖書館出版品預行編目資料

逢君正當時 / 汀風著. -- 初版. -- 臺北市：
晴空, 城邦文化出版：家庭傳媒城邦分公司發行,
2016.10
冊；　公分. --（漾小說；174）
ISBN 978-986-93253-8-7（第3冊：平裝）

857.7　　105012779